# 개화기 단형서사문학의 이해

김 윤 규

국학자료원

# 머리말

나는 대학에 입학해서 한국문학을 공부하면서 이인직을 읽었던 때의 황당함을 잊지 못한다. 실은 고등학교때까지 이인직의 작품전편을 직접 읽은 적이 없었고, 그저 인용된 조각들이나 들었을까, 커튼 뒤에서 명성만 높던 이인직의 작품들이었다. 그런데 그것을 직접 읽었을 때는, 이런, 이게 바로 그 이인직이었던가 하는 실망감에 볼이 쑥 나왔었다.

그러니 이인직 이전의 작품들은 그보다 훨씬 저급할 것이라는 생각은, 자연스런 것이었다. 그런데, 조선 말기의 한문 단편들을 읽고 난 뒤에는 또다른 혼란에 휩싸일 수밖에 없었다. 왜냐하면 조선 말기의 한문으로 된 단편작품들은 발랄하고 참신한 문학세계를 생동감있게 보여주고 있었기 때문이었다. 거기에는 시대를 고민하는 지식인들의 땀이 서려있고, 새로운 가치관을 세워가는 서민들의 살아가는 삶이 담겨 있었다.

그렇다면 이건 도대체 뭘까. 조선 후기 또는 말기 작품들과 신소설 사이의 이 현격한 단층은 무엇인가. 그걸 어떻게 메꿀 수 있을 것인가 하는 것이 중요한 궁금증이 되었다. 메꿔질 수 없을 것이라고는

생각하지 않았다. 문학사의 어떤 시기든 이유없는 단층이 나타날 리
는 없다고 배웠기 때문이다. 그렇다면 이 단층에 우리가 모르는 계단
이 있을 것이고, 그것을 찾아 밝히는 것이 중요한 임무라고 생각되기
도 했던 것이다.

　　이 책은 그렇게 시작된 궁금증을 박사학위논문으로 제출한 것을 아
주 필요한 곳 약간만 손보아서 출판하는 것이다. 그러니까 이 책에는
1992년 박사학위논문과 1992년 11월 한국어문학회 전국학술대회 발표
논문이 약간의 수정과 편집을 통해 수록되었다. 아무리 게으름 탓이
라지만, 출판하기에는 너무 오래된 것인 듯해서 머뭇거리고 있었는데,
권하는 분도 있고 혹시 읽으실 분도 있을까 하여 부끄러움을 무릅쓰
고 꺼내놓게 되었다. 권하신 분과 출판하신 분께 감사드린다.
　　이 글에서는 조선 말기문학과 신소설 사이의 단층이 19세기말 신문
소재 단형서사문학에 의해 메꿔질 수도 있다는 생각을 정리했다. 창
작된 시기와 문학사적 위치가 그 시기 단형서사문학으로 하여금 그러
한 역할을 자임하게 했던 것이다.
　　이 논문이 씌어진 때에는 아직 이 문제에 관한 연구서가 많지 않아
서 고생을 했었다. 그러나 그 뒤 단형사서물을 다룬 연구자들이 많아
지고 좋은 연구결과가 많이 나와서 이 책은 거의 이 방면의 입문서
정도의 내용에 해당되게 되었다. 그러나 아직 이 부분에 대한 안내자
의 기능은 필요한 상태이며, 이 책은 그 정도의 역할은 해내게 될 것
이다. 그 뒤의 연구결과는 달리 또 보고할 기회가 있을 것이다.

　　문학사의 연속성과 자생성에 대한 의문과 탐색은 앞으로도 계속될
것이다. 그러자면 당연히 신소설 앞머리에 와서 머뭇거리는 사람이
많아질 것이다. 거기는 누구라도 궁금하게 되어 있는 절벽이 하나 있

기 때문이다. 더 많은 연구자들이 더 좋은 연구결과를 많이 내시기를 기대한다. 그래서 이제는 문학사적 연계에 대한 의문에서 놓여나 더 정밀하고 본질적인 문학연구에 나아갈 수 있기를 기대한다.

범위를 넓히고 싶다. 이른바 현대문학에서 이미 소급해온 개화기문학, 거기서 소급해가는 고전문학의 아랫자락을 더듬어보고 싶다. 관심 있는 분들의 가르침을 원한다.

2000년 3월

김　윤　규

# 차 례

# I. 서 론

## 1. 연구의 목적

한국 근현대사에서 이른바 개화기[1]는 다른 시기와 구별되는 의미를 지니고 있다. 그것은 무엇보다 전래적 통치양태가 새로운 시대의 요구에 의해 변전되는 과정을 드러내고 있기 때문이다. 이 시기 이전에는 전제적 군주와 그를 둘러싼 내부적 지배계층에 의해 내치와 외교의 거의 모든 정책이 결정되고 또 대개의 경우 그 정책이 구현되어 왔었다. 그러던 것이 이 시기에 다른 나라 또는 그것에 영향받는 세력에 의해 정책의 결정이 좌우되고 때로는 그 결정과 실행권이 위임되기까지 하는 현저한 변모의 시대를 겪게 되었던 것이다. 그것은 그

---

[1] 이 시기의 명칭에 대해서는 많은 논란이 있다. 開港期로 부른 경우, 憂國啓蒙期로 부른 경우, 舊韓末로 부른 경우 등이 있었는데(려증동, "19세기때 나타난 '開化'라는 말에 대한 연구", 어문학 40, 한국어문학회, 1980), 모두 각각의 의미는 있다.

  다만, 당시에 불린 그 시기의 명칭이 "개화세상"이었고, 이 시기를 가리키는 말로 많이 쓰인 것도 개화라는 말이었으므로, 개화기로 부르는 것이 일반적이다. 명칭에 대한 그 밖의 논란은 李光麟, 韓國開化史研究, 일조각, 1985로 미룬다.

시기 이전 수백년래 경험하지 못했던 것이므로 충격적이었을 것이며, 그렇기 때문에 그에 대한 대응의 다양한 방법은 주목할 만하다.

또한, 정치적으로나 경제적으로나 또는 문화적으로나 이 시기의 이전과 이 시기를 겪고 난 이후의 양상이 중요한 여러 차이를 드러내고 있으므로 이 시기를 간과할 경우 이들은 자칫 과기와 단절된 별개의 사실처럼 오해될 가능성조차 있다. 실제로 이 시기를 간과함으로 인해 특히 문학의 경우, 이전과 이후를 단절된 것으로 파악하는 일[2]이 있었으며, 이를 둘러싼 여러 논의도 지속적으로 전개되어 왔다. 그러나 이런 논의는 이전과 이후의 연결부분 문학의 제 양상을 검토하고 거기에서 논리의 근거를 찾아야 하는 것이지 이 시기를 건너 뛴 과거와 현재의 상이점이나 공통점 찾기에서 시발되어서는 안될 것이다.

한국문학사에서 개화기 소설을 연구한 여러 선행업적들이 이미 개화기소설이 구소설과 상사하거나 상이하다는 여러 성과에 이르러 있다. 그러나 아직도 문제는 이들의 연속관계에 대한 해명이 충분하지 못하다는 점이다. 이처럼 지속적인 논의가 있었는데도 아직 이러한 의문이 남은 것은 당시의 문학적 사실 중에서 일부가 간과됨으로 인한 것일 개연성이 크며 만약 그렇다면 연결고리 부분인 대한제국시기, 그 중에도 자주 논의되는 신소설이 나타나기 전의 글들이 충분히 연구되지 않은 이유일 것으로 보인다.

---

2) 林和의 일련의 연구(조선중앙일보, 1935. 10. 9 - 11. 13
    조선일보, 1939. 9 - 1940. 5
    인문평론, 1940. 11 - 1941. 4)에서 촉발된 논의로 오랜 논란을 불러 일으켰다.
    임화는 개화의 주체가 우리 민족이 아닌, 외세였으므로 문학도 조선문학의 발전적 계승이라기보다 외래문학의 영향 아래 형성되었음을 말하였다. 이 논쟁은 문학사의 단절과 계승을 둘러 싼 것인만큼 논자의 주관적 이해와 자료의 편향적 인용 해석의 여지가 있었다.

그러므로 본고는 구소설로부터 새로운 소설로 이행하는 과정을 살피는 데 있어 대한제국시기 문학활동의 많은 부분이 간과되어 왔다는 데에서 출발하려 한다. 많은 연구자들이 새로운 소설의 발단을 1906년의 <血의 淚>에서 잡아 온 데 대해 당시에 이른바 새로운 문학은 그보다 앞서 진행하고 있었으므로 거의 공백처럼 처리되어 있는 부분이 생기게 되고, 실은 이 부분이 이후 소설사의 전개를 해명할 중요한 단서가 될 수도 있다는 이유로 1906년 이전의 창작 단형 서사문학의 가치 해명을 위한 노력이 필요한 것이다. 이른바 新小說이라고 불리는 장형의 완결된 서사양식은 많은 상사점에도 불구하고 구소설과 현저히 구별되는 상이점3)을 가지고 있으며, 그것은 일순간에 완성된 형태가 아닐 것이라는 점에서 분명히 해명되어야 할 예비단계를 가졌을 것으로 보인다.

또한 이 시기의 서사문학은 이 시기 문학으로서의 독립적 가치를 가졌을 것으로 보아야 한다. 무엇보다 역사적 현재의 관심사가 문학의 내용이 되는 관심사로 반영되기까지 현실주의적 사고의 발양이 필요했을 것이며, 구소설처럼 지은이의 관념적인 의도를 대변하던 문학 행위로서의 성격은 회복되면서 그 의도의 내용이 창작 당시의 현실적인 개화나 우국 주장으로 바뀌게 되는 데는 인식 변천과정이 있었을 것으로 보인다. 이 점은 이 시기의 문학으로 하여금 다른 시기의 문학에 대한 계승이나 도입의 기능 이외에 독자적인 가치를 가지게 하는 성격이 될 것이다.

이 글은 이러한 검증과정을 거쳐 1906년 이전의 대한제국시기 문학의 가치와 문학사적 의미를 찾는 데 이르고자 한다. 이를 위해서는

---

3) 구소설과 신소설의 상사 상이점은 宋敏鎬(韓國開化期小說의 史的 研究, 일지사, 1975)에 의해 항목별로 제시된 바 있다.

당시에 창작된 서사문학의 실제적인 독서와 문학사의 주변 상황과 변모 양상, 창작 담당계층의 성격 구명 및 그 글의 형식과 내용에 대한 검토가 필요할 것이다.

## 2. 선행연구

개화기 문학을 연구한 선행 업적은 시간적인 계기를 따라 혹은 논점의 변화를 따라 다양하고 주목할 만한 성과를 이룬 바 있다. 이러한 연구는 장르에 따라 구분되어 연구되거나 종합적으로 연구되기도 했고 서사의 경우에도 대상작품의 시기나 특징 또는 작자에 따라 연구되기도 하였다.

개화기 문학에 대한 연구의 시발은 대체로 安自山의 <朝鮮文學史> 4)에서 잡고 있다. 이 글은 제 36절 "新學과 新小說"에서 이 시기 문학을 언급하면서 崔南善, 申采浩, 李人稙, <대한미일신보> 등에 대해 개괄적인 해석을 가하였다. 이것이 이후 소설연구의 한 모범으로 작용하여 신문학에 대한 연구가 이인직을 출발점으로 삼게 되는 한 요인이 되었다.

이러한 연구태도는 이 이후에 행해진 金台俊의 경우5)나 林和의 경우6)에도 대체로 답습되었으며, 이인직을 기점으로 삼는 연구방법은 현재에 이르기까지 진행되고 있다. 물론 이인직의 소설들이 전 시기의 그것에 비해 일정한 차별성을 가진 것은 인정되며7) 이는 이미 공

---

4) 安廓, 朝鮮文學史, 한일서점, 1922
   (崔元植 역, 조선문학사, 을유문화사, 1984, p.197)
5) 金台俊, 朝鮮小說史, 동아일보, 1930. 11 - 1931. 2
6) 임화, 앞의 글

지의 사실로 받아들여지고 있다. 그러나 이 경우 이인직의 소설이 출현하게 된 시간이 그와 대비할 전 시기로부터 현저한 시간적 간격8)을 가지고 있어서 시간의 진행으로 인한 당연한 변화일 가능성을 남기고 있다.

　개화기 문학에 대한 연구는 또한 다양한 문제점의 제기와 해명에 이르고 있다. 대체로 그것은 실증적 자료확인과 쟝르론, 비교문학적 연구, 사상사적 연구, 시대의식의 문제, 언어와 문체 연구, 문학사적 연구 등으로 행해졌다.9)

　이러한 연구의 과정에서 신소설 이전에 분명히 존재했던 개화 전기 문학에 대한 관심의 고조가 이루어져서 李在銑10)에서부터 이 시기 문학에 대한 연구가 비교적 활발히 이루어졌다. 이 시기의 문학은 특별히 창작 출판된 예가 없이 당시의 신문이나 잡지를 통해 발표된 것이 전부이므로 이들 연구는 개화기 신문 또는 잡지연재 소설 연구의 방법11)으로도 행해졌다. 다만 이들 연구는 대상을 한정하는 데 있어 소

---

7) 이인직에 대한 연구는 대단히 많으나 全光鏞의 일련의 연구(국어국문학, 1954 에서 사상계, 1955 - 1956 등 여러 논문과 이를 정리하고 편집한 新小說硏究, 새문사, 1986)가 실증적 태도와 연구의 양에 있어서 대표적이다. 그는 위의 책 p.40에서 신소설과 이전 소설의 차이를 열거한 뒤 "이 땅의 소설사에 있어서 하나의 차원을 달리 한 획기적인 진전"이라고 말하였다.

8) 宋敏鎬(1975)는 개화기 소설을 연구하면서 그 특성을 "구소설적 요소", "신소설적 요소" 등으로 항목을 지어 찾아내고 있는데 여기서 구소설이란 특정되어 있지는 않으나 논조로 보아 18세기경에 성행하였던 군담류, 쟁총류, 계모류 등을 지칭하는 듯하며, 이 경우 대비되는 신소설과의 시간적 거리가 한 세기 이상 날 수도 있다.

9) 개화기소설 연구사에 대한 일반적 정리는 崔元植, "개화기 소설 연구사의 검토"(신문학과 時代意識, 새문사, 1981 소재)에서 이루어졌다. 각 유형별 연구목록은 생략한다.

10) 李在銑, 韓國開化期小說硏究, 일조각. 1972

11) 개화기 신문에 연재된 소설에 관심을 가지고 연구한 이들의 업적은 이 시기로부터 다수 나타났다.
　金重河, "개화기 신문소설 <거부오해>소고", 수련어문논집, 부산여대, 1975.

위 신소설과의 차별성을 생각하지 않고 신소설 이전의 작품을 연구하
는 경우라 하더라도 신소설에 가깝거나 신소설적 요소를 가진 것에
한하는 특성을 갖고 있었다. 그리하여 대체로 장형이어서 연재된 것
들이 연구의 대상이 되었고 이것들은 신소설로 변모하는 과정의 기능
을 가진 것으로 파악되었다.

그러나 이 경우에도 논의의 대상이 되는 작품들의 시대적 상한이
1903년(木東崖傳) 또는 1904년(灌頂醍醐錄)에서 더 이상 소급되지 않
아 여전히 한 시기를 간과한 한계는 벗어나지 못하였다. 이는 이런
연구들이 이인직에서 시발되는 것으로 파악되고 있던 신문학 연구의
한계를 극복하여 이인직 이전에도 새로운 소설의 창작이 있었다는 일
정한 성과에는 이를 수 있었으나  신문학이 이인직류 소설이어야 한
다는 연역적 소설개념에서 진전하지 않은 이유인 것으로 보인다. 이
경우 소설사에 대한 연구로 큰 의의가 있으나 근대적 의미의 소설이
발생하는 과정과 구소설과의 연계를 설명하는 데는 일정한 한계를 가
질 수밖에 없다. 더욱이 구소설 중 단편의 경우와 근대적 단편의 연
계는 이른바 신소설에 의해 설명되기에 불편한 점은 더 많을 수밖에
없으며 이는 단편적 발상방법의 전개를 중심으로 살펴야 할 경우가
더 많은 것이다.

다만 개화기 신문에 단형서사문학이 있고 이를 검토할 필요가 있다
는 인식이나 주장은 李在銑12)에서 金重河13), 尹明求14)에 이르기까지

---

李在銑, 韓末의 新聞小說, 한국일보사, 1975.

韓元永, "韓國 開化期 新聞 連載 小說의 硏究", 청주대학교 박사학위논문,
1989.

閔丙德, "韓國近代 新聞連載小說 硏究", 성균관대학교 박사학위논문, 1989.

잡지 게재 소설에 대한 연구도 있었다.

禹快濟, "舊韓末 雜紙小說 硏究", 국어국문학 78, 79합집, 1979.

金重河, "개화기 단형소설연구", 인문론총 20, 부산대학교, 1981.

12) 李在銑, 앞의 책, 1972.

제기되었다. 그러나 이들도 단형서사문학 자체에 대한 연구는 아니어서 이들이 문학사의 한 시기를 담당한 것이 아니라 다른 성숙한 문학 형식의 미성숙한 이형태인 것처럼 인식되어 있다. 다만 劉英恩[15]의 경우에는 개화기 단형서사 자체에 관심을 가지고 이를 연구한 성과를 남겼다. 이 연구에서 아쉬운 점은 검토한 작품이 특히 <皇城新聞>과 <대한민일신보>에 게재된 것으로 한정되어 있고 잡지의 작품이 첨가된 정도여서 이 시기 문학의 총체적 해석에 이르기에 일정한 한계를 보였다는 것이다. 이 시기는 신문 잡지의 다수 발행시기였고 특히 신문의 상당수가 단형 서사문학을 게재하였으므로 가능한 최다수의 글을 대상으로 검토하는 것이 이 시기 문학의 실상에 가장 접근하는 길이기 때문이다.

## 3. 개념과 범위

이 연구의 목적을 달성하기 위해서는 우선 단형서사문학의 개념을 밝힐 필요가 있다. 단형 서사 문학의 개념에 대한 정설은 아직 모색

---

______, 韓末의 新聞小說, 한국일보사, 1975.
______, 韓國短篇小說研究, 일조각, 1975.
______, "개화기 서사문학의 세 유형", 우촌 강복수박사 회갑기념 논문집, 형설출판사 ,1976.
13) 金重河, "개화기 토론체 소설 연구", 백사 전광용박사 회갑 논종, 1979.
______, 앞의 논문, 1981
______, 개화기소설의 문학사적 연구, 인문론총 25, 부산대학교, 1984.
______, "開化小說의 文學社會學的 研究", 경북대학교 박사학위논문, 1985.
14) 尹明求, 開化期小說의 理解, 인하대학교 출판부, 1986. 4. "개화기소설의 유형"
15) 劉英恩, "開化期 短形敍事體 研究", 현대문학연구, 서울대학교 현대문학연구회, 1989.

되고 있는 상태에 있다. 위에 말한 李在銑, 金重河, 劉英恩 등은 단형
서사체 또는 단형서사문학, 단형서사류 등의 용어를 사용하였으며, 그
것은 장형의 완결된 서사 문학 형태에 대치되는 개념으로 사용되어
왔다. 이러한 불확실한 개념의 단점을 극복하기 위해 이재선은 단형
서사문학의 개념규정에 다각적인 노력을 기울였다.16) 그는 단편소설
의 前史的 형태로서 단형서사의 형태가 있음을 밝혀 소설사의 전개가
용이하게 설명될 수 있도록 하였다. 이 글에서 그는 서사문학이 일단
소설임을 전제로 하는 것이 부당함을 설명하고 소설의 개념에 부합하
지 않는 서사를 그 형태와 내용에 따라 검토하여 단편소설의 前史的
배경으로 단형서사문학이 있음을 밝혔다.17) 이에 따라 근대이전의 한
국문학에 소설이 아닌 서사체들이 자리잡을 곳이 정리되었다.18) 근대
이전의 문학사에 있어서 이른바 한문단편이라고 범칭되는 작품들이
단편소설의 일반적 특징19)을 갖추고 있지 않은 경우가 있으므로 이들
을 단형서사문학에 포괄하여 단편소설의 前史的 형태로 정리해야 한
다는 것이다. 이를 정리하면 다음과 같다.

---

16) 李在銑, "前史的 背景으로서의 短形敍事文學과 그 分類", 韓國短篇小說研究,
　　일조각, 1975. pp.21 - 53.
　　______, 앞의 논문, 1976.

17) 이재선, 위의 책, p.28에서는 H.Seidler의 대형서사문학(groß Epik), 단형서사문
　　학(kurz Epik) 개념을 원용하여 단형서사문학의 하위개념에 엄격한 형태와 자
　　유형태의 항목을 두고 엄격한 형태의 하위에 단편소설을 두어 자유형태의
　　하위분류에 여러 비정형문학형태가 포괄될 수 있도록 하였다.

18) 이재선은 위의 주에서 보인 분류를 구체화하여 근대이전 단형서사문학의 항
　　목을 전개적 형태와 단순형태로 나누고 단순형태 하위에 逸話, 民譚, 傳說,
　　神話, 戱謔, 寓話, 喩話 등을 두었다.(위의 책, p.29.)

19) 단편소설의 일반적 특징에 대해서는
　　이재선, 위의 책, p.5에서 항목을 만들어 제시하고 있고,
　　최재서, 문학과 지성, 인문사, 1938, p.172에서도 정리를 하였다.

## (1) 시기적 개념

개화기는 다른 시기에 비해 문학적 창작물이 발표될 지면이 확대되고 (일부 개인적인 저작집을 제외하고는) 창작행위를 이들 정기 간행물에 의하지 않고 파악할 방법이 없으므로 당시의 신문이나 잡지에 게재된 글들이 검토의 대상이 될 수밖에 없다. 관보를 제외하고 신문이 나타난 것은 1883년이었으며 단형서사문학으로 논의할 수 있는 글이 나타난 것은 1896년 <독립신문> 창간 이후이다.

개화기는 시기적으로 개화의 기운이 확산되고 영향력을 가지고 있던 시기로 보아야 한다. 이로 인해 개화기 문학의 포괄범위는 대체로 1870년대 이후에서 1900년대를 가리킬 수밖에 없다. 이 시기는 역사적으로 조선의 전래적인 지배질서가 이완되면서 여러 모순과 갈등이 나타나는 시기이면서 사상사적으로도 다양한 모색의 시기였다. 이 시기에는 위정척사를 주장하는 부류든 개화자강을 주장하는 부류든, 독자에 대해 당시의 국가나 사회가 당면했던 문제의 실상을 알리고 그 앞길을 제시해야 한다는 현실적 필요와 소명의식을 가지고 있었으므로 이를 효과적으로 수행하기 위한 다양한 방법적 시도가 필요하게 되었다. 기본적으로는 논자가 발행하던 신문을 통해 논설로 주장하는 것이 있었으며, 이런 방법의 지나친 직접성을 피하기 위해 문학적 장치를 보태어 창작한 글들이 함께 나타났다.

개화기에 이처럼 지은이의 의도를 드러내는 글이 많았던 것은 이 시기가 현저한 변화와 그에 따른 토론의 시기였기 때문이며 토론의 한쪽에 선 지은이는 자신의 의도를 전제하고 창작을 진행하였기 때문이기도 하다. 그러므로 이 시기의 글들은 대체로 교술적 성격을 가지게 되었다.

개화기문학 중에서 1896년 이후 나타나는 단형의 서사문학도 이처럼 지은이의 의도를 대변하는 기능을 가지고 있다. 이들은 구소설이나 신소설에 비해 단형이며 미완결된 구성을 하고 있다는 점과, 한글 속에 여러 형식이 혼재하고 있다는 특징을 가지고 있다. 그러므로 이들은 신소설과 단편소설이라는 비교적 완결된 형태에 선행하여 나타난 것으로 1896년에서 대제로 1910년까지 각 신문에 산견되며 1905년 이후에는 자주 보이지 않고 1910년 이후에는 거의 보이지 않는다. (다만 일부 학회지에는 구전 또는 한문일화집 소재의 일화를 번역하거나 재수록한 경우가 있으나 거의 원전을 확인할 수 있을 만큼 창작성이 적다.) 1903년부터는 장형의 소설이 나타나기 시작하고 <대한일보>의 여러 소설에 이어 1905년 이후에는 <대한민일신보>를 중심으로 구소설의 이형태이든 신소설의 발상이든 소설형태가 자주 보이므로 이와 맞물려 단형의 서사물은 창작이 드물어진 것이다. 그러므로 신소설 위주로 문학사를 연구하는 경우 구소설과의 연속에서 나타날 수 있는 시기적 간격이 단형서사문학의 연구를 통해 보완될 수 있는 것이다.

## (2) 장르적 개념

이 시기의 단형서사문학은 대부분이 1회 게재로 완료되었다. 이들은 신문의 <논설>, <잡보>, <기서> 등의 난에 게재되기도 하였고 일부는 일정한 난을 가지지 않고 독자적인 제목을 가지고 실리기도 하였다. 길이는 200자 원고지로 환산하여 3매 미만에서 7매 내외까지의 짧은 것이었다. 이들은 당시에 있었던 사실을 재구성하여 짧게 보이는 것으로부터 과거의 일을 교훈적으로 활용하는 것, 외국의 사실을 인용하여 지은이의 의도를 보이는 것과 몽유 또는 의인의 방법으로 상상력을 최대한 활용하여 현실의 일에 교훈을 보이는 것 등이 있었다. 형식은 초기에 서술형식의 서사에 지은이의 의도가 직접 결부되던 것으로부터 시기가 지날수록 다양한 시도를 보여 대화체의 생산적인 발전이 이루어지고 몽유나 의인방법이 사용되기도 하며 지은이의 개입은 전혀 없이 서사의 내용만이 제시되기도 하였다.

단편소설이 대체로 일정한 요건을 갖추어 구성된 이야기의 동태적 전개이면서 한 갈등의 전개 또는 완결로 되어 있다면, 이 시기의 단형서사문학은 그 미완결성이나 제 구성요소의 과감한 생략과 과장으로 인해 단편소설로 규정될 수 없는 불완전한 형태이다. 또한 이들은 희곡적 제시방법인 대화체의 글들을 포괄하고 있으며 줄거리의 전달보다 한 장면의 충실한 제시에만 그치는 경우도 있어서 이를 소설만으로 보기에는 무리가 따를 수밖에 없다.

형식으로 보아 서사문학을 대형서사문학과 단형서사문학으로 나눌 때 단형서사문학은 엄격한 형태와 단순한 형태로 나뉜다고 논술되어 왔다. 이 경우 단순형태 또는 자유형태는 逸話, 民譚, 傳說, 寓話, 喩話, 戱謔, 諷刺 등을 포괄하고 있으며 개화기 단형서사문학은 여기에 해당한다. 이들은 단발적이며 서사의 폭이 협소하고 개성적인 가치의 개입이 비교적 적어 전개적 서사보다 단순하고 원초적인 형태이다.

개화기 단형서사문학 작품 중에서 일부는 당시의 구체적 사실을 지은이가 재편성하여 서술한 것도 있으며 일부는 사실이 아닌 것이면서 사실인 것으로 믿게 하려는 여러 장치를 사용하기도 하였다. 이 경우도 지은이가 자신의 의도를 효과적으로 전달하려는 목적을 가졌기 때문일 뿐 사실 자체의 전달에만 목적을 둔 보고적 양식이나 의도만 전달하는 논설적 양식과 구별되는 특징이 있다.

그러므로 내용으로 보아 개화기 문학일반에 대해 경험적 서사체, 허구적 서사체, 희화우의적 서사체로 나눈 것은 이른바 신소설과 우국계몽소설을 포괄할 때 적절하게 적용될 수 있을 것이다. 그러나 이들이 나타나기 이전인 단형서사문학의 시기에는 이러한 영역의 구분이 불명확한 상태에 있고 각 유형의 특징이 한 작품에 필요에 따라 혼재하기도 하므로 이들을 분류 연구할 때 편의는 있을 수 있으나 상호 배타적이지는 않으므로 명칭으로 사용하기에는 난점이 있다.

### (3) 문학사적 개념

조선 후기 한문단편의 성과 중 하나가 개인사의 완만한 서술을 지양하고 의도하는 부분에 대한 충실한 집약을 이룬 점일 것이다. 이는 국문 또는 구전소설이 가진 단순보고적 서술방식에 대해 개인적 창조력이 개입한 제시방식으로의 변화라 할 수 있다. 그러나 아직 이들은 작품의 내용이 당대의 직접적 현실로 완전히 전환되지 않았고 작자의 관념적인 의도가 개입하는 것과 다수가 주인물의 생애를 대상으로 한다는 등의 특징을 가지고 있었다.

개화기의 단형서사문학은 우선 작자가 전지적 서술자의 시선에서 벗어나 현실적 관찰자로 바뀌는 과정을 보이며, 내용은 주인물의 일대기를 서술한다는 부담에서 완전히 벗어나고 있다. 이는 작중갈등의 집약을 가능하게 하고 사실적인 사건제시가 이루어질 수 있게 하였다. 작중 사건과 배경은 현실적인 것으로 변모하고 있으며 글이 지어지는 당시의 관심사가 서사문학으로 형상화하는 일이 일어났다. 이로써 문학은 관념적이고 긍정적인 전제에 대한 봉사의 기능만이 아니라 현실에 대한 태도표현방법으로서의 기능도 갖출 수 있게 되었다. 문체는 비교적 구어화된 현실언어중심으로 바뀌고 있으며 표기수단은 매체의 특수성이 없는 한 대체로 국문전용의 특징이 있었다.

이러한 개화기 단형서사문학은 이전 시기 한문단편이 이룬 문학적 성과를 다음 시기의 단편소설에 이어주면서 스스로 문학사의 한 시기를 담당하는 역할을 하게 되었다. 1896년에서 1906년 사이 외국 역사 또는 위인 전기의 번역이 있었고 구소설의 잔영인 듯한 작품이 있었으며 극소수의 친일작품이 있었으나 대체로 시기적으로 1903년 이후이며 그 이전에는 이러한 단형서사문학이 주로 나타났다.

이 시기의 단형서사문학은 이전 시기의 문학이 이룬 성과를 다양하게 수용하고 이용하는 성격을 가졌다. 이들은 작자의 의도를 효과적으로 전달하기 위해 다양한 형식적 시도를 하는 과정에서 몽유록이나 의인문학의 기법을 생산적으로 활용하였으며 내용상으로도 전통적으로 긍정되는 인물이나 가치를 원용하고 전래의 이야기를 수용 변형하여 이용하였다. 이런 점들은 다음 시기의 문학이 몽유록이나 의인문학의 기법을 발전시켜 사용하게 되는 데 기여하였으며 이 시기에 사용된 이야기는 다음 시기의 문학에 수용 변형되는 재료가 되기도 하였다.

작자에 의해 주인물의 일대기가 도식적으로 완결되어야 하는 부담에서 벗어나 집약되고 생략된 갈등으로 서사의 내용을 구성하는 발상은 이어지는 소설에서 구소설로의 회귀가 아닌 경우 사실적 사건제시를 가능하게 하였으며, 문학의 관심이 창작 당시의 현실에 대한 태도표명으로 바뀐 것은 다음 시기 문학의 성격에 영향을 주었다고 할 수 있다. 이어지는 문학은 이른바 신소설과 우국계몽소설로 나뉘는데 이들도 독자에 대한 훈도의 기능을 인식하고 실천하였다. 더욱이 이들은 단편의 형태를 가지고 있을 때 이야기하는 시간과 이야기된 시간의 관계에 있어서 구소설의 일대기 서술이 가진 완만함을 벗어나는 성격을 정착시킬 수 있었다.

서사문학은 일반적으로 소설이라는 개념에 비해 확장된 의미영역을 가지고 있다. 서사문학은 기본적으로 말하는 자와 듣는 자와 이야

기의 내용을 갖추고 있는 범박한 개념인 것이다. 그 중 소설은 서사
적 자아가 작중의 질서와 부딪혀 이것과 대결하는 이야기로 파악되고
있으며[20] 대체로 일정한 요건을 갖추어 구성된 이야기의 동태적 전개
라는 성격을 가지고 있다. 이 시기의 단형서사는 이에 비해 비완결된
서사구조를 가진 것으로 사실과 사건의 제 구성요소가 과감히 생략되
어 지은이의 의도를 나타내기에 적합하고 필요한 것들만으로 짜인 짧
은 이야기라는 성격을 가진 것이다. 소설은 그것이 가진 본질적 성격
상 사물과 사실에 대한 개연성 있는 표현을 지향하고 이를 위해 제
요소를 동원하는 성격을 가졌던 데 비해 단형서사는 사물과 사실에
대한 과감한 생략과 과장[21]을 통해 지은이의 생각이 압축되어 나타나
도록 하려는 태도를 가졌으며, 일반적인 서사가 줄거리의 제시를 기
본적 성격으로 하지만 이 시기의 것 중 일부는 장면의 제시로만 그치
는 경우도 있다.[22]

개화기에 단형서사문학은 소설로서의 형식적 정돈이 이루어지지
않은 상태에서 다수 창작되었다. 그것은 당시의 지은이들에게 소설형
식에 대한 분명한 인식이 완비되지 않은 탓이기도 하려니와, 달리는
그것이 문학으로서 창작적 성격을 띤다는 사실 자체가 인식되지 않은
탓일 수도 있다. 이 시기의 글들이 다루고 있는 내용이 지은이들 자
신이 겪고 있는 경험의 내용이거나 경험으로부터 유추된 이야기일 경

---

20) 趙東一, 韓國小說의 理論, 지식산업사, 1979.
21) Wolfgang Kayser는 이를 機智라고 부르고 기지가 요구되는 문학을 단순형식
    (einfachen Formen)이라고 했다. 그는 이 형식 속에 聖譚, 傳說, 神話, 수수께
    끼, 箴言, 우연한 사건, 사건기록, 童話, 機智 등을 포괄시켰다(볼프강 카이저,
    김윤섭 역, 言語藝術作品論, 대방출판사, 1982, p.542.).
     김윤섭은 이를 정리하여 소서사문학으로 기술하였다(金潤涉, 위의 책 소재
    "W.Kayser의 文藝 解釋學的 方法論").
22) 이러한 것들도 시작, 중간, 끝이 있고 인물설정의 허구성에 기초한다는 점에
    서 서사(소설)의 일부라고 보아야 한다(김중하, 1979 참조).

우가 많았기 때문이다. 그러나 이들도 단편소설의 前史的 형태로서의 성격은 분명히 갖추고 있으며 스스로 한 시기를 담당한 문학행위로서의 성격을 완비하고 있으므로 이것은 獨自的인 문학사적 사실로 연구되어야 할 것이다. 이런 형식의 글 중에서도 이 연구가 다루려는 글은 단형서사의 성격상 일단 1회 게재로 완료된 글을 대상으로 하되 내용이나 의도가 변하지 않은 채로 이어진 글은 짧게 연재된 것까지 대상으로 한다. 이런 형식에 장기간 연재된 것들이 나타나지만 시기적으로 늦게 보이며 대체로 단편소설과 시기가 겹치고 이미 앞 시기의 단형서사가 이룬 성과를 집약하거나 연결한 성격을 가졌으므로 일단 단형을 대상으로 하는 것이다.

지금까지 연구된 것들은 단형서사를 문학의 한 가치있는 현상으로 보기보다 다른 완결된 형식이 나타나기 위한 준비 또는 과도적 미숙 형태 정도로 파악하고 있다. 그러나 한 시기의 문학은 그것이 담당한 시대적 의미에 있어 다른 시기의 단순한 준비이기만 한 것은 아니라는 점에서 이들 단형서사는 그것 자체로서의 의미가 탐구되어야 할 것이다. 이를 위해 본고는 당시의 간행물을 통해 당시 작품의 실상에 접근하고 이를 면밀히 독서하며 그 의미와 의도를 찾는 데 힘을 쓰고자 한다. 이 글들의 형식과 내용이 가진 특성과 시대적 의미는 주목할만한 것으로 보며 문학사적 위치도 염두에 두어야 할 것이다.

이 연구에서 검토하고 논의하려는 대상은 1896년에서 1906년까지 신문이나 잡지에 게재된 창작 단형서사문학 작품이다. 1896년 이전에는 신문으로 <漢城旬報>23)와 <漢城週報>24)가 주춤주춤 발행되고 있을 뿐이었던 바 이 신문의 현존분을 검토한 결과 이 연구의 대상이

23) 1883년 10월 1일 창간, 통리아문 박문국 발행.
24) 1886년 1월(음 1885년 12월 21일)창간, 박문국 발행.

되는 글을 발견할 수 없으므로 <독립신문>이 창간25)된 이후의 글들이 대상이 되었다. 1906년 이후에도 단형서사문학으로 분류할 수 있는 글이 수적으로 비교적 소수이나 나타나기는 하는 바, 논의의 하한을 1906년으로 잡은 것은 이 해에 <血의 淚>가 연재되고 이전에 이미 <大韓日報>의 여러 소설과, 무엇보다 <萬歲報>에 <小說 短篇>이 연재되어 문학사적 진전이 이루어지므로 논의의 방만함을 피하기 위해 이 연구는 논의의 대상을 1906년 이전으로 한정하고 그 후에 나타나는  이러한 단형서사류는 이 연구와 다른 목적의 연구에서 다루어야 할 것이다. 이 시기의 특성상 당시의 문학작품을 보는 이 연구의 시각은 문학사회학적인 방향이 될 것이며 장르나 문체에 관한 검토는 필요한 연구방법을 각각 원용하게 될 것이다.

이 연구의 목적을 달성하기 위해서는 직전 시기와 직후 시기에 대한 검토가 필요할 것으로 보인다. 특히 이 시기는 문학의 기능에 대한 인식의 중요성이 다른 시기에 비해 각별할 것으로 보이는 바, 이 시기의 이전과 이후에 문학에 대해 창작자와 독자가 가졌던 것으로 보이는 문학관에 대한 검토도 병행되어야 할 것이다. 작품의 산출 환경으로서의 역사적, 사회적, 사상사적 배경이 검토되어야 할 것이며 이 시기의 문학 담당 계층으로는 기왕의 한문 독서층과 새로 등장한 지식층의 성격에 대해서 연구되어야 할 것이다.

이 시기 작품은 형식적 특성과 내용적 특성을 아울러 가지고 있어서 다른 시기의 문학과 구별되어 있다. 특별히 이 시기의 문학에서 <논설>의 형식을 가진 것이 주목되며 지은이의 관념적 의도를 드러내는 방법의 한 모습인 논설 형식이 논설의 외형을 벗고 비논설화해

---

25) 1896년 4월 7일, 순국문, 주 3회간. 이전에 일본인에 의해 1881년 <朝鮮時報>, 1889년 <朝鮮週商報> 등이 나왔다고 하나 검토하지 못했다(崔埈, 韓國新聞史, 일조각, 1965, pp.39 - 42.).

가며 새로운 형식의 시도를 보이고 있는 점에 대해서도 검토하되 이 시기와 그 이후의 문학 형식으로 다양한 창작을 보인 대화체가 시도된다는 점과, 구 시대 문학의 몽유록 및 의인 형식이 계승되는 점도 아울러 고찰해야 할 것이다.

내용에 대한 고찰은 현실에 대한 정확한 인식의 노력과 현실 대응 의지 및 전통적 가치관에 대한 태도를 살피며 새로운 가치관을 전파하는 한 수단으로 이용되는 문학의 기능을 검토하는 데 중점이 두어질 것이다. 또 이 시기의 문학은 전 시기와 대비할 때 문학의 주된 관심이 관념적인 사실이나 덕목으로부터 현실로 이행했다는 점이 주목되며 이 시기에 시도된 새로운 표현과 문체에 대해서도 검토하게 될 것이다.

# Ⅱ. 개화기 단형서사문학 형성의 배경

## 1. 역사, 사회적 상황

19세기 후반 이른바 개화기의 시대적 변모는 이미 19세기 전반 혹은 그 이전부터 준비되어 왔다. 19세기 후반 개국 개화에 의해서 역사적, 사회적 격변이 온 것은 사실이며 당시에 외세의 간섭과 압력은 조선의 변화에 직접적인 요인으로 작용하고 있었다. 그러나 당시의 역사적 변화가 외세에 의한 것이라고만 파악하고 말기에는 문제가 있다. 그것은 당시 조선 사회의 내부에서 일어난 문제라고 보는 것이 더 타당할 것이기 때문이다. 그 이전에 이미 노론에 의한 권력의 장기적 집중과 일부 씨족에 의한 권위적 전횡은 조선조 권력질서의 모순을 극명하게 드러내면서 새로운 변화의 기운을 내포하고 있었다.26) 이러한 변화의 기운은 권력질서 내부의 투쟁으로 나타나기도 하고 외세의 압력에 대한 대처의 방법 논쟁으로 드러나기도 했다.

이 시기에 이미 일본을 개국시킨 서양 세력은 이전 시기까지 서구

---

26) 한국역사연구회, 조선정치사, 청년사, 1990, 상권 제1, 2장.
  琴章泰, 韓國近代의 儒敎思想, 서울대학교출판부, 1990, 제1장.

중심 세계사의 관심에서 떨어져 있던 조선을 발견하게 되고 이에 대해 개항을 극력 요구해 왔다. 이들이 요구하는 개항의 방법과 개념은 당시의 조선으로서는 미증유의 것이었고 조선은 이들이 강요하는 개국 개항의 낯섦에 당황하게 되었다. 이 당황은 일차적으로 저항감과 내부적 결속을 불러 일으켜 강경한 저항의 분위기가 조성되었다. 그러나 조선이 거부한다고 개항의 대세가 중단될 수는 없었고, 일단 조선의 저항으로 좌절된 서양세력의 개국 노력은 월등한 과학적 신부기의 위력으로 조선을 압박하여[27] 조선은 내부적으로 개항과 쇄국의 논쟁에 휘말려들었다.

이 논쟁은 다양한 고전적 전거가 동원되고 학파 간의 성격차가 분명히 드러나기도 하면서 치열하게 전개되었다. 정치적 형편에 따라 차이는 있었으나 일반적으로 개화는 거부되어야 할 것으로 파악되었으며 강요되는 개화에 대해 어떻게 대응할 것인가가 논쟁의 중심이 되었다. 또 한편으로는 개화를 주장하는 인사에 대한 분개와 성토가 다양하게 일어났으며 이 모든 논의의 근거는 역사 및 문화적 자존심과 관련되어 있었다. 그러나 이 논쟁은 내부적으로 정리되는 데에 이르지 못한 상태에서 일본의 압박에 의한 불평등 개항으로 끝나게 되고 이후 계속되는 열강의 강요와 조선의 수동적 개국[28]이 진행되었

---

27) 1866(병인) 불란서 함대에 의해 강화도 함락, 수복
　　1871(신미) 미국 함대에 의해 상화도 함락, 칠군으로 인헤 수복
　　이상 韓國現代史 1(신구문화사), 제1장 "鎖國으로 지키다"
28) 이 연구가 대상으로 하고 있는 시기와 관련되는 수호조약은 다음과 같다.
　　1876, 韓日 수호통상조규
　　1882, 韓淸 상민수륙무역장정
　　1883, 韓英 수호통상조약, 韓獨 수호통상조약
　　1884, 韓伊 수호통상조약, 韓露 수호통상조약
　　1886, 韓佛 수호통상조약
　　1892, 韓墺 수호통상조약
　　1901, 韓白 수호통상조약

다. 이 과정에서 현저히 약화된 것은 왕과 지배집단의 권위였으며 권위가 무너지면서 가치관의 극심한 혼란이 나타났다. 이런 혼란의 중심은 小中華의 자존심이 倭洋夷狄의 위력에 눌린다는 데 있었으며 이 둘 중 어느 것이 조선의 현실적 위기를 구원할 수 있는가에 대한 검토와 논쟁이 이 시기 역사의 방향을 이끌어가게 되었다. 현실은 외세의 강력함을 인정하는 데로 조선을 이끌어 갔으므로 논쟁이 도달할 수 있는 당위적 결과와 관계없이 조선의 개국은 진전되었다. 이후에 나타나는 새로운 논쟁의 내용은 관념과 현실의 문제가 아니라 현실 속의 선택에 관한 것이었다. 개화 자체에 대한 찬반의 논쟁에 후속하는 혼란은 그 왜양이적 중에서 어느 것이 조선을 보존하게 할 힘이 있는가에 대한 것이었다.

이러한 역사적 사실은 당시의 삶을 살아가는 조선인의 실생활에도 영향을 미칠 수 밖에 없었다. 전 시기의 전통적인 질서가 무너지기 시작하자 이 붕괴가 지속적이고 결과적인 것인지 또는 일시적이고 회복 가능한 것인지에 대한 서로 다른 인식과 대응이 나타나게 되었다. 전자의 경우, 곧 이미 전 시기의 지배질서는 무너졌으며 새로운 질서가 수립되어야 한다는 인식을 가진 경우는 지난 날의 권위와 질서에 대한 희화나 비난이 고조되었으며 구 질서로 복귀해서는 안된다는 태도를 보이게 되고, 후자의 경우, 곧 법도가 이완되어 있을 뿐 그 회복이 시급하다고 보는 경우라면 자신이 누리던 지위에 대한 보수적 의지가 작용하거나 자신이 소외되었던 권위에 대해 장벽이 이완된 틈을

---

1902, 韓丁 수호통상조약, 이 밖에 조선의 이권을 양도 또는 임대하거나 조선 내의 일정한 지역을 외국인의 거류지로 허가하는 조약이 1877년 부산 일본조계조약 이후 다수 체결되었다(年表로 보는 現代史, 韓國現代史 9, 신구문화사, 1972 참조).

이용해 참여하려는 의지가 작용하게 되었다.29) 다만 새로운 질서와 가치관이 수립되어야 한다고 주장하는 경우라도 구 질서에서 소외된 사람들이 중심이 되어 신 지배층 최소한 신 상류층의 형성을 목표로 했을 가능성이 인정되므로 이들의 구 시대에 대한 비난이 후자의 경우와 확연히 구별되는 것은 아니었다.

당시 조선 일반 인민의 개화주의자에 대한 태도는 개화의 이념에 대한 긍정 부정에 따른 것이 아니라 개화파의 일정한 행동에 대한 好惡의 감정을 전제로 하고 있었다. 갑신정변, 곧 1884년의 우정국 낙성식에서 개화파가 대신들을 죽이고 왕을 핍박한 사건은 당시의 사람들에게 개화파와 그 이념에 대한 분개의 감정을 불러 일으켰다. 일반인에게 있어 왕을 핍박하고 속인 사건은 그 선악을 떠나 비난받을 일이었고 이로 인해 원래 보수적인 성격을 가졌던 조선 사회는 전반적으로 더 보수적인 분위기로 회귀하는 경향을 갖게 되었다.30) 이와 같은 분위기는 동학 교도의 봉기로 촉발된 이른바 갑오경장(1894)에 이르러서도 전면적인 변화는 일으키지 않았다. 더욱이 1895년에 일어난 명성황후 시해사건은 조선인 전체에 개화파 및 일본에 대한 분개와 적대감을 야기하여 전체적인 보수회귀를 촉진하였다. 이런 분위기 속에서 개화파는 독립협회를 결성하고(1896.7.2) 만민공동회를 개최하였으며(1898.2.9) 당시의 집권 보수파는 사회 전체의 분위기를 이용하여 이에 대항하는 황국협회를 결성하였고 어용 보부상 집난인 이들의 불

---

29) 田鍾洙, "봉건사회의 총결로서의 동학농민전쟁"(韓國近代社會와 思想, 중원문화사, 1984 소재)제3절 "동학농민전쟁의 실패와 교훈"
30) 黃玹(이장희 역), 梅泉野錄, 대양서적, 1980, p.89 갑신 10월 17일조 이후
    이 기록에는 갑신정변에 연루된 사람의 가족들이 자결하거나 노비가 되거나 귀양을 간 사실과 당시의 사람들이 역적의 집안이라 하여 분노하고 천대하던 사실이 들어 있다. 이는 지은이 자신의 보수적 사고와도 관련이 있거니와 이 책이 가진 기록의 성실성으로 미루어 보아 당시의 사회적 분위기를 짐작할 수 있게 한다.

법적인 행위가 묵인되는 속에서 개화 혁신의 분위기를 억누르는 노력
을 하였다.

이러한 내부적인 격동 속에서도 조선을 둘러 싼 정세는 급박한 변
화를 계속하여 조선의 국권은 약화되었으며, 열강 중에서도 일본은
적극적으로 조선진출을 꾀해 청일전쟁(1894년)에서의 승리로 청에 대
한 우위를 확보하고 영일 공수동맹(1902년)으로 배타적인 우선권을
확인했다. 일본은 1904년 러일전쟁을 치러내고 1905년 11월에는 제 2
차 한일협약 곧 을사보호조약을 체결하게 하였다. 이러한 일련의 침
략 사건은 조선인에게 경각심과 아울러 일본에 대한 적개심과 조선의
왕조가 위기에 있으며 회복이 어렵다는 현실인식을 갖게 하였다.

조선인은 이런 사태 속에서도 전반적으로 개화의 당위를 인식한 상
태는 아니었으며 일반인은 구 시대의 사고방식과 가치관에서 벗어난
상태에 있지도 않았다. 서울의 일부 신지식인의 경우를 제외하면 대
체로 당시의 민중은 왕조의 기본 질서가 확고하다고 믿고 있었으며
이 확고한 질서에 대한 충성의 맹세가 현재의 위기상태를 극복하는
길이 된다고 믿고 있었던 것으로 보인다. 대부분의 미개화 인민은 조
선의 구 질서에서 소외된 계층에 속하고 있었으므로 일부 이 시기의
사람들은 신분질서의 완고함이 이완된 기회에 자신들의 신분을 상승
시키려는 노력을 하였다. 신분상승의지가 적극적으로 작용하고 있다
는 것은 이들이 당시의 사회에 대해 보수적 태도를 가지게 되는 한
요인으로 해석될 수 있다.

신분의 상승은 구 시대처럼 양반의 족보에 편입하거나 신분을 위장
하는 방법 이외에 강한 어조로 우국의지나 개화의지를 주장하는 방법
으로 나타날 수도 있었다. 양반이 아닌 사람이 우국을 말할 수 있다
는 것이 이미 신분질서의 동요와 관련된 것이기도 하거니와, 구 질서
의 수혜계층이 아닌 사람들이 질서의 수호를 주장하는 것은 그것이

그들의 신분적 한계를 뛰어넘을 수 있는 것으로 인식된 것이다. 구
질서에 의한 신분상승에 한계가 있거나 그것이 불필요하다고 인식된
경우 그들은 당시의 시대적 이념이었던 개화의지를 강력히 주장함으
로써 신 상류층으로 상승하는 효과를 얻을 수 있었다. 당시에 개화를
주장하는 사람들은 구시대의 신분적 질서를 무시하고 신교육의 정도
에 따라 지도자적 위치에 설 수 있었기 때문이다.

 이 시기는 조선을 둘러 싼 열강의 세력다툼이 정리되어 일본이 조
선에 대해 배타적인 우선권을 잡게 되는 시기이다. 그 과정은 일본의
대외적인 투쟁과 타협으로 되어 있었거니와 당시에 조선은 일본이 벌
인 전쟁의 장소가 되면서 일방적인 희생을 강요당하게 되었다. 이때
조선은 일부 관료의 친일적 성향으로 인해 일본에 적극 협력하기도
하였고, 이것은 뒤에 일본의 조선 병탄정책을 알게 되었을 때 후회와
비난의 내용이 되기도 하였다.31) 조선인은 일반적으로 개화의 이로움
을 알지 못하는 상태에 있었으며, 구 시대 유교적 이념의 설득력이
아직 남아 있는 형편에서 개화 지식인들이 자신들의 생각을 알리기
위해 적극적인 노력을 하고 있었다. 대체로 이들의 노력은 구 질서와
결합된 자주정신의 성격을 띠고 있었으며 이런 태도표명이 독자의 긍
정을 얻기가 용이했다.

---

31) 이런 내용의 문학적 형상화로 <대한민일신보> 1905년 11월 5일자 "山人說
  夢"을 들 수 있다.

## 2. 사상사적 조류

　일반적으로 개화기라 불리는 시기는 개화사상이 전면적으로 한 시대를 이끌어 간 시기라는 의미보다는 개화사상의 출현기 또는 확산기라 보는 것이 사실에 가까울 것이다. 이 시기에는 개화를 주장하는 사조가 그것이 없던 시기에 비해 현저하기는 하였으나 그렇다고 하여 오래 지녀 온 유교적 왕조중심주의가 일거에 사라진 것은 아니며 도리어 왕조보위적 사고가 더 강력해진 시기이기도 한 때문이다.

　앞에서 말한 바와 같이 대한제국 시기에 이르기까지 조선 사회가 체제 내부적인 모순을 드러내고 있었던 것은 사실이며 그 모순은 조선왕조의 전 기간 중에 이 시기가 정도에 있어서도 심각한 상태에 있었다. 왕권의 정당성을 가장 강력히 지지하는 것은 嫡長子상속의 전통이었으며 이것이 무너지는 데서 조선 후기의 질서왜곡은 시작되고 있었다. 영조가 세자를 죽음에 이르게 함으로써 왕위계승의 정상적인 질서가 무너지고 정조의 갑작스런 죽음과 어린 순조의 계승을 틈탄 정순왕후의 수렴청정은 왕의 권위가 지배질서 내부에서 부정되고 약화되는 계기를 만들었다. 왕권의 약화는 효명세자의 대리청정과 죽음, 미성년인 헌종의 즉위와 순원왕후의 수렴청정으로 이어지면서 심화되어 척족의 세력이 강화되고, 후사 없이 죽은 헌종의 후계로 철종이, 다시 그 후계로 고종이 지명될 때까지 쇠미의 길을 걸었다.[32] 이 과정에서 일부 씨족에 의한 전횡은 전통적인 질서를 깨고 일반인의 충성심을 약화시키는 결과를 초래하였다.

---

32) 試鍊에 선 王朝, 1969, p.22. “다시 세운 王權”
　　조선정치사, 1990, p.35. “19세기 전반 정치사 이해를 위하여”

그러나 이런 중앙정부의 혼란이 바로 가치관의 혼란에까지 이른 것은 아니어서 오래 조선 사회를 이끌어 온 유교적 의리이념은 비관료 학자를 중심으로 논의되고 발전하였다. 이들에게 있어 정치적 영달은 도학수련의 한 결과이거나 부수적 행위일 뿐이어서 정치적 격동의 영향을 적게 받을 근거가 내부논리로 준비되어 있었다. 이들은 진리(經)와 현실(史)의 결합으로 역사를 파악하고 이에 대한 개인의 대응을 논의하고 준비하였으며, 다양하게 분파된 학문 태도를 현실에 적응하는 노력을 보였다. 이미 조선 후기에 이들은 현실에 대한 학문적 접근을 통하여 華夷論의 재인식을 시도하였고33)  실사구시의 이론적 정립을 이루었으며 유학의 혁신을 통해 尊王攘夷의 행동을 논리화할 수도 있었다.34)

보수적인 유교사상과 그 실천자에 대한 일반 민중의 지지는 확고하였으며 이 지지 위에서 이들의 논쟁과 행동은 정당화될 수가 있었다. 내부의 정상적인 발전에 의한 것이 아닌 변화가 강요되었을 때 이들이 보인 논리적 정돈이 이른바 衛正斥邪사상으로 나타나게 되었으며 이를 행동으로 옮기기 위해서는 외부적 변화에 적극적으로 반응하는 개화사상과의 대립이 필연적으로 나타날 수밖에 없었다. 이 대립을 통해 자신들의 사상적 태도를 더욱 확고히 한 이들은 그 학문적 연원에 따라 의거를 일으키거나 자결로 의리를 명백히 하거나 은둔하여 학문에 전념하거나 온건 개화의 길로 나서는 등의 여러 변이35)를 보

---

33) 愼鏞廈, 韓國近代民族主義의 形成과 展開, 서울대학교출판부, 1987, p.4. "實學에 있어서의 近代民族主義의 萌芽"에서는 洪大容, 朴趾源, 丁若鏞, 李圭景 등의 학문적 탐구를 통한 화이론 분쇄의 노력을 설명하였다.

34) 姜在彦, "이항로의 위정척사사상"(韓國 近代 社會와 思想, 중원문화사, 1984 소재)

35) 이 시기 유학자의 학문적 연원과 그에 따른 행동양상에 대해서는, 琴章泰·高光植, 續 儒學近百年, 여강출판사, 1989. 에서 각 학파별 인물과 행동, 온건개화파와 계몽사상가의 인물과 행동 등으로 소개하고 논의하였다.

이게 되었다.

이에서 보듯이 조선 사회를 이끄는 이념의 틀을 제공해왔던 유학은 그것이 오래 담당해 왔던 질서 유지자의 입장에서 사회의 한 중요한 부분으로서의 역할을 담당하였다. 당시 조선의 향촌사회는 국가를 구성하는 단위의 기능을 하고 있었고 이 향촌사회를 이끌어 가는 것이 유학으로 집결된 양반집단이었으므로 유학이 가진 현실인식과 대응방식은 당시의 사회를 파악하는 데 중요한 열쇠가 될 것이다. 이러한 양반독서층이 일으킨 항거운동으로서의 의병운동은 대부분 양반의 소작 및 준소작급 부락민이나 외거 솔거의 노비로 구성된 인적 특징을 가지고 있었으며 이들은 위기에 처한 왕조적 이상의 실현을 공공연히 표방하였다.36) 유학이념으로 집결된 양반 사회의 현실대응은 항거운동 이외에도 상소, 사직, 자결 등의 행동으로 나타났고 이들의 행위는 당시의 위기의식과 결합되어 긍정되었다. 이들은 정통 유학자로서의 자부심과 더불어 개신의 의지를 가지고 현실에 대응하는 논리를 갖추어 張志淵, 金澤榮, 黃玹, 朴章鉉 등의 계몽적이고 현실참여적인 학자군37)을 이루기도 하였다.

개화사상이라고 범칭되는 일련의 사상적 모색도 그 연원은 유학에

---

36) F.A.McKenzie(申福龍 역), 韓國의 獨立運動,평민사,1986,제8장 의병을 찾아서
　　　　　　　　　　　　　 , 大韓帝國의 悲劇,탐구당,1974,제15장 의병을 찾아서
　　　　　　　　　　　　　　　　　　　　　　　　제18장 의병과 더불어
　　金鎬城, 韓末義兵運動史 研究, 고려원, 1987. 이 책은 p.96 이하에서 의병의 정치적 가치관의 기준을 위정척사사상의 실천에 두고 설명하였다.
　　糟谷憲一, "초기 의병운동의 사회적 기반과 전개과정"(楊尙弦, 韓國 近代 政治史 研究, 사계절출판사, 1985. 소재)의 p.426에서는 의병의 구성과 성향을 분석하였다.
　　한국민족운동사연구회 편, 義兵戰爭研究(上), 지식산업사, 1990. 참조
37) 琴章泰·高光植, 앞의 책, pp.233 - 280

둘 수밖에 없다. 개화파의 출발이 실학파의 탐구에 있었고 그것이 또한 유학의 논리를 바탕으로 한 것이었기 때문이다. 다만 실학의 경우가 학문적 탐구와 이상적 사회건설에 발상의 기반을 둔 데 비해 개화파의 경우는 당시에 외세 등에 의해 촉발된 현실적 제 문제에 대한 대응의 논리로 만들어진 것이라는 차이를 가지고 있다. 朴趾源, 朴齊家 등의 실사구시적 사고는 그들의 제자 또는 후예인 朴珪壽, 吳慶錫, 劉大致 등에서 개화의 이념으로 변모하고 金玉均, 朴泳敎, 朴泳孝, 洪英植, 徐光範 등에 의해 개화의 실천으로 구현되었다. 이 사상적 흐름은 현실에 대응하는 논리이면서도 굳이 이론적 틀을 갖추려고 노력하였고38) 이는 그 대척적 개념에 있던 위정척사론에 대한 이론적 부족감으로부터 나온 것으로 보인다. 이 점은 이들도 현실 수용적인 태도를 통해 질서를 효과적으로 수호하겠다는 의도를 가졌을 뿐 전면적인 혁신과 부정의 의도를 가진 것은 아님을 보여주는 점이다.39) 개화이념의 행동화는 갑신정변으로 나타났고 젊은 이상주의자들의 급진적 사고와 행동을 보인 이 정변의 실패로 인해 이들은 그 사상적 한계를 드러냄과 함께 일반 민중의 지지를 상실하게 되었다. 갑신 이후 일정한 시기동안은 이들에 대한 비난이 한 시대의 조류를 이루고 있기도 했던 것은 이런 과격한 행동으로 인한 것이었다.

구시대의 수혜자가 아닌 민중의 사고는 왕조에 대한 충성으로 요약되고 있었다. 이는 그들이 구체적인 피압박민이었다는 역사적 사실에 비해 일견 모순되고 있으나 오래 안정되어 있던 사회의 성격과, 변화는 곧 혼란과 고난을 뜻했던 역사적 사실의 결과로 체득된 삶의 양식이었을 것으로 보인다. 민중이 그들의 고통을 거부하고 일으킨 항거

---

38) 李光麟, "개화사상연구", 韓國開化史硏究, 일조각, 1969. pp.31 - 56.
39) 李完宰, "초기 개화사상의 역사의식", 初期 開化思想 硏究, 민족문화사, 1989, 제4장.

의 경우에도 그들이 내세운 것은 파견된 관리가 파견자인 왕의 의도를 구현하지 못하고 수탈행위에 탐닉하는 데 대한 분노[40]일 뿐, 왕조적 기본 질서에 대한 부정은 아니었다.[41] 그 중에서 사회의 기본 질서를 부정하는 일부 집단[42]이 있었으나 이들이 당시 일반 민중의 지지를 받고 있었던지는 의심스러운 것이었다. 그래서 당시 민중의 광범한 지지 위에 일어난 동학군 봉기의 경우에도 질서의 회복과 수호를 기본 이념으로 내세우고[43] 있었다.


## 3. 문학사의 변모 양상


조선조의 거의 전 시기에 걸쳐 문학의 기능에 대한 인식은 문학이 교훈적 도구여야 한다는 것에서 벗어나지 않았다. 질서에 대한 긍정

---

40) 한국역사연구회, 조선정치사, 1990, 제1부 제7장 "사회세력의 위상과 저항"에서는 저항의 세력을 셋으로 나누어, 정치세력에 인접해 있던 층, 정치적 성장이나 상승을 꾀하던 층, 서서히 자각하면서 정치적 지향을 드러내는 사회층 등으로 설명하고 이들의 지향과 구체적 사례를 서술하였다.

41) 왕권에 대한 존중과 이를 이용한 민중의 의사표시방법으로 관청에 안치된 왕의 상징물인 殿牌를 훔치는 경우가 있었다. 이를 잃은 관리가 처벌되는 것을 노린 것인데 훔친 백성은 이를 훼손하지 못하고 보호하거나 은닉하였다가 발각되어 처벌되었다. 이는 왕이나 왕권에 대한 외경심의 발로로 볼 수 있다.(한국역사연구회, 앞의 책, p.288.)

42) 劍契, 酒契, 投火賊, 綠林賊 등이 있었다.(한국역사연구회, 앞의 책, p.297)

43) 동학 봉기의 진보적 성격에 대한 논의는 자주 있었다. 그러나 기본적으로 그들이 1893년 보은궐기의 구호를 "斥倭洋倡義"로 한 것이나 1894년 고부거병에서 "除暴救民, 保國安民"을 주장한 것은 그 구성원의 의식구조를 대변하는 것으로 보아야 한다. 최제우의 기본 사상은 개벽사상, 조화사상, 시운관, 혁명주의의 넷으로 나누어 볼 수 있고, 이 중 앞의 셋은 동학의 종교적 성격으로 논할 것이며 현실에 대한 태도를 보인 것은 혁명주의인데 이것은 부정한 관리와 외세에 대한 저항의 태도를 보인 것일 뿐 왕조적 질서에 대한 부정은 아니라고 보아야 한다.(姜仁秀, 韓國文學과 東學思想, 지평, 1989, p.36.)

과 그것의 현실적 구체화를 표방한 것이 이 이른바 재도문학론의 성격이었다.44) 그러나 조선의 후기가 되면서 이에 대한 의문과 재검토가 일어나고 그 결과 문학의 새로운 기능에 대한 인식의 가능성이 보이기 시작했다. 그것은 문학이 사람의 자연스러운 성품을 표현하는 것이기도 하다는 것이며 사람의 성품이 반드시 진리와 합치하는 것이 아니라는 것이기도 했다.45) 곧, 문학이 재도지기라는 유교적 교훈문학관은 조선조 후기 金萬重, 洪大容 등을 거치면서 천기 또는 천진의 문학으로 변모하는 과정을 거쳤다.46) 더욱이 中庶의 무리였던 조선 후기 委巷문인들은 천기론의 논리적 창작의식을 갖추기도 하였다.47) 또한 이러한 인식으로 인해 실제 창작에서도 유교적 이상을 표현하는 구 소설의 특징을 벗어나 삶의 진실이나 삶의 질곡 또는 모순을 직시하는 소설로 변모하고 있었다.48)

창작 의도상의 이런 변화와는 달리 수용자인 독자의 태도는 큰 변화를 일으키지 않은 것으로 보인다. 19세기 講談師나 傳奇叟 貰冊家로 나타나는 소설 공급자는 대중 수용자인 독자가 한문독서층이 아니라고 판단했을 것이며49) 이로 인해 유통되는 소설은 비교적 보수적이었다.50) 또한 소설의 기능에 대한 인식도 조선시대의 교술적 기능인

---

44) 李源周, "道學派의 文學"
　　　李東歡, "조선 후기 문학사상과 문체의 변이"
　　　이상 黃浿江 외 편, 韓國文學硏究入門, 지식산업사, 1982. 소재
45) 이는 이 시기 문인들의 도문분리론으로 살필 수 있다.
　　　李鍾虎, "18세기초 士大夫層의 새로운 문예의식"(韓國近代文學史의 爭點, 창작과 비평사, 1990. 소재)p.58 참조
46) 宋載邵 외, 李朝 後期 漢文學의 再照明, 창작과 비평사, 1988. 소재 제 논문
47) 李庚秀, "委巷詩人의 天機論", 송재소 외, 앞의 책 소재
48) 朴趾源, 李鈺, 安錫敬 등의 소설 참조
49) 大谷森繁, "朝鮮朝의 小說讀者 硏究", 고려대학교 박사학위논문, 1984. 이 논문은 독자가 가진 소설창출의 기능을 설명하면서 조선시대 소설 독자의 성격을 분석하였다.

식에서 벗어나지 않았다. 이에 대해 당시의 지도적 인식상태에 있던 한문독서층은 한글소설의 부정적 기능을 지적하고 독서를 금지 또는 제한해야 한다는 주장을 하였고 이런 태도로 인해 독자의 소설수용태도는 발랄한 의식상태보다 보수적 이상추구형으로 고정되었다.

　개화기가 되면서 문학의 기능에 대한 인식에도 중요한 변화가 일어났다. 그 직전까지 소설이 달성했던 인간본성의 생동하는 표출은 시대의 격변 속에서 그 정당성과 현실적 공리성이 의심받게 된 것이다. 모든 문학행위는 개인의 창의적인 서술이나 사사로운 감정의 표현에 머무를 수가 없게 되었다. 당시의 시대적 격변에 대해 문학은 어떤 형태로든 태도를 표명하게 되고 이것은 문학이 그 자체의 목적으로 존재할 수 있는 가능성을 스스로 부정하는 경우가 되었다. 개화기에 있어 문학은 시대의 문제에 대한 지은이의 일정한 태도를 표명하는 도구로 인식되었고 이러한 표현의 효과를 높이는 방법으로 문예적인 여러 기법이 모색되고 실천되었다.
　이 시기의 서사문학 창작에는 청말의 소설 및 소설관의 유입이 적지 않은 영향을 미친 것으로 보인다. 晩淸문학[51]은 萌芽期(1895 – 1901)와 保皇立憲, 滅滿興漢文學期(1902 – 1905)가 조선의 이 시기에 해당하는 것으로, 앞 시기의 끝부분에 이르러 梁啓超의 공리주의적 문학관은 정립되기에 이르고 이는 조선에 전래되면서 당시 조선의 소설 작가에게 중요한 영향을 미칠 수 있었다. 梁啓超는 1897년경에 조선에 소개되었고 이 시기는 그가 상해에서 時務報 주필을 맡은 시기

---

50) 權純肯, "1910년대 古小說의 부흥과 그 통속적 경향"(韓國近代文學史의 爭點 소재)이 논문은 광범위한 자료조사를 통해 조선시대의 소설이 보수적이고 통속지향적인 독자에게 오랜 기간 애호되고 있었음을 밝혔다.
51) 성현자, 新小說에 미친 晩淸小說의 영향, 박사학위논문 5, 정음사, 1985.

로서 변법자강운동의 이론적 정리를 시도하여 자신의 주장을 펴고 있
던 때였다. 梁啓超는 이어 조선의 문학 특히 소설 창작에 영향을 미
쳐 계몽을 전제로 한 민족주의적 문학활동의 한 動因이 되었다.[52]
이 시기에 日本은 政治小說의 시대에 있었으며 1877년(明治 10년) 이
후 일본문학은 에도시대의 문학이 아녀자를 위한 부드러운 문학에 치
우쳐 있었다는 반성에서 출발하여 서양위인전류의 번역과 이를 일본
화한 창작을 통해 국민에게 정치사상이나 지식을 주려는 목적을 가지
고 있었다.[53] 이러한 당시 일본의 소설 및 소설관도 유입되어 조선의
문학 창작자들에게 정치소설의 개념과 인식을 심은 것으로 보인다.
이 시기의 조선문학은 직접적인 당시의 일본문학이던 낭만주의 자연
주의 등의 문예사조보다 한 시기가 지난 정치소설의 영향을 더 강하
게 받고 있었다. 이 점은 당시에 조선문학이 시기적으로 근접한 것에
대한 관심보다 상황적 유사성에 더 관심을 가지고 있었음을 보이는
것이기도 하다.[54]

  조선 후기 소설 이후 문학 창작의식은 일정한 변화를 겪었을 것으
로 보인다. 그러나 이 시기의 글은 산문이든 율문이든 교술적 성격은
벗어나지 못하고 있다. 그리하여 개화기 문학에서는 조선 후기 문학
에서 나타나던 일상적 삶에 대한 솔직하고 때로 과장된 戲畫化는 도

---

52) 葉乾坤, 梁啓超와 舊韓末 文學, 법전출판사, 1980.
　　韓武熙, "丹齋와 任公의 文學"(우리문학연구회, 한국문학론, 일월서각, 1981.
　　소재)
53) 吉田精一, 奧野健男(柳呈 역), 現代日本文學史, 정음사, 1988. p.28.
54) 芹川哲世, "韓日 開化期 政治小說의 比較研究", 서울대학교 현대문학연구,
　　1975.
　　蔡壎, "韓國文學에 끼친 日本文學의 影響에 관한 研究", 숙명여대 논문집 20,
　　1980.
　　八重樫愛子, "韓日開化期小說 研究", 중앙대 일본연구 14, 1986.
　　일본은 주로 명치 10년대(1877 - 1886)와 20년대(1887 - 1897)에 정치소설의
　　융성을 보였다.

리어 나타나지 않게 되는 것을 볼 수 있다. 이는 역사적 격변 앞에서 진지해진 시대적 분위기의 반영인 것으로 보이며 이러한 성격이 이 시기 문학에 교훈적인 태도를 부여한 것이다. 문학이 삶의 홍미로움만을 반영하고 있기에는 이 시기의 역사적 상황이 너무 급박하였으며 이런 상황을 반영하고 사회의 진행방향을 제시해야 한다는 문학의 현실적 기능이 강조되면서 전 시기에 보인 軟문학적 성격이 비판되는 조류를 이루었다.

## 4. 문학 담당 계층의 성격

대한제국은 역사적으로 볼 때 조선시대의 청산단계에 해당한다. 조선시대가 청산된다는 것은 당시의 사람들에게 심각한 가치의 혼란을 초래했을 것이며, 이 혼란의 첫 단계는 아쉬움의 감정과 보수적 의지로 나타나게 되었을 것이다.55) 이는 비논리적이고 비현실적이었으므로56) 국가 또는 민족간의 현실적 이해관계가 지배하는 당대의 조류 속에서 패배하게 되었다. 이러한 패배의 경험은 당시 독서층에 깊은 영향을 미쳐서, 발언을 멈추고 은거하는 경향과 새로운 가치에 민감

---

55) 崔益鉉, 持斧伏闕斥和議疏
    白樂寬, 斥倭疏
    李南珪, 請絕倭疏
    이상 최창규 편역, 韓末憂國名上疏文集, 서문당, 1975. 소재
56) 崔益鉉의 "請討逆 復衣制疏"(최창규 편역, 위의 책 소재)에서는 의복의 제도를 고치는 것이 부당함을 논하고 있다. 이런 글은 명백한 가치관을 가지고 수구의 의지를 밝히고 있어서 현실에 대처하여 타협할 여지가 없었다.
    이밖에도 이 시기에 의관이나 두발의 변혁을 두고 분분한 논의가 있었으며 이는 경직된 사고와 배타적 의지를 가진 것이어서 당시에 조선이 당한 현실적 위기를 구체적으로 이해하는 데에 한계가 있었다.

하게 적응하는 경향의 두 계층으로 반응하게 되었다. 발언을 멈추고 은거하는 쪽에서 볼 때 학문이나 문학의 기능은 질서의 수호와 전래적 가치로의 복귀를 뜻하는 것이었고, 새로운 가치에 적응하는 쪽에서의 그것은 현실적 역할을 가진 탐구이며 새로운 이상의 구현을 꾀하고 이루는 것이었다.

　전통적 가치관으로 정립된 衛正斥邪파의 문학은 이 시기에 직접 신문의 내용으로 등장하지 않았다. 이 시기에 이들의 사고를 대변한 것은 이들의 영향을 받은 온건개화파 또는 일반민중의 왕조보위적 사고를 표현한 글들이다. 이들은 개화파의 주장에서 현실인식의 내용을 수용하면서 이 인식 위에서 자신들이 가진 방향과 전망을 제시하였다. 이들은 신교육을 받지는 않았지만 새로운 의사표현방법으로 신문의 발간에 참여하기도 하고 거기에 문학작품을 발표하기도 하였다.57)

　신분질서의 붕괴는 전반적인 평민화, 보편화를 의미하는 것이 아니라, 의식의 측면에서 보면 전반적인 상층지향, 선각지향적인 것이었다. 당시의 일반 하층민에게 있어 삶의 질곡은 신분적 차별로 인한 것으로 인식되었을 것이며 이러한 고통에서 벗어나는 길은 신분의 상승을 이루는 것이라고 생각했을 것이기 때문이다. 이것이 조선 후기에 이르러 신분질서의 전반적인 이완을 경험하면서 급속히 나타나 스스로 상승된 신분으로 인식하고 행동하는 경향을 드러내었다.58) 이들

---

57) 金重河, "開化小說의 文學社會學的 研究", p.39.
58) 계명대학교 한국학연구원, 韓國學論集 18, 1991.에는 "근대 이행기의 사회변동과 지배층의 동향"이라는 주제로 18, 19세기 향촌사회의 변동과 지배층의 동향에 대한 다음의 논문을 실어 이 시기의 사정을 밝히고 정리하였다.
　金武鎭, "朝鮮後期 星州鄕村社會의 構造와 支配層 動向"
　이윤갑, "조선후기의 사회변동과 지배층의 동향"
　金度亨, "한말, 일제초기의 변혁운동과 성주지방 지배층의 동향"
　이 시기 농민층의 신분상승은 이윤갑, p.36에 "納粟과 族譜僞造 혹은 籍吏에게 뇌물을 바치고 冒稱 幼學하는 방법이 널리 활용되었다"고 했으며, "或

은 스스로 상승한 신분을 칭하기만 한 것이 아니라 이전 시기의 양반에 비해 더 적극적인 상층행동을 하여 자신의 신분상승을 확고히 하려는 경향을 가지고 있었다.[59] 이들은 양반에 의해 전유되어 왔던 독서행위에 참여하였으며 이렇게 상승한 신분의 신흥 독서층은 지금까지 상층 신분에 의해 전담되어 왔던 憂國意志에도 참여함으로써 자신들의 새 신분에 따른 역할을 적극적으로 행하려 했다. 이러한 의지는 의병활동에 대한 농민층의 적극적인 참여나 보조로도 나타났으며[60] 구체적으로 충절행동을 통해 신분의 상승을 소망하는 문학도 나타났다.[61] 왕조적 가치에 대한 전래적인 긍정은 이들의 행동을 규제하여 개화지향적인 가치관으로의 이행을 느리게 하는 기능을 하였다.

이 시기의 신흥독서층이 보인 또 하나의 행동방식은 새로운 학문에 대한 열정이었다. 그것은 그들이 지금까지 누리지 못했던 문화적 우

---

挾富 或移鄕 以托班名"하여 그 수가 "軍案에 올라 있던 자 중의 10의 7, 8"이었다고 인용되었다.

59) 鄭奭鍾, 朝鮮後期社會變動硏究, 일조각, 1984.
   이 책은 울산지방의 호적단자를 중심으로 면밀한 자료분석을 통해 조선 후기의 신분변동을 추적하였다. 이 책 p.254에는 양반이 아닌 자가 양반을 모칭하거나 양반의 의관을 하고 양반을 모욕하는 일이 있었음을 당시의 자료로 서술하고 있다.

60) 金鎬城, 앞의 책(1987), p.186. 여기서는 의병의 지도자가 유생만이 아니라 평민출신도 많았음을 밝히고 p.234에는 의병에 가담하지 않은 농민의 경우라도 의병에 대한 자발적인 협조와 은닉이 있었음을 설명하였다.

61) <대한민일신보> 1905년 12월 5일자 "면츙가"는 "병문장셕생"의 이름으로 민영환의 죽음을 추모하면서 우국의지에 참여하여 신분상승을 이루자는 내용을 가지고 있다.
   (전략)우리들도 엇지허면/나라위히 셩공홀가
        무감슌검 병정이나/별쎼구종 샹노중에
        츙분지심 잇스며는/경각간에 셩공허리
        내한몸을 릉히잇고/역적놈을 처치허면
        죽들리도 츙신일홈/쳔츄빅더 젼홀지오
        쳐즈권속 사는것은/계상공의 즈직ᄒ니
        우리갓흔 상놈들도/츙신한번 되야보세(후략)

월감의 충족을 가능하게 하는 것이며 상존하고 있는 신분적 열등감에서 벗어날 수 있는 길이기도 했다. 이런 점은 당시 한국문학의 개화 지향성에 긍정적 작용을 하여 신교육을 주장하는 경우 이를 적극적이고 과감하게 내세울 수 있게 하였다. 특히 이 점은 서울을 중심으로 한 중인계층의 신교육열과도 대비해 살필 수 있으며, 이전에 중시되지 못했던 일부 지방의 사람들이 가졌던 서울지향성과 신교육에 대한 열정과도 무관하지 않다.62)

사용된 어휘 또는 표기수단의 특징을 넘어 창작 의도 자체를 본다면 조선 후기 소설은 한글소설작품이 대체로 보수적 의지와 문학관을 드러낸 반면 한문작품은 도리어 발랄하고 생동하는 삶의 양상과 의식을 보이는 경우가 많았다. 이 점은 한문 작자들이 의식에 있어 당대 민중 사이에 유행하는 독서물의 가치관의 변화를 선도하는 기능을 하고 있었음을 보여준다. 이러한 특징은 개화기에 와서 표기수단과 독서대상의 대중화를 겪으면서 새로운 굴절을 일으키게 된다. 곧, 한문으로 창작된 독서물은 이미 대중성을 잃어가고 있었으므로, 독서 대중이 전처럼 한문독자만인 것이 아니며 국문독자도 새로운 독서대중으로 등장했음을 의식할 수밖에 없었다. 당시 일반 미개화 독자들의 소설에 대한 인식은 이전 시기 소설에 대한 것과 현저한 차이를 보이지는 않았으나 작자의 독자관은 이전 시기에 비해 달라져 있었고, 개화한 독자들은 당시의 사회적 모순에 눈을 떠가는 과정에 있었다. 이러한 독자의 의식상태에 부응하고 지은이의 의도를 효과적으로 전달하기 위해서는 작품들의 성격도 복합적일 수밖에 없었으니, 이것은 이 시기 문학이 배경으로 가지고 있던 시대의 성격으로 파악될 수 있다.

---

62) 이이화, 한국의 파벌, 여강출판사, 1991, p.133.

이 시기 작자들의 성격은 기존의 저작층인 한문 식자들에다 신교육의 결과 다량으로 배출된 개화 지식인이 보태지고 새로운 종교인 기독교 계열의 지식인이 가담하여 이전에 비해 현저히 복합적인 특징이 있었다.63) 이러한 복합적인 성격의 작자들은 각자가 가진 현실인식의 바탕이 상이하므로 자신들의 의식구조를 독자에게 전달함에 있어 자신과 인식내용이 다른 유형의 작자들과의 변별을 꾀하기도 하고 지나친 이질감을 극복하기 위해 전통적인 내용을 원용하기도 하였다. 다만 이들의 공통된 성격은 독자를 교화, 계몽, 전도의 대상으로 인식하는 심리적 우위에 선다는 점이었다. 이들은 스스로 선각한 의식상태에 있어서 당시 조선의 일반 독자를 교훈적으로 일깨워야 한다는 사명감을 가지고 있었다. 이 점은 전 시기 작자들이 독자를 자신과 거의 대등한 위치에서 파악한 것과 대비된다. 전 시기의 경우 한문저작자들은 독자를 당연히 한문식자로 인식했을 것이며 국문저작자들은 자신들의 의식상태가 당시 독자의 의식상태와 차이가 현저하다고 여기지는 않았을 것으로 보인다. 또한 구비적층의 성격을 가진 문학의 경우라면 독자가 창작에 참여하는 결과를 나타냈으므로 작자와 독자의 인식차를 드러낼 수 없었을 것이다.64)

그러나 이 시기에는 지은이 자신이 이 글의 향유자라는 생각보다 미자각 독자에게 알리는 내용을 문학적으로 형상화한다는 태도를 가

---

63) 개화기소설의 작자층에 대해서는,
金重河, 1985, p.36. "작가층의 사회적 성격"에서 민족지 관계 작가들과 신소설 작가들로 나누고 이들이 당시의 혼란 속에 공존하면서 전통지향적 가치관과 개혁지향적 가치관을 각각 대변했다고 하였다.
참조
權寧珉, "開化期小說 作家의 社會的 性格", 한국학보 19, 1980.
金容稷, "개화기문인의 의식유형"(韓國文學硏究入門 소재)
후자는 반제 반봉건 의식을 중심으로 네 유형으로 분류하였다.
64) 張德順 외, 口碑文學槪說, 일조각, 1971, p.5.

지고 있었으므로 글의 내용이 교훈적인 성향을 가지게 된 것이다. 이들은 전통수호적이든 개화지향적이든 자신의 글이 다른 사람에게 영향을 주게 되고 이를 통해 자신의 의도가 전달되고 설득된다는 데 목적을 두고 있었던 것으로 보인다. 그러므로 이 시기까지의 지은이들은 아직 전문적인 이야기꾼의 성격을 가지고 있지 않으며 스스로도 자신을 서사문학의 창작자라고 여기기보다는 선각한 지사로 인식하는 경향이 있었다.

이런 성격을 가진 유형의 인물들이 개화기의 문학을 담당하고 있었으므로 그들의 문학은 이상적이고 안이한 성격을 가지게 되었다. 태도의 입장에서 본다면 그들은 질서수호적이든 개화지향적이든 분명한 인식을 가지고 있었고 그것의 정당함에 대한 인식은 일정하게 이룰 수 있었을지라도 그것이 현실적으로 어떤 문제를 해결해야 하며 또 할 수 있는지에 대해서는 불분명한 인식상태에 있었다. 그러므로 이들 두 유형의 지은이들은 상호 완전 부정에 논리적 기반을 두고 있었으며 그것은 이들의 배경이 척사위정론의 긍정에 있는 것과 개국개화론의 긍정에 있는 것의 차이로 인해 나타난 현상이다.

이들 두 유형의 문인들은 모두 자신들의 의도가 효과적으로 전달되는 도구로서의 구소설적 외형에 대해서는 수용적인 태도를 보이고 있다. 내용의 문제를 제외한다면 이들은 공통적으로 이미 익숙한 외형을 원용함으로써 자신들의 주장이 비교적 용이하게 표현되도록 하는 배려를 보였으며, 이 점은 이 시기의 문학에 문학사적 의미를 부여하는 데 고려할 한 요소가 된다.

한 시기 속에 이러한 두 유형의 작가군이 있으며 이들이 상호 완전 부정에 근거하고 있으면서 형식상으로 또는 논거상으로 공통점을 가지고 있다는 사실이 이 시기 작가군의 성격을 드러내고 있다. 이들의 현저히 다른 문학활동이 이 시기 역사의 혼란을 보이는 것이며, 또

그것은 문학이 한 시기의 역사와 사회를 반영하고 선도하는 역할의
실제를 보이는 것이다.

# Ⅲ. 개화기 단형서사문학의 형식적 계승과 모색

문학은 그것이 형상화하는 의도인 내용만이 아니라 외형에 있어서도 의미를 가져야 할 것이다. 문학이 문학 아닌 것에 비해 가지는 독특한 형식은 문학 내용의 성격과 직접 관련되어 있을 수 있다. 개화기 단형서사문학의 경우에도 형식의 문제에 대한 검토는 그것이 가지는 문학사적 의미와 작품 자체의 가치를 밝히는 데 기여할 수 있을 것이다.

개화기의 서사문학에 나타나는 유형은 李在銑(1976)에 의해 이미 논의된 바 있다. 다만 거기서 말한 경험적 서사체, 허구적 서사체, 희화우의적 서사체 등의 개념은 개화기 문학의 형식만이 아닌 내용까지 포괄한 분류이기도 하거니와 대상으로 삼고 있는 작품이 개화기 문학 일반에 해당하는 것이므로 이 연구의 대상과 반드시 일치하는 것이 아니다.

개화기 단형 서사문학을 대상으로 하여 그 형식을 고찰할 때에 가장 먼저 눈에 띄는 점이 논설형식이다. 이 시기의 지은이들이 독자에 대해 가르치는 자의 입장에서 문학활동을 했다고 말한 바 있거니와 그 점이 이 시기 단형 서사문학의 형식으로 하여금 논설의 모습을 띠게 한 것이다.

이런 논설 이외에도 이 시기에는 전 시기의 문학적 축적을 활용하여 다양한 형식의 시도를 보이고 있다. 문학이 반영하고 형상화해야 할 시대의 성격이 복잡하고 빠른 변화의 한 가운데 있었으므로 문학은 이러한 시대의 흐름을 반영하면서 독자를 자신들이 의도한 방향으로 이끌어야 할 책무를 스스로에게 지우고 있었고 이것이 다양한 형식적 시도가 있게 된 한 요인이 되었을 것이다.

당시의 신문이나 잡지의 내용은 조선인에게 낯설면서 급박한 내용으로 가득하였으며 그것은 또한 문학이 시급히 형상화하여 전달해야 할 것들이었다. 다만 문학은 그 사실들의 직접성에서 벗어나 독자에게 우회적으로 접근65)할 수 있었던만큼 사실 자체를 전달하는 건조함에 비해 가능한 다양한 문학적 장치를 쓸 수 있었다. 이것은 당시의 글에 전래적인 여러 형식의 재현이나 새로운 형식의 시도가 나타나게 하였다. 이처럼 창작자들이 가지고 있던 정치적 인식이나 지향성을 문학적 방법으로 드러내는 것은 서사를 응용한 政論으로 파악될 수 있다.

이 부분에서는 이 시기 단형 서사문학의 형식을 검토하여 그 의미를 찾고자 한다. 일단은 논설 형식에 대한 검토가 있을 것이며 그것은 지은이의 의도를 직설적으로 드러내는 경우와 그렇지 않은 경우로 나누어 고찰할 것이다. 이들은 직설적 서사방식으로 파악되며 반드시 논설란에 실리지 않은 글들도 포함되어야 한다. 또 그것들은 지은이

---

65) 이 점에 대해 김교봉·설성경, 근대전환기소설연구, 國學資料院, 1991, p.28에서는 "신문이나 잡지에서 소설문학이 게재되는 문예란은 신속히 전달되어야 할 사실들이 꽉 찬 기사들 중에서 유일하게 비사실적인 허구로 이루어져 독자들에게 일상적 뉴스에 접하는 충격을 얼마간 완충시키면서 비교적 여유를 지니고 읽을 수 있게 하는 휴식의 공간"이라고 하였다.

의 의도를 생동감 있게 표현하기 위해 대화체의 표현을 시도하기도
했다. 이 시기의 글들은 일정한 형식개념으로 재단되지 않는 것이 많
으므로, 일부 이들과 중복되기도 하지만 지은이의 의도를 드러내되
전환적 방식을 사용한 것들은 전래적인 서사형식이던 몽유록이나 의
인형식을 사용한 것들이 따로 검토될 수 있다. 이러한 형식검토는 이
글들이 가진 의미와 문학사적 가치에 귀결되어야 할 것이다.


# 1. 정론적 서사


## (1) <논설> 형식

이 연구에서 대상으로 삼은 많은 양의 글들이 신문의 <논설>란에
게재되어 있다.66) 물론 이 경우 논설이라 하여도 현재 일반적으로 쓰
이는 신문사설의 성격과 완전히 일치한다고 볼 수는 없을 것이나, 이
미 논설이라는 난을 설정하고 이 난에 글을 실었다는 것이 글 지은이
의 주장을 개진하겠다는 의사의 표시라 보는 데는 무리가 없다.

이런 <논설>란에 서사적 성격의 글이 실렸다는 것은 지은이의 의
도를 전달하는 방식으로 직설 이외의 방법을 택하려는 것이며 이는
또한 의도를 효과적으로 전달하는 방식에 대한 모색의 결과라 할 수
있다. 물론 이 시기에도 의도만을 직설적으로 드러내고 주장하는 <논
설>이 다수 나타나고 있으므로 더 효과적인 의도 표현방법으로 서사

---

66) 김윤식, 한국근대문학양식논고, 아세아문화사, 1990, p.192에서는 이 논설양식
    에 대해 국한문체 또는 한문체의 경우로 파악하고 그것이 고사성어의 문화
    적 압력을 공유함으로 하여 문장의 힘을 보존시키는 것이라고 하였다.

적 내용과 형식을 갖춘 형태가 선택되었다는 것을 보여 준다.


(가) 의도를 직접 드러내는 <논설>

지은이의 의도를 직접 드러내어 교훈을 주려는 태도로 쓰인 것은 <독립신문> 1896년 5월23일자에서부터 발견된다. 이날자 <논설>란에 "목슈가 헌집을 고치랴면"이하의 글에서 먼저 서사적인 짜임새의 글을 내세우고 있어서 그 뒤에 이어놓은 지은이의 교훈적 의도와 앞에 내 놓은 서사의 내용을 짝지으면서 드러내고 있다. 이 신문이 같은 해 4월 7일에 창간되었음을 생각하면 이런 방식이 신문史의 극초기부터 사용되기 시작하는 것을 알 수 있다.

이 글의 내용단락을 보면 다음과 같다.


(가)목수가 헌 집을 고치려면 새 기둥과 새 서까래를 받쳐두고 헌 것을 빼내야 한다.

(나)새것은 준비하지 않고 헌것만 먼저 빼낸다.

(다)그 집에다 새 장판과 화문석 깔 생각만 한다.

(라)며칠 내로 그 장판과 화문석이 더러워진다.

(맺음)조선서 개화한다고 하는 것이 다 이렇다.

1. 각부 각군에 있던 관포군을 혁파한다고 하는데 아직 그 대신 치안을 맡을 신식순검이 준비되지 않았다.

2. 역말을 혁파하고 우편을 설치한다고 하지만 아직 우편은 통하지 않는데 역말만 없애니 경향 상하간에 교제가 친밀치 못하다.

3.머리를 깎고 양복을 입는 것은 다 고친 후에 해야 한다.


같은 날 이 글이 끝난 바로 뒤 <잡보>란에 이 글의 연장인 듯한 글이 실려 있다.

> 큰 집이 흐나 잇는디 잘 못흐다가 문허지기가 쉽거눌 여러 목슈들
> 이 힘을 다흐야 그 집을 널이켜 세울 싱각은 젹고 만일 그 집이 문허
> 지면 다른 더 큰 집이 잇는 줄로 싱각흐더라.

이 부분과 위의 글을 함께 읽으면 이 글의 창작의도를 짐작할 수
있다. 조선에서 당시에 행해지던 개화가 민족 내부의 주체적 필요와
자각에 의한 것이 아니라 다분히 모방적이거나 겉치레에 흐르고 있다
는 지은이의 개탄이 드러나 있는 것이다. 물론 이 글의 창작 의도는
위의 (맺음)부문에 있다. 그런데 이를 직접 말하지 않고 비유를 사용
하여 우회적으로 말한 것은 직접적인 교훈보다 이와 같은 전환표현이
효과적일 수 있다는 깨달음으로 인한 것이며 이는 상상적 문학의 현
실적 기능에 대한 신뢰의 표현일 것이다.[67] 다만 이 글은 아직 문학
적 형상력에 대한 충분한 고려가 되어 있지 않아서 글 전체의 구성에
서 교훈적 의도를 드러내는 부분이 과중하게 비중을 차지하고 있다는
한계는 가지고 있다.

이렇게 의도를 직접 드러내는 논설 방식은 이 글의 이후에도 자주
보이는 바, 그 목록을 들면 다음과 같다.

대한크리스도인회보, <샤셜>, 1898.3.9
협성회회보, <론셜>, 1898.4.2
미일신문, <론셜>, 1898.7.21
           7.22
           7.23

---

67) 柳基龍, 韓國記錄文學硏究, 형설출판사, 1978, P.114.

                    7.25
        뎨국신문, <론셜>, 1898.9.30
        미일신문, <론셜>, 1898.11.9
                    1899.1.26 - 27
                    2.21 - 25
                    3.16
        뎨국신문, <론셜>, 1899.4.12
        독립신문, <론셜>, 1899.11.1
        뎨국신문, <론셜>, 1900.1.6
                    2.26
                    3.30
                    6.28
        皇城新聞, <論說>, 1900.9.22
        뎨국신문, <론셜>, 1901.4.16
                    5.23(미일신문의 1899.1.26 - 27수록분 재수록)
                    6.11(미일신문의 1898.7.21수록분 재수록)
        皇城新聞, <論說>, 1904.4.9

위의 글들은 모두 교훈의 형식요소를 가지고 있으면서 그 교훈의 구체적 형상화를 서사적 방법으로 한다는 공통점을 지닌다. 이 경우 교훈을 주려는 형식요소의 위치와 분량은 일정하지 않아서 목적과 시기에 따라 다르게 나타난다. <미일신문>1898년 7월 23일의 논설은 서사부분의 앞에 당시 신문편집체제로 보아 7행 남짓의 도입부분을 두고, 사람이 종기는 치료하면서 고황병은 걱정하지 않는다는 내용의 서사를 23행 가량 진행하여 완결한 다음, 35행이 넘는 교훈 부분을 덧붙여 두어 도입부분과 맺음부분이 합하여 서사부분보다 현저히 큰 형태를 이루고 있다. 이 점은 1898년 7월 22일이나 25일의 경우에도 마찬가지이며 양적으로도 미세한 차이를 보일 뿐이다. <뎨국신문

>1898년 9월 30일자 논설은 지은이의 의도를 직접 드러내는 부분이 서사부분의 뒤에 있으나 서사29행에 대해 교훈 52행으로 역시 교훈부분이 더 많은 데는 다름이 없다.

그러나 시기가 진전되면서 1898년 말과 1899년 초에 들어서면서 교훈부분이 줄어드는 양상을 보이다가 <미일신문> 1899년 3월 26일자 논설 이후에는 서사적 내용이 글의 대부분을 차지하고 교훈 부분이 현저히 줄어드는 양상을 보인다. 이 글은 앞에 도입하는 부분이 없고 바로 서사가 시작되어 완결한 뒤, "간절이 시무 아는 군즈을 위ᄒ야 우견을 드리노라"로 끝을 맺고 있다. 그 밖에도 현저히 짧아진 교훈부분을 예시하면 다음과 같다.

> 이 말이 속담이나 보면 감동홈이 잇슬 뜻ᄒ오(뎨국신문, 1899.4.12)
> 우리는 사롬마다 그 쇼년과 ᄀᆞ치 이 세상 꿈의 희셕을 잘 ᄒ기 ᄇᆞ라노라(독립신문, 1899.11.1)
> 그 송ᄉ의 승부는 알 슈 업거니와 그 두세곳으로 다니며 구경ᄒ 스상은 참 ᄒᆞ번 우슬만도 ᄒ거니와 그 관원들 밋희셔 빅셩노릇ᄒᄂᆞᆫ 사름들은 진졍 괴롭기도 ᄒᆞ고 불상ᄒ기도 그지업다고 ᄒᆞ다더라(뎨국신문, 1900.1.6)
> 欺人者ᄂᆞᆫ 可憎이로되 見欺者ᄂᆞᆫ 又可悲也로다ᄒ니 雲淵之筆意가 於曼청滑稽에 近之矣로다(皇城新聞, 1900.9.22)

이에서 보듯이 앞서 서사에 대한 수십행에 달하던 교훈 또는 시대적 해석이 줄어들고 대개의 경우 해석부분을 독자에게 맡기는 암시로 끝을 맺고 있다. 이 점은 이 글들이 상정한 독자가 당시로는 이미 최소한 국문해독자일 것이므로 그들에 대한 직접적인 교훈의 필요성보다 서사부분에서 설정한 사건의 성격에 의해 지은이의 당대 현실에 대한 태도를 보이는 것으로도 의도는 전달된다고 본 까닭일 것이다.

이런 형식의 창작 빈도도 위의 목록에서 보듯이 초기에는 자주 보이다가 진전을 따라 줄어들어 1901년 이후에는 사실상 나타나지 않는다고 하게끔 되었다. 이 점은 문학의 기능에 대한 인식이 새로워지고 문학의 독자적 영역과 논설의 교훈적 영역이 구분되기 시작한 모습을 보인다 하겠다.

다만 이러한 형식이 성행할 수 있었던 것은 이미 전 시기로부터 작자의 교훈적 의도가 드러나는 문학에 익숙한 독자와 필자이므로 이처럼 교훈을 주는 것이 낯설지 않았을 것이며 자연스럽게 쓰이고 읽힐 수 있었을 것으로 보인다. 조선조 문학에 대한 당대 또는 그 이후의 많은 논의가 문학의 교훈적 기능에 대한 긍정 또는 부정이었으며 이는 식자들만이 아닌 일반 민중의 소설관이기도 했을 것이다.

이런 사정은 개화기에 와서도 그리 달라지지 않았으며 비교적 소설에 대한 인식을 명백히 피력했던 李海朝의 경우에도  문학의 공리적 기능에 대한 생각을 주저없이 드러내고 있었다.[68] 다만, 이 시기의 글들은 이러한 교훈 또는 주장을 드러내는 데에 문학적 형상화에 의한 간접적 제시의 방법을 사용하면서도 그것의 현실적 기능에 대한 확고한 신뢰는 부족하여  직접 지은이의 목소리로 개입하여 말하는 형식요소를 가지고 있을 뿐이며 그 성격의 직접성이나 분량도 시기가 진전될수록 줄어드는 경향을 가지고 있었다.


(나) 의도를 직접 드러내지 않는 <논설>

비교적 시기가 진전되면서 의도를 직접 드러내는 방법보다는 우회적으로 전달하는 방법을 택하는 경향이 나타나게 되었다. 물론 이 경우도 <논설>의 형태는 가지고 씌어진 글이므로 작자의 의도를 표현

---

68) 宋賢鎬, "韓國近代小說論研究", 서울대학교 박사학위논문, 1989, pp.76-101.

하는 수단의 하나로 이용된 점에는 다름이 없다. 다만 이 경우에는 직접 의도를 드러내지는 않으면서 그 이상의 효과를 꾀한 것이므로 다양한 형식적 시도가 있을 수밖에 없었다. 그 결과 특이한 명명이나 대화체 또는 몽유록형식의 원용, 의인방법의 이용 등 다양하고 창조적인 창작방법을 동원하게 되었다.

<매일신문> 1898년 7월 29일자 <론셜>의 내용단락은 다음과 같다.

(가)신진학은 부요하고 근면하며 배우기를 좋아한다.
(나)구완식은 가세가 빈한하고 융통성이 없으며 예법만 숭상한다.
(다)장마가 져서 집이 허물어져도 구완식은 예기만 읽는다.
(라)신진학이 사업이나 취리를 하라고 권한다.
(마)구완식이 노기 등등하여 거절하고 책을 읽는다.
(바)신진학이 떠난다.

이 글은 앞뒤에 작자의 논평이나 교훈을 삽입하지 않아서 서사 자체에 의한 의도 전달을 노리고 있다. 이 글의 처음은,

신진학이라 ᄒᆞᄂᆞᆫ 사ᄅᆞᆷ은 본릭 미쳔ᄒᆞᆫ 사ᄅᆞᆷ인ᄃᆡ 텬픔이 총민ᄒᆞ고 긔우가 헌앙ᄒᆞ며 믹사에 부지런ᄒᆞ고 학문샹에 대단히 유지ᄒᆞ야 놉ᄒᆞᆫ 션ᄉᆡᆼ이 잇다 ᄒᆞ면 불원쳔리ᄒᆞ고 차자가셔 뭇고 비호며 됴ᄒᆞᆫ 셔칙을 보면 즁가를 앗기지 아니ᄒᆞ고 주고 사셔 닐그며 손 지됴가 잇서 무슴 물건이던지 ᄆᆞᆫ들면 다 정교ᄒᆞ고 려력이 과인ᄒᆞ야 두팔에 쳔근지력이 잇고 가산이 유여ᄒᆞ야 량젼 슈만경이 잇ᄂᆞᆫ지라

로 시작하고 있으며 마지막은,

> 나는 다만 글 호나만 알지 다른 것은 모로는 터이니 그러흔 말은
> 내 압헤셔 다시 말나 호고 로긔가 등등호야 다시 칙을 향호야 고셩랑
> 독호는지라.신씨가 긔가 막혀 아모말도 아니호고 이러셔 도라와 다시
> 는 구씨를 아니찻고 홍샹 사룸을 디호야 말호기를 썩은 나무는 삭일
> 수가 업다고 호더라.

로 끝맺고 있다.

이처럼 글의 출발이 곧 서사의 출발인 형태는 독자의 관심을 유발
하기에 용이하며 유발된 관심이 작자의 의도대로 이끌려 오도록 하는
것이 목적이었다. 특별히 이 글은 이러한 목적을 달성하기 위해 인상
적인 명명(신진학 - 구완식)을 함으로써 성격의 극명한 대비를 용이
하게 하였다. 또한 작중인물의 설정을 의도적으로 부유 - 빈한에 직
접 대응되는 신지식 - 구지식으로 한 것도 이러한 의도를 드러내기에
적절한 것으로 보았으며, 말미에 공자의 말을 인용[69]함으로써 기존의
지식이 지은이의 주장을 입증하기 위해 이용되도록 해 놓았다.

이렇게 주장을 직접 드러내지 않고 논설을 전개하는 일은 이후에도
계속되어 다수의 작품이 나타났다. 정리된 목록은 다음과 같다.

미일신문, <론셜>, 1898.8.31
9.29
12.13

---

69) 이 부분은 일반적으로 인용되는 부분이거니와 이 시기의 글들은 중국의 고
사 또는 이미 존경받고 있는 성현의 말씀을 자주 인용하고 있다. 이런 태도
는 대체로 개화지향적인 사고를 가진 글에서 흔한데 이는 자신의 주장을 전
래적인 신뢰의 대상과 결합함으로써 설득력을 높이려는 어법일 것이다. 또
이는 구소설과 신소설의 접합점에 선 이 시기 문학의 문학사적 성격과도 무
관하지 않을 것이다.(宋敏鎬, 1975, p.44. 참조)

뎨국신문, <론셜>, 1898.12.24
미일신문, <론셜>, 1898.12.29
皇城新聞, <論說>, 1899.1.16
                           2.8
미일신문, <론셜>, 1899.3.2
皇城新聞, <論說>, 1899.3.10
뎨국신문, <론셜>, 1899.3.15
時事叢報, <論說>, 1899.4.29  5.1
皇城新聞, <論說>, 1899.9.20  22
뎨국신문, <론셜>, 1900.3.31
                           6.19
                           7.11
                           9.13
皇城新聞, <論說>, 1900.11.10
뎨국신문, <론셜>, 1900.12.17
                        1903. 5.19
                           6.5


　　이상의 것들이 <논설>의 항목으로 편집된 내용들 중에서 작자의
의도를 직접 드러내지 않으면서 서사의 형식을 띠고 있는 것들이다.
이 글들의 마지막은 대체로 서술자가 드러나지 않는 형태이며 서술자
가 드러나더라도 서사에 대한 자기류의 해석을 가하거나 교훈을 주겠
다는 태도는 보이지 않는다.


　　일가 샹하 로소가 단란ᄒᆞ야 잔치ᄒᆞ고 질기더라(미일신문, 1898.8.31)
　　일쟝을 통곡ᄒᆞ고 각각 도라 갓다더라(뎨국신문, 1898.12.24)
　　속담에 일으기를 일어탁슈라 ᄒᆞᄂᆞᆫ 말이 이를 보고 ᄒᆞᆫ 말인 듯ᄒᆞ더
라(미일신문, 1898.12.29)
　　遠鷄一聲에 覺之ᄒᆞ니 乃夢이더라(皇城新聞, 1899.1.16)

로인이 발연변식ᄒᆞ야 디답은 못ᄒᆞ나 속ᄆᆞ옴으로 혐의ᄂᆞᆫ 대단히 ᄒᆞ더라(뎨국신문, 1899.3.15)

그 ᄋᆞ희들이 더옥 근심ᄒᆞ야 모군들의 ᄭᆡ닷기만 ᄇᆞ란다 ᄒᆞ더라(뎨국신문, 1900.3.31)

우리가 디답홀 말이 업서 웃고 도라 왓노라(뎨국신문, 1900.6.19)

可發一嘆이로다(皇城新聞, 1900.11.12)


이들은 이미 논설란에 실려 있는 것이므로 내용상 서사적 흥미나 미감의 창조를 목적으로 하고 있지 않으며 모두 작자가 가진 특정한 주장을 드러내는 것을 목적으로 하고 있다. 그러나 이들이 비유의 해설부분이나 작자 개입부분을 갖지 않았다는 것은 이미 이 당시의 필자들이 서사의 독자적 기능에 대해 인식하고 있었다는 증거가 될 만하며 지은이는 일부러 교훈적 개입의 형식요소를 쓸 필요가 없도록 하기 위해 서사부분에서 자신의 주장을 더 효과적으로 형상화하는 노력을 보이고 있다. 이로 인해서 이 글들은 새로운 형식적 시도를 자주 하게 되고 그것이 이후 소설사의 전개에 발전적 기여를 하게 된다.

위의 글들 중에서 의인방법을 쓰고 있는 것은 1898년 12월 24일, 12월 29일, 1899년 1월 16일, 2월 8일, 1900년 11월 10일 등이고 몽유록 또는 저승왕래담을 쓰고 있는 것은 1899년 1월 16일, 1899년 3월 2일 등이며 1899년 3월 15일자의 글은 "고집불통(완고한 노인) - 박람(학)식(개화한 청년)"으로 인상적인 명명법을 사용하고 있다. 또한 1899년 4월 29일 이후의 글은 박지원의 "양반전"을 한문현토체 글로 바꿔놓고 지은이의 의도를 글속에 내비치는 방법을 쓰고 있으며 1900년 6월 19일자와 7월 11일자는 대화체를 쓰되 당시의 시골 참상을 사실적으로 보고하는 내용을 구어로 표현하고 있다.

이처럼 형식적으로 다양한 시도를 하게 된 것은 앞에서와 같은 직접전달의 형식을 지양한 상태에서 지은이의 의도를 효과적으로 드러내기 위해서 방법을 모색한 결과로 볼 수 있을 것이다.

## (2) 비 <논설> 형식

### (가) 의도를 드러내는 비<논설> 형식

<논설>란에 실린 서사에서조차 논설의 직접적 기능이 쇠퇴하고 제거되어 가는 과정에 있다는 사실은 서사의 서사 자체적 의미에 대한 새로운 인식의 표현임을 앞에서 논의한 바 있다. 이 시기에는 이러한 인식이 진전되어 <논설>란에 실리지 않은 글로도 작자의 의도를 드러내는 것들이 자주 발견된다. 당시에 특수한 경우가 아니면 신문이나 잡지의 <논설>란에는 발행인들이 집필한 교훈적인 글들을 실었던 데 비해 투고된 내용이나 견문에 의해 전달된 내용은 <기서>, <잡보> 등에 실었던 바, 이런 글의 내용이 선택되는  경우에도 발행인의 의도는 반영되어서 당시의 현실에 대한 일정한 교훈적 의도를 드러내는 것들이 실릴 수 있었다. 이 글들도 논설적 성격을 가진 것으로만 본다면 <논설>란에 실린 글들과 함께 논의할 수 있을 것이다. 그러나 이들은 신문의 편집자나 논설의 필자가 신문의 이름을 걸고 말하는 형식이 아니므로 의도의 내용이 비교적 자유로울 수 있는 가능성이 있고 실제로 교훈을 직접 드러내지 않는 형태가 다수 발견되고 있으므로 이를 살피고자 한다. 독자의 흥미를 이끌어내는 다양한 방법적 시도도 주목할 만하다.

이 점은 반드시 작자의 의도를 전달하는 도구로서의 서사만이 아니라 흥미와 쾌락을 기도하는 이야기를 전달하는 기능도 할 수 있음을 보이는 것이면서 18세기까지 구 소설이 이룬 문학적 축적이 발현된

것이라 볼 수도 있다. 다만 이런 경우에도 앞에서 말한대로 글 지은이 또는 신문 발행인의 의사는 반영되고 있었으며 이를 직접 말하는 경우와 그렇지 않은 경우의 구별은 있었다.

이 시기의 지은이들은 어떤 시기의 이야기꾼 또는 소설 작자보다도 독자에 대한 심정적 우위가 확고했다. 이 시기의 지은이들은 내심으로든 표면적으로든 독자에 대해 가르치는 자의 위치에 있었으며 국가나 민족의 역사에 대해 사명감을 가지고 있었다. 그러므로 이들은 글을 씀에 있어서 글이 가져야 한다고 생각되었던 교화의 기능을 유무 언간에 인식하고 있었다. 글이 이미 <논설>란에 실렸다면 이런 기능이 드러나는 것은 일면 당연한 일일 수도 있으나, 그렇지 않은 글에서도 지은이의 시대에 대한 교훈적 의지가 드러난다는 것은 이런 생각이 얼마나 깊게 작용하고 있는가를 보이는 예가 된다. 이 시기에는 이런 생각이 서사의 처음이나 끝에 형식 단락의 모양으로 직접 나타나고 있다.

<죠션크리스도인회보> 1897년 5월 26일자에 실린 "됴와문답"은 다음과 같이 짜여 있다.

(도입)사람이 학문을 널리 공부하여야 개구리의 탄식을 면한다.
(가)물새가 개구리에게 산천 구경을 권한다.
(나)개구리는, 천지가 광활할 리 없다고 거절한다.
(다)물새가 다시 간청한다.
(라)개구리는, 물새가 혹세무민한다고 화를 내며 쫓는다.
(마)물새는 날아가고 개구리는 여전히 고루하다.
(맺음)모두 학문을 널리 배워 개명 진보하자.

이 글의 가운데 부분인 서사는 스스로 줄거리를 가지고 진행하고

있고 그 앞뒤에 이 내용에 대한 지은이의 해석에 해당하는 부분이 결
부되어 있다. 이러한 형식은 신문에 게재된 난만 다를 뿐이지 사실상
위에서 살핀 바 의도를 직접 드러내는 <논설>에 해당되는 것이다.
이 시기에는 이런 용례가 많이 발견되고 있는데 그 목록은 다음과 같
다.

그리스도신문, 코기리와 원숭이의 니야기, 1897.5.7
독립신문, 녯적에 긔싱이라 ㅎ는, 1898.2.5
대한크리스도인회보, 부즈문답, 1898.3.30
독립신문, 시스문답, 1898.10.28 −29
뎨국신문, 어리셕은 사름들의 문답, 1898.11.26
독립신문, 상목지문답, 1898.12.1
뎨국신문, 외국인 됴롱흔 말이라, 1899.3.6
대한크리스도인회보, 붉은 거울을 보시오, 1899.10.25
효즈힝젹, 1900.6.13
호랑이꿈, 1900.6.27
그리스도신문, 무듸션싱, 1901.5.16

이 글들은 지은이가 독자에 비해 현저히 우월한 위치에서 교훈을
주려는 익도가 내포되어 있으므로 자신이 이 글을 통하여 말하는 내
용에 대해서 확고한 신뢰감을 가지고 있다. 이 점은 이 글들 중 기독
교 계통의 신문에서 이런 종류의 글이 다수 발견되고 있는 점과 무관
하지 않을 것이다. 기독교를 받아들인 자의 입장에서 볼 때 비기독교
인인 당시의 조선 인민은 우매하고 미개하여 긍휼히 여길 대상이므로
지은이는 자신의 생각에 대한 의문을 가질 필요가 없었다. 그러므로
이들 글에서 지은이는 역사나 사회에 대해서든 신앙에 있어서든 심정

적으로 선각한 자로서 후진의 독자에 대해 가진 사명감을 표현하고
있는 것이다.

> 니론바 지극히 어리셕은 거슨 옴길 수가 업고 미련흔 고집은 통홀
> 수 업눈지라 이러흔 이야기가 비록 쳔루흔 것 굿흐나 무식흔 부녀들과
> 어리셕은 ᄋᆞ히들은 알아보기 쉬운고로 우리논 긔록ᄒᆞ노니 아모 사름
> 이던지 ᄌᆞ긔 죠샹의 보지 안턴 글이라고 훼방ᄒᆞ지 말고 겸손흔 마음으
> 로 학문을 널이 비와 어두온 디룰 ᄇᆞ리고 붉은 빗히 나아와 착흔 곳에
> 굿치면 문견에 고루흠을 면ᄒᆞ고 기명흔 나라에 진보가 될 쯧ᄒᆞ더라

이 글은 위의 1897년 5월 26일자 "됴와문답"의 맺음 부분이다. 여
기에서 보듯이 이 글의 지은이는 이런 형식의 글이 천루하다고 인식
하고 있어서 아직 한글로 표기된 문학에 대한 자신감은 확립되지 않
은 상태에 있다. 그러나 이 글의 지은이가 독자를 무식한 부녀와 어
리석은 아이로 표현되는 미인식 무지층으로 상정하고 있는 데서 보듯
이 독자를 개명시켜야 할 확고한 사명감과 자신의 인식 내용에 대한
완전한 신뢰감을 가지고 있다. 더욱이 이 글의 경우처럼 기독교 계열
의 신문에 실린 글은 기독교 이념의 낯섦을 의식한 발언(ᄌᆞ긔 죠샹의
보지 안턴 글이라고 훼방ᄒᆞ지 말고)을 싣고 있는 경우가 많았다.
이 글들은 모두 진행되는 이야기를 갖고 있으면서 그 이야기의 처
음이나 끝에 지은이의 교훈적 개입이 나타나 있다. 앞에서 본 대로
시기적으로 보아 초기에는 지은이의 교훈적 발언이 글 전체의 앞이나
앞뒤에 있는 경우가 많으며 시기가 늦을수록 지은이의 발언은 글 전
체의 뒤로 가고 있고 분량도 짧아지는 경향이 있다. 다만 위의 글 중
에서 1898년 11월 26일자와 12월 1일자의 경우는 글의 내용 전체에
지은이가 개입하여 서사의 진행을 해설하고 의도를 직설하고 있다.

이런 때는 사건 하나 하나에 지은이의 의도를 결합하여 매번 교훈을 주는 방법을 택하고 있어서 글의 앞뒤에 교훈적 형식 단락이 따로 나타날 필요가 없게 되었다.

1898년 11월 26일자 <뎨국신문>의 "어리셕은 사롬들의 문답"은 무지옹과 관세자의 문답을 통해 당시의 민회(만민공동회)와 부상(보부상 집단 황국협회)의 갈등을 형상화하려 하였다. 그러나 이 사태에 대한 지은이의 긍정 부정이 확연하기 때문에 서사적 진행을 충분히 하지 못하고 政論에 머무르게 되었다. 다만 이 경우에도 지은이가 현실적 사건을 허구화하려는 의도는 드러내고 있어서 인물과 문답배경에 대한 설정은 창조적인 점이 있다.


(나) 의도를 직접 드러내지 않는 비<논설> 형식

이 시기에는 단형서사문학이 교훈의 수단으로 사용되는 경우라 할지라도 직접 지은이가 개입하여 교훈을 전달하지 않고 이야기만으로 암시하는 것들이 발견된다. 이미 구소설의 시대에 읽고 즐기는 문학이 발전한 바 있으므로 신문이 독자에 대해 흥미를 갖게 하는 방편으로 이런 글들이 나타나지 않은가 한다. 흥미를 이끌면서 의도를 전달하되 외면적으로 교훈을 전달하는 형식요소를 갖지 않은 것이다.

<미일신문> 1898년 3월 26일자의 "남촌 사는 최여몽이라 ᄒᆞ는 사롬"이하의 글은 다음과 같은 형식단락을 가지고 있다.


(가)최여몽이 죽었다가 살아나서 죽었을 때의 일을 말한다.
(나)명부에 가니 잘못 왔다고 가라고 한다.
(다)나오다가 초최한 노인들을 만난다.
(라)그들은 송우암, 윤명직, 허미슈, 니아계, 니률곡, 민로봉, 셔약
  봉 등이다.

(마)자손들이 조상의 이름만 팔아 놓고 먹으니 근심하여 피골이
　　상접하다고 한다.
(바)몸을 돌이키니 죽은 지가 삼일이다.


　이 글은 명백히 교훈적 의도를 가지고 있으면서도 글 속에는 작자
가 개입하지 않는다. 이 글은 위에 본 것처럼 시작하여, "네가 나가거
든 우리의 즈손들을 보는디로 이런 말이나 ᄒ고 우리를 더 걱정이나
식히지 말고 이 남은 형샹이나 부지ᄒ게 ᄒ여 달나고 부탁을 신신이
ᄒ시기에 하직ᄒ고 몸을 도리키 ᄭᅵ니 죽은 지가 임의 삼일이 지니엿
다 ᄒ더라." 로 끝을 맺었다.
　이처럼 교훈적 의도를 가지고도 드러내지 않은 것은 의도를 전달하
는 방법에 있어서의 일정한 진보라고 말할 수 있거니와 이런 경우의
글로 정리한 목록은 다음과 같다.


　　믹일신문, <잡보> (어늬 고을 원), 1898.6.13
　　　　　아죠 찰 슈구당에셔, 1898.7.1
　　　　　호토샹탄/여우와 토끼가 셔른 싱키다. 1898.9.23
　　독립신문, 힝셰문답, 1899.1.23
　　　　　외국사람과 문답, 1899.1.31
　　　　　역적 셰 놈, 1899.2.25
　　　　　일쟝츈몽, 1899.7.7
　　대한크리스도인회보, 관음보살, 1899.7.12
　　그리스도신문, 몽경세려, 1902.3.20
　　　　　　모듸거져가 그 쥬인의게 복죵흠, 1902.5.15
　　皇城新聞, 聾者奇夢, 1905.9.5
　　대한믹일신보, 山人說夢, 1905.9.5

夢天錄, 1905.12.8

이 글들 중에서 교훈적 의도가 모호한 글은 <그리스도신문>의 1902년 5월 15일자의 경우뿐이다. 이것은 외국의 문학작품에서 일부를 번역하여 실은 것으로 보이는데, 앞뒤의 구성도 없이 이미 읽은 작자가 가장 재미있다고 판단한 내용을 잘라서 번역하였으므로 독자에 대해 흥미를 고조시키지도 못하고 의도를 명료히 전하지도 못하였다. 번역물이라면 이미 1895년 <텬로력뎡>, 1896년 <영국요사>, <나파륜전>, 1897년 <태셔신사> 등에서 이보다 훨씬 앞선 것이 있으므로 이 글이 문학사적 가치를 얻을 수는 없을 것이다. 다만 이 글이 기독교 계열의 신문에 실린 것을 중시하여 과해석의 위험을 무릅쓴다면 오직 한 주인 곧, 하나님에게만 복종해야 한다는 의도를 전하려 했던 것으로 볼 수는 있다.

그 밖의 것들은 공히 교훈적 의도를 가지고 있으면서 이를 직접 드러내지 않은 것들이다. 이 경우 앞에서 논의한 바와 같이 지은이가 자신의 의도를 드러낸다는 목적 자체를 포기한 것이 아니므로 직접 말하지 않고도 의도를 전달하는 방법적 모색이 다양한 형식적 시도로 나타나고 있다. 위의 글들 중에서 1898년 6월 13일, 7월 1일, 1899년 1월 23일, 1월 31일, 7월 12일 등은 대화체를 사용하고 있으며 1898년 9월 23일, 1899년 2월 25일 등은 의인문학의 기법을 사용하고 있다. 또한 이 부류의 글들은 몽유록 형식의 원용이 두드러지는 바, 위의 1899년 7월 7일, 1902년 3월 20일, 1905년 9월 5일, 11월 7일, 12월 8일 등이 그것이다.

이 글들도 시기의 진전을 따라 초기의 것은 서사의 앞뒤에 인용자나 몽유자의 모습으로 서술자가 나타나지만 후기의 것은 그것이 뒤에 있거나 없어지는 변화를 보이고 있다. <미일신문> 1898년 6월 13일자의 글은 대화체로 되어 있는 바, 대화가 시작되기 전에, "어늬 고을 원 ᄒ나히 일전에 갈녀 올나와 ᄒ 친고를 더ᄒ여 졍다히 슈작ᄒᄂ 말이"라는 도입 부분이 있으며, "ᄒ엿다기로 우리ᄂ 듯ᄂ더로 올니노라"라는 맺음 부분이 있다. 그러나 이 부분이 내용에 대한 해설의 기능을 하고 있지는 않으며 지은이의 의도를 대변하고 있지도 않다.

다음 단계는 뒤에 해설이나 개입은 없고 앞에 내용 소개자로서의 서술자 개입이 나타나는 것이다.

> 셔울 힝셰군과 시골 구사求仕ᄒᄂ 사ᄅ의 문답ᄒ 것을 좌에 긔지ᄒ노라(독립신문, 1899.1.23)
> 외국 사ᄅ이 대한 말을 겨오 통ᄒᄂ고로 그 문답에 우슈온 말이 만ᄒ나 이샹ᄒ기에 드른더로 긔지ᄒ노라(독립신문, 1899.1.31)
> 향일에 엇더ᄒ 션비 ᄒ나히 본샤에 와셔 ᄌ긔 몽즁에 지ᄂ 바 일을 이약이ᄒ거늘 우리가 근본 꿈이라 ᄒᄂ 것은 허스로 알되 그 션비의 꿈은 가쟝 이샹ᄒ고로 그 말을 좌에 긔지ᄒ노라(독립신문, 1899.7.7)

다른 것들은 앞뒤에 서술자의 소개나 개입이 없고 처음부터 이야기 형식으로 진행하기만 하는 것들이다. 몽유록 또는 저승왕래담의 경우 앞뒤에 입몽 각몽의 단계가 있기는 하나 이 경우에도 지은이가 자신의 의사를 대변하는 개입을 자제하고 있어서 서사적 흥미를 높이고 있다.


## 2. 대화체의 고안과 정제

이 시기에는 전 시기와 달리 현실적인 문제들이 문학의 직접적 관심 대상이 되고 있으므로 이러한 내용을 표현하는 방법에 대한 모색의 한 결과로 대화체 표현 방식의 시도가 빈번히 나타나고 있다. 대화체 표현 방식은 작중 내용의 구체성과 현실성을 더하는 방법으로 선택된 것으로 보이는 바, 대화의 직접성이 政論적 성격의 글에 사용되기에 적당하였기 때문일 것이다. 이 시기의 대화체에 대한 장르론적 논쟁70)은 아직 정리되지 않은 상태에 있다. 다수의 논의가 이를 서사의 한 형태로 보고 있으나 구체적이고 발전적인 사건의 진행이 없다는 점에서 논란의 여지가 있다. 이를 희곡으로 본 경우로 김원중은 "신희곡"이라는 이름으로 희곡으로 정리해 두었으며 이를 줄거리 없이 대화가 진행되는 것이므로 희곡사에 포괄해야 한다는 것을 주장하였다.71) 물론 희곡은 일단, "연극을 할 수 있도록 그 내용을 구체적으로 적어놓은 대본"72)이라는 성격적 특징이 있어 이를 희곡으로 본다고 하여도 구체적으로 이 글이 창작되는 순간에 지은이가 이를 무대에 상연하겠다는 의도가 있었는가는 의문이므로 새로운 논의가 가능할 수 있다. 그러나 단형 희곡의 경우로 상정하고 볼 때 이는 한 편의 압축된 소극(farce)형태73)로 볼 수 있을 것이며, 발전적인 사건의 제시보다 대화가 이루어지는 장면의 제시로 작자의 의도를 드러내는 데 봉사하고 있는 것이며 대화의 생동성이 강조되어 있으므로 극성이

---

70) 이 시기의 대화체문학에 대해서는 戲文소설(이재선, 홍일식, 조남현), 對話체소설(송민호), 討論체소설(김중하), 演說의 산문화(김윤식), 신戲曲(김원중) 등으로 불렸으며, 이런 종류의 글에 대한 장르적 탐구로는 金重河, "개화기토론체소설연구"(1979)가 있다. (金埈五, "개화기소설의 장르적 문제", 한국문학론총 8, 9합집, 한국문학회, 1986. 참조)

71) 김원중, "한국근대희곡문학연구", 중앙대학교박사학위논문, 1986.

72) 曺己燮.李康彦.金榮喆, 文學의 理論, 형설출판사, 1986, p.233.

73) J.M.Davis(홍기창 역), "소극이란 무엇인가", Farce 笑劇, 서울대학교 출판부, 1985, p.8.
"구조상 짧고 일화적이어서 소극은 그 속성상 '끼워넣기'의 역할에 적합하다. 실제로 소극이란 이름은 '채워넣다'란 뜻의 라틴어에서 유래한 것이며"

두드러진 것은 사실이다. 다만 이 글들도 인물의 허구적 설정과 이야
기의 처음, 중간, 끝 구성 등에서 서사의 일반적 성격과 그리 다른 것
은 아니다.74)

　이처럼 극성이 두드러진 형태의 서사인 대화체는 개화기 문학에 많
이 나타나며 이는 이 시기 지식인들이 자신의 의도를 널리 그리고 생
동감있게 표현하려는 모색의 결과일 것이므로 창작 당시의 시대적 의
미를 찾는 것이 중요할 것으로 보인다.

　이 시기 대화체 중에는 대화를 도입하고 맺는 형식요소를 갖춘 것
과 대화 만으로 진행하는 경우가 있었다. 형식요소가 있는 경우에는
이 부분이 지은이의 의도를 직접 전달하는 경우와 다만 대화의 배경
이나 인물을 소개하는 기능에 그치는 경우가 있었다. 이 시기의 단형
대화체 글은 다음과 같다.


　　죠션크리스도인회보, 됴와문답, 1897.5.26
　　대한크리스도인회보, 부즈문답, 1898.3.30
　　미일신문, 잡보, 1898.6.13
　　　　　　아죠 찰 슈구당에셔, 1898.7.1
　　　　　　론셜, 1898.7.29
　　독립신문, 시스문답, 1898.10.28 - 29
　　뎨국신문, 어리셕은 사롬들의 문답, 1898.11.26
　　독립신문, 샹목지문답, 1898.12.1
　　뎨국신문, 론셜, 1898.12.24
　　독립신문, 힝셰문답, 1899.1.23
　　　　　　외국 사롬과 문답, 1899.1.31

---

74) 김중하(1979)

皇城新聞, 論說, 1899.2.8
뎨국신문, 론셜, 1899.3.15
미일신문, 론셜, 1899.3.16
뎨국신문, 론셜, 1900.6.28
　　　　　　　7.11
　　　　　　　12.17


이 목록의 글들이 모두 사실적인 대화로 진행되는 것은 아니며 다수가 관념적인 논쟁으로 되어 있어서 한 화자의 발언이 길게 계속되는 것이 많다. 다만 이 경우에도 발언과 발언의 중간에 작자의 논평은 개입하지 않는 것이 일반적이다. 지은이의 개입은 대화의 앞이나 뒤에 이어지고 그 경우 지은이가 자신의 의도를 직접 표출하는 경우와 단순한 소개자의 범위를 벗어나지 않는 경우가 있다.

지은이가 자신의 의도를 직접 말하는 것은 위의 글들 중에서 1897년 5월 26일자와 1900년 6월 28일자의 것이다. 이들은 위의 글들 중에서 의인된 것으로 이 방법이 다른 것에 비해 설명을 요하는 것일 가능성이 높으므로 지은이가 개입하여 오해를 없애려고 노력한 것으로 보인다. 1897년 5월 26일자의 글에 나타난 지은이의 개입은 서사의 앞과 뒤에 비교적 장황하게 나타난다. 서사가 진행되기 전에 다음과 같은 도입을 보이는 것이다.


사롬의 문견이 고루ᄒ고 스스로 존대ᄒᄂ 이는 스긔에 니르기롤 우물 밋히 개고리라 ᄒ고 사롬이 긋칠 디 긋칠 줄 아지 못ᄒᄂ 쟈는 공즈 골ᄋ디 언덕에 긋치는 시만 갓지 못ᄒ다 ᄒ엿시니 사롬이 학문을 널니 공부ᄒ 후에야 개고리의 탄식을 면ᄒ거시오 착ᄒ 곳에 긋칠 줄을 안 후에야 시보담 나을지라

이 부분의 뒤에 물새가 개구리의 견문을 넓혀 주기 위해 권하다가 군축을 당하고 물러난다는 이야기를 진행하고 나서 다시, "니른바 지극히 어리석은 거슨 옴길 수가 업고 미련흔 고집은 통홀 수 업는지라" 운운으로 지은이의 의도를 드러내는 맺음부분을 두어 개입하고 있다.

1900년 6월 28일자의 것은 사슴과 나뭇꾼의 옛 이야기를 변형하여 싣고 이에 대한 해석을 하고 있다. 이 글에도 도입부분의 개입은 나타나고 있다.

> 근일 일긔는 틱한흔디 풍일이 스오나와 졍히 슈심 잇는 사롬으로 흐야곰 심스를 괴롭게 흐는지라 수삼 동지지인이 작반흐야 쥭장 망혜로 산슈 승경을 구경차로 한 곳을 다다르니 시너물은 잔잔흐야 오는 손을 은근히 반기는 듯 쳥송은 울울흐야 산세가 웅장흔 듯 방초는 우거지고 록음은 밀밀흔디 각식 즘성이 쩨를 지어 나는 시 긔는 즘성 오락가락 노닐 젹에 녕악흔 호랑이 승냥이며 크고 미련흔 곰 슌흔 노루 스슴 등물이 각기 제 긔운디로 이리 뛰고 뎌리 뛰며 큰 놈은 젹근 놈을 잡아먹고 녕악흔 놈은 약흐고 슌흔 놈을 살히흐고 쐬만코 지조잇는 놈은 이리뎌리 모피홀졔 쐬업고 유슌흔 노루 스슴들이 녕악흔 큰 즘성을 보고 쳔빅가지로 달니면셔 살녀달나 간쳥흔 즉 그리흐마 디답흐고 달은 놈은 금졔흐나 제 손으로 잡아먹으니 쳥흔 효험 바이 업고 엇던 놈은 그 쐬 알고 어디로 달아나면 흉악흔 산포슈가 총을 메고 싸라온다

이어지는 이 글의 이야기부분 내용단락은 다음과 같다.

(가)사슴이 사냥꾼을 피하여 살려달라고 한다.

(나)나뭇꾼이 숨겨놓고 사냥꾼이 묻자 못보았다고 하면서도 손으로
   는 사슴이 숨은 곳을 가리킨다.
(다)사냥꾼이 손을 보지 못하고 그냥 간다.
(라)사슴이 사례하지 않고 가려 하자 나뭇꾼이 나무라서 논쟁한다.

이 논쟁의 대화 다음에 지은이의 다음과 같은 개입이 나타난다.

어시호 세상에 인정물틱를 싱각힌 즉 사롬이 텬디간에 귀힌 것은
소이연이 잇는 것이니 그 소이연인즉 언힝이 불합ᄒ야 말과 마음이 억
임이 업는 것이어늘 외양으로는 점잔은 톄ᄒ여 그러ᄒ되 힝ᄒ는 일은
그럿치 아니ᄒ야 세상에 리치 밧게 일과 경위업는 압제로 남을 희롭게
만 ᄒ려고 쥬의ᄒ는 쟈ㅣ 도도개연힌 즁에 각국 형셰로 말ᄒ더리도 말
노는 남의 나라을 고호ᄒ는 톄 압제ᄒ고 손희를 더ᄒ지 안는 톄ᄒ고
마음에는 그 나라을 삼킬 경영뿐이니 그런즉 지금 세상에 누구를 밋으
리오 지금 세상에 스숫 사롬들이던지 나라이던지 산양군 아닌 사롬이
업는지라 스슴에게 칙망을 면홀 슈가 업나니 엇지 사롬이 되여 즘성에
게 슈모를 밧고 텬앙을 취ᄒ는 것이 가ᄒ리오

위의 인용 부분들이 이 글에서 지은이가 자신의 의도를 직접 드러
내고 있는 것이면서 위의 목록 중에서 가장 장황한 개입인 것으로 다
른 글들은 지은이의 개입이 없거나 있어도 소개 정도에 그칠 따름이
다.

위의 글들 중에서 지은이가 대화의 소개자로 앞뒤에 있는 것은
1898년 6월 13일자 뿐이며 앞에만 있는 것은 1898년 7월 1일, 7월 29
일, 12월 24일, 1899년 1월 23일, 1월 31일, 2월 8일, 3월 15일, 3월 16
일, 1900년 7월 11일자의 경우이고 나머지는 소개조차 없이 바로 대
화가 시작되는 것들이다. 소개하는 방식은 1898년 6월 13일자의 것은

앞 절에서 인용한 바 있으며 다른 것의 소개 부분은 다음과 같다.

> 아죠 찰 슈구당에셔 늘근 졈잔은 로인 한 분과 긔화에 시로 맛드린
> 절믄 친구 ᄒ나와 맛나셔 슈작ᄒᄂ 말이라(미일신문, 1898.7.1)
> 일전에 엇더ᄒ 친구가 셔로 슈작ᄒᄂ 말슴을 드른즉 가장 이상ᄒ기
> 로 좌에 긔지ᄒ노라(뎨국신문, 1898, 12, 24)
> 北山石窟에 千年老蟾이 有ᄒ고 南山土窟에도 千年老蟾이 有흔지라
> 一日은 南北 兩老蟾이 邂逅相逢ᄒ야 敍寒暄畢에(皇城新聞, 1899.2.8)
> 남편 동리에 흔 귀먹은 사롬이 잇고 북편 동리에 흔 눈먼 사롬이
> 잇셔 셩업ᄒ 길리 업셔 미양 셔로 불샹이 넉이더니 일일은 흔가지로
> 슐을 먹을시 슐이 두어 슌비 지나미 문득 통곡ᄒ여 굴ᄋ디(미일신문,
> 1899.3.16)
> 근일 한긔가 티심ᄒ야 근심이 젹지 아니ᄒ던 차에 우연이 어느 시
> 골 사ᄂ 사롬을 맛나 농형을 무른즉 그 사롬이 우연쟝탄ᄒ여 왈(뎨국
> 신문, 1900.7.11)

위에 보인 것 이외에도 장황한 문장으로 인물소개를 상세히 하는
것이 있다. 이 경우에는 독자에게 인물의 성격을 용이하게 인식시키
는 방편으로 인상적인 명명(신진학—구완식, 고집불통—박람(학)식)을
해 두고 있다.

대화를 진행시키는 방법은 대개 위와 같은 도입 또는 소개의 형식
뒤에 대화의 주체를 서술적으로 표시하는 것으로 하였다. "개고리 대
로ᄒ여 물ᄉ룰 군츅ᄒ며 ᄭᅮ지져 ᄒᄂ 말이", "아범이 디답ᄒ되", "구
씨가 졍식ᄒ고 디답ᄒ되", "대신이 깃거워 굴ᄋ디", "北蟾이 沈吟良久
曰" 등이 그것으로, 대화체로 표현하되 서술 형식으로 표현한 것의
일부와 구별되는 외형적 특징은 갖추지 못한 상태에 있다.

주목할만한 것은 위의 글 중에서 1898.6.13, 1898.7.1, 1899.1.23,

1899.1.31의 넷이다. 이들은 대화의 화자를 표시하거나 대화부분에 인용부호에 해당하는 표시를 하여 일반적인 서술식 문장과 분명히 다른 형식적 특징을 가지고 있다. 그 중에서 앞선 시기의 것인 1898년의 글들은 대화자 표시는 없이 대화를 구분하는 표시만을 하고 있다.

> (하) 그동안에 그곳 빅셩들이 그럭히 완만하여졋든가) (허) 완민인들 그런 완민들이 어디가 잇겟나 령을 흔 번 너여가지고 시힝케 흐려다 못흐여 니가 짓쳐 못견듸고 말앗네) (에) 못싱긴 것도 만치(미일신문, 1898.6.13)

> (무어시오 흐 답답흔지고 당신 말슴ㄱ치 싱사가 명에 달녓스면 병드러도 의원이나 약은 다 쓸 듸 업겟지오) (어 그러니 아니 쓸 슈 잇나) (왜 써요 다 명에 잇서 든 병을 약써셔 곳치기로니 멋철 살겟소) (그는 그러치마는 그러도 죠샹젹붓허 나려오는 약이야 아니 쓸 슈 잇나) (올치 알아듯겟소 당신 죠샹이 증역흐엿스면 당신도 징역흐고 당신 ᄋ둘 손즈 다 쳥바지 져고리 입힐 터이지요(미일신문, 1898.7.1)

이중 전자는 감탄사나 발어사에는 괄호를 쳐서 표시하고 각 대화의 끝 부분에 괄호를 닫아서 구별하고 있는데 후자는 각 대화를 괄호로 묶어 구별하고 있다. 시기가 진행되어 다음해에 나온 글들은 위의 것이 가진 발화자 혼란을 막는 방법으로 발화자를 표시하고 각 대화가 끝난 뒤에, 다른 사람의 말이 시작될 때마다 행을 바꾸어 구별하는 방법을 쓰고 있다.

> 셔울사롬 (그리 이 치운듸 긱고가 엇던가
> 시골사롬 (아 긱고도 긱고려니와 시셰가 다 틀런네 그려
> 셔울(무슨 시셰란 말인가

시골(아 갑갑흔 사롬일세                                    (독립신문, 1899.1.23)

외국사롬(쟈네 평안ᄒ시오닛가
대한사롬(당신을 오리 못 보앗소
외국(당신이라는 말 무슴 말
대한(당신 그더 너 쟈네 공지딕 임쟈 노형 다 남을 디ᄒ야 ᄒ는 말
이오
외국(오 귀국 말 만히 어렵소                        (독립신문, 1899.1.31)

이런 형태가 나타난 것은 서술식 문장이 "샹목지 굴오디" 등의 대
화자 표시를 하는 것이 불편하다고 인식하여 취한 요약 형태일 수도
있으나 또 한편으로는 대화 내용에 현실감과 구체성을 부여하려는 의
도로 볼 수도 있다. 대화체가 사건의 진행을 서술하는 것보다 장면을
드러내는 기능을 담당하고 있다는 것도 이런 표현 방법을 선택하게 한
요인이 된 것으로 볼 수도 있다. 또한 이들 글이 사용한 언어가 비교
적 구어에 가까와져 있다는 점도 이처럼 장면을 생동감 있게 보이려는
노력의 일환인 것으로 볼 수 있으며, 이러한 구어체 표현 방법이 이
시기 또는 이후의 문장 표현법75)을 선도하는 효과도 있게 되었다.


## 3. 전환 서사 방식의 활용


### (1) 몽유록 형식

몽유록 형식은 이전 시기에 이미 생산적인 표현법으로 다양한 창작

---

75) 신소설은 다수가 이러한 발화자 표시 방법을 사용하였으며 그것은 내용의
   생동적 전개에 유용하였다.

에 이른 바 있으니, 이는 지은이의 의도를 표현하되 전환에 의한 표현이 필요한 경우에 쓰인 것으로 보인다.[76] 이 경우는 현실적인 경험 세계의 사건보다 더 많은 상상력이 필요한 작품, 특히 선험적이거나 초월적인 의지의 도움이 필요한 경우에 편리한 방법으로 선택되었다. 이는 현실 세계의 사실이나 전망에 대한 지은이의 의도를 독자에게 전달하는 경우 작자나 독자가 공유하는 현실의 개연성만으로는 설득력이 부족한 경우에 사용된 것이며, 이런 이유로 몽유록은 저승이나 천상세계에 왕래했다는 내용을 가진 경우가 많고 이를 통해 지은이의 의도가 독자에 대해 설득력을 확보하도록 하려는 노력을 보이고 있다. 또 이 시기의 문학에 몽유록 형식이 동원된 것은 현실적으로 주고자 하는 교훈이나 풍자의 내용이 직접적 설명보다 상상력에 의존하는 것이 적합하다고 판단된 경우라고도 할 수 있다.

그러므로 대부분의 경우 몽유록 형식이 동물의인 형식과 복합적으로 사용되고 있으며  과거의 위인을 만나는 상상력을 사용한 것도 일부 있어서 전 시기 <원생몽유록>의 발상방법을 원용하고 있다.

또한 몽유록은 형식적으로 입몽과 각몽의 단계가 설정되고 입몽단계와 각몽단계에 지은이의 의도를 드러내는 직접적 서술이 있다는 특징을 가지고 있는 바, 이 점은 이 시기 몽유록 형식의 글에도 나타나고 있다. 이 부분은 형식적으로 몽중의 사실과 구별되도록 분리가능한 요소를 가지고 있다.

이러한 형식요소를 가진 것으로 정리한 몽유록 형식의 목록은 다음과 같다.

---

76) 徐大錫, "夢遊錄의 장르적 성격과 文學史的 의의", 계명대학교 한국학논집 1-5합본 p.512
"(몽유록의)저작 동기는 국가수난기의 민족적 울분이나 사회혼란기의 지식층의 불만을 토로하기 위한 것이었다."

미일신문, 남촌 사는 최여몽, 1898.3.26

皇城新聞, 論說, 1899.1.16

미일신문, 론셜, 1899.3.2

독립신문, 일쟝츈몽, 1899.7.7

그리스도신문, 몽경세려, 1902.3.20

뎨국신문, 론셜, 1903.6.5

皇城新聞, 聾者奇夢, 1905.9.5

대한미일신보, 山人說夢, 1905.11.5

夢天錄, 1905.12.8

전 시기 몽유록의 경우에는 역사적 사실에 대한 욕구불만이나 관념적인 주장을 가진 몽유자가 나타나는 경우가 많았던 데 비해 이 시기 몽유록의 입몽 부분은 대체로 세상을 근심하는 화자가  비몽사몽간에 몽중 세계로 끌려 들어가며 가끔은 현실에 대해 특별한 근심을 표하지 않던 작중인물이 비몽사몽간에 죽어서 저승에 들어가게 되는 형식을 가지고 있다. 위의 글들이 가진 입몽단계의 모습은 다음과 같다.

남촌 사는 최여몽이라 ᄒᆞᄂᆞᆫ 사룸이 죽엇다가 다시 살아나셔 말ᄒᆞ기를(미일신문, 1898.3.26)
昨夜의 寒風이 吹雪에 窓紙가 亂鳴홈이 寒燈孤客이 正히 堪眠키 難ᄒᆞ지라 呵凍隱机ᄒᆞ야 時文을 閱覽ᄒᆞ다가 更深就睡ᄒᆞ야 精神이 朦籠ᄒᆞ디(皇城新聞, 1899.1.16)
근일에 엇더ᄒᆞᆫ 친구 ᄒᆞ나히 우연히 샹ᄒᆞᆫ 병이 드러 륙칠일을 대통ᄒᆞ야 화희지졔를 만히 먹어도 죵리 효험이 업셔 홀일업시 죽게 되얏ᄂᆞᆫ지라 ᄒᆞ루밤에ᄂᆞᆫ 침셕에 누어 잠이 좀 드럿더니 비몽사몽간에(미일신문, 1899.3.2)

(6행 략)글으디 내가 아셰아의 편소흔 동방 나라에 싱장흐야 문견이
고루흐고로 평싱에 구라파 세계의 문명한 나라 풍속을 흔번 보고져 흐
더니 금년 춘三월에 춘곤을 익이지 못흐야 슈간 쵸당에 북창을 의지흐
야  누엇슴이  거거  몽혼이  잠시간에  쳔만리를  힝흐야(독립신문,
1899.7.7)

北村大安洞近地에 有一老롱이 家甚貧루흐야 日出則往于鐘路 營業흐
고 日入則歸休其家흐야 日以爲常이러니 幾日前 偶然吟病흐야 似夢非
夢之際에(皇城新聞, 1905.9.5)

東峽中에 一老人이 有흐니 每年에 入山採藥흐야 各種良材를 得흐면
(중략)此눈 我 디韓四千年來에 未有한 厄運이로소이다 惟願 名山尊神
은 函降冥佑하야 活我百姓하옵소서 하얏더니 其夕에 山神이 現夢曰
(대한미일신보, 1905.11.5)


위와 같은 입몽단계를 가진 것이 있는 데 비해 입몽부분이 없이 바
로 몽중의 일이 서술되고 그 끝에 각몽부분만이 나타나는 것들도 있
으니 1900년 6월 28일, 1902년 3월 20일, 1903년 6월 5일, 1905년 12월
8일의 경우가 그것이다. 이 글들이 몽유록계인 것은 글의 끝부분에
이르러서야 드러나게 되는 바 이처럼 몽유록임을 바로 밝히지 않는
것도 표현 기술상의 일정한 진전으로 보이는데 이는 일부러 몽유자를
밝힐 필요가 있는 경우를 제외하면 후기의 것들이 각몽만을 가지고
있어서 글의 전개과정에서는 흥미를 유지하기 위해 몽중사임을 밝히
시 않은 것으로 보인다. ㄱ 중에서도 1900년 6월 28일자의 경우에는
"근일 일긔눈 틔한흐디"로 시작하여 몽유에 도입하는 과정을 현재의
일에서 출발하므로 내용상 짐승이 사람의 말과 행위를 하는 것이 특
이하게 보일 뿐 글의 끝까지 몽중사임을 보이지 않는다. 이에 대해
1902년 3월 20일자는 "화셜 녯젹에", 1903년 6월 5일자는 "이쩌가 언
으쩌냐", 1905년 12월 8일자는 "忽見"으로 시작하고 있어서 전래적인

이야기 도입 방법을 원용하고 있다.

이 글들의 각몽단계는 각 글들의 성격에 따라 사소한 차이는 있으나 현저히 구별되는 점은 발견되지 않는다. 이 점은 이전 시기 몽유록의 각몽과도 별다른 구별이 나타나지 않는다. 다만 이 각몽에서 현실적인 동작이나 놀람이 나타난다는 것이 다를 뿐이다.

> 하직ᄒ고 몸을 도리케 ᄭᅵ니 죽은 지가 임의 삼일이 지너엿다 ᄒ더라(ᄆᆡ일신문, 1898.3.26)
>
> 遠鷄一聲에 覺之ᄒ니 乃夢이더라(皇城新聞, 1899.1.16)
>
> 원촌에 시벽 계명셩 흔마듸에 놀나 ᄭᅵ니 침샹일몽이오(ᄆᆡ일신문, 1899.3.2)
>
> 내가 그 사ᄅᆞᆷ의 말을 듯고 크게 깃버ᄒ야 올타 ᄒᄂᆞᆫ 소리에 스스로 놀나 ᄭᅵ다르니 일쟝츈몽이라 ᄒ더라(독립신문, 1899.7.7)
>
> 그 쵸부의 구시심비홈을 차탄ᄒᄂᆞᆫ 져음에 종쇼리에 놀나 ᄭᅵᄃᆞ르니 호졉의 유인홈을 입엇도다(뎨국신문, 1900.6.28)
>
> 살인흔 놈아 잡아라 ᄒᄂᆞᆫ 소리에 놀나 ᄭᅵ니 일쟝츈몽이라(그리스도신문, 1902.3.20)
>
> 긴 소리에 감작 놀나 ᄭᅵ다르니 물과 비ᄂᆞᆫ 간곳업고 동창에 ᄒᆡ가 돗고 각식 쟝ᄉ 소리질너 물건사오 지지괴네(뎨국신문, 1903.6.5)
>
> 欲尋回路타가 欠呻而覺ᄒ니 乃是一夢인ᄃᆡ 所過光景이 歷歷在目中ᄒ야 事甚奇異키로 其所親에게 傳播ᄒ야 該洞近地에 一件話柄이 되얏다더라(皇城新聞, 1905.9.5)
>
> 乃 확然而覺ᄒ니 汗出沾衣 云ᄒ더라(대한ᄆᆡ일신보, 1905.11.5)
>
> 轟轟然 一聲雷霆이 감動天地어날 驚而覺之하니 乃一夢也라 挑一穗靑燈하고 高飮一大白하야 大草夢天錄하야 示우二千萬同胞하노라(대한ᄆᆡ일신보, 1905.12.8)

위의 예시 중에서 이 시기에 문장의 구어화 또는 묘사의 현실화와 맥락이 닿을 수 있는 각몽형식을 가진 것은 1899년 7월 7일과 1902년 3월 20일, 1903년 6월 5일의 경우인데 이들은 현실적으로 꿈에서 깨어나는 과정과 다르지 않은 동기로 각몽을 설정해두고 있어서 글의 내용 전체가 사실적으로 전달되는 데 기여하고 있다.

위에서 보듯이 이 글들의 몽중에서 주인공은 현실적인 상황에 적용 가능한 교훈이 될만한 것을 보거나 경험하며 닭울음이나 놀람에 의해 깨어나는 형식을 갖추고 있다. 몽중의 일은 견문을 보고하는 형식을 띠므로 서사적인 짜임새를 긴밀하게 가지지는 않았으나 1902년 3월 20일자의 글은 몽중의 일이 교훈적이면서도 줄거리를 갖춘 이야기 형태를 가졌다.

## (2) 의인문학 형식

의인문학 형식은 이미 이전 시기에 작자의 의도를 전환 표현하는 방법으로 다양하고 광범한 성과를 이루고 있었다.[77] 이 시기에 와서 작자의 의도를 드러내는 데 있어 그 내용이 단순하거나 지나치게 교훈적이어서 직접적인 표현으로는 충분한 효과를 얻지 못한다고 생각되는 경우[78] 다시 의인문학의 형식이 채택되었을 것으로 보인다.

이전 시기 의인문학은 이미 신라시대 이후의 전통과 결합되어 형식적으로 일정한 정형에 도달해 있었다. 다만 조선조 후기의 의인문학 중 일부는 교훈적 기능에서 벗어나 민간이나 시식층의 戱謔으로서의 기능을 담당하고 있었으므로 조선조 전기까지의 의인 문학이나 조선조 후기라도 심성의인류들이 가지고 있던 교훈 형식요소의 기능이 달

---

77) 金光淳, 韓國擬人小說研究, 새문사, 1987.
78) 동물우화에 의한 풍자는 교훈적인 성격을 가지면서도 직접적인 설교나 교훈의 방법에 빠지지 않는다.
   Pollard, A.(송낙헌 역), Satire 諷刺, 서울대학교 출판부, 1986, p.43.

라진 경우가 많았다. 일반적인 誡世懲人류의 경우에 지은이가 작품의 말미에 개입하여 교훈을 주려고 하는 것은 이미 서사부분에서 이룬 교시적 기능을 확고히 하고 명백한 표현으로 전환하는 기능을 가진 것이었다. 이에 대해 희학류의 경우에도 희화적으로 정색한 작자의 개입부분이 있는 경우에는 서사부분의 희학을 관념적인 깃으로 전환하여 희학의 기능을 더하는 역할을 할 수 있었[79]으며 동물의인의 경우에는 작자의 개입이 없는 경우가 많았다.

개화기에 이루어진 의인문학 작품들은 앞에서 논한 바 있듯이 이 시기 작가들이 가지고 있던, 독자에 대한 상대적 우월의식과 선구자다운 교훈주의에 의해 이러한 교훈의 형식 요소를 되찾아 갖추고 그 기능도 교훈을 준다는 본래의 것으로 회복해 있어서 이전 시기의 희학류와 같은 경쾌하고 발랄한 사고는 표현되지 않았다. 이 경우 이러한 교훈적 형식요소는 전 시기의 태사공, 사관, 사씨, 계항패사씨, 외사씨 등의 명칭을 의탁한 개입과는 일정한 거리가 있어서 당대의 현실을 문학적으로 의인한다는 목적에 부합하고 있었다. 이 시기에 지은이가 자신을 가리킨 이름은, "엇던 유지각흔 친구"(독립신문, 1898. 2.5), "寒燈孤客"(皇城新聞, 1899.1.16) 등이 있을 뿐이다.

이 시기의 글들 중에서 의인문학으로 정리할 수 있는 것들의 목록은 다음과 같다.

그리스도신문, 코기리와 원숭이의 니야기, 1897.5.7

죠션크리스도인회보, 됴와문답, 1897.5.26

---

79) 朱將軍傳이나 灌夫人傳 등의 끝에도 "史臣曰"의 평언이 붙어 있고 이것은 정색한 태도로 교훈을 말하고 있어 글의 본문이 행한 희학을 강조하고 심화하는 기능을 한다. (金昌龍 편, 韓國假傳文學選, 정음사, 1985, 주장군전, 관부인전 참조)

독립신문, 넷적에 긔싱이라 ᄒᆞᄂᆞᆫ, 1898.2.5

협성회회보, 흔 ᄉᆞ지가 잇ᄂᆞᆫ듸, 1898.2.26

ᄆᆡ일신문, 호토상탄, 1898.9.22

皇城新聞, 작야의 한풍, 1899.1.16

　　　　북산석굴에 천년노셥, 1899.2.8

독립신문, 역적 셰 놈, 1899.2.25

뎨국신문, 가긱의흥 다반ᄒᆞᄂᆞᆫ 토씨타령, 1900.3.30

皇城新聞, 구재역수귀천, 1900.11.10


위의 목록에는 의인하려는 의도와 의인되는 보조물 사이의 관계가 직접적으로 드러나는 경우(뎨국신문, 1898.12.24 등)는 제외하였다. 이 경우 "우리나라 사람은 여우같다."형식을 취하고 있어서 의인의 내용보다는 그 이야기를 하고 있는 상황 자체가 서사적 구성을 하고 있는 것이었다.

의인문학이 이전 시기부터 활발히 창작된 것은 대개 두 가지 요인을 가진 것으로 보인다. 그 하나는 인간에 대한 비유적 통찰과 인식으로 인한 것이며 다른 하나는 인간 이외의 것에 대해 인간의 심성을 부여하는 사고방식의 양식화에 따른 것이다. 전자는 인간을 인간 아닌 것으로 비유하는 것으로 이전 시기에 이미 인간의 행위와 심성을 의인화하는 방법으로 다양하게 창작된 바 있거니와 인간이 아닌 동물이나 인간 신체의 일부가 인간의 행위나 심성 중 일정한 부분의 특징을 대신 드러내는 방법으로 사용되었다. 후자는 인간 아닌 것을 인간으로 비유하는 것으로 假傳의 형태를 갖추고 나타나서 작중에 대상물의 일생 또는 행위가 서술되었던 바, 이들의 특징은 일반적인 인물의 일대기와 형식적으로 유사한 요소를 갖추고 있어서 구소설이 가진 일대기 완결의 성격을 풍자적으로 재현하고 있었으며 대부분의 경우 지은이의 교훈적 의도가 작품의 말미에 결부되어 있어서 창작의 의도를 직접 말하고 있었다.

이러한 의인문학의 전통이 이 시기에는 인간과 그 행위에 대한 비판적 사고의 표현법으로 다양하게 수용되었다. 이 시기의 의인문학은 대개 전자의 것으로 이전 시기에 활발히 창작되던 사물의인에 의한 가전의 수법은 거의 나타나지 않고 심성의인의 경우가 1899년 2월 25일자에 한 번 나타날 뿐이다. 그 밖의 것들은 모두 인간의 행위를 대변하도록 설정된 동물들이 일정한 교훈을 향하여 사건을 진행해가는 것이다.이 경우에도 지은이의 의도를 전면에 내세우고 의인하는 것과 지은이의 의도를 숨김으로써 외형적으로는 동물담으로 그치는 경우가 있었다. 지은이의 의도를 전면에 내세우는 것은 서사의 도입부분이나 맺음부분에 이러한 의도를 외현시키고 있다.

> 이 일을 궁구ᄒᆞ면 각각 ᄒᆞᆫ가지 능이 잇스니 더 자랑ᄒᆞᆯ 거시 업다 ᄒᆞ더라(그리스도신문, 1897.5.7, 맺음)
>
> 사름의 문견이 고루ᄒᆞ고 스스로 존대ᄒᆞᄂᆞᆫ 이ᄂᆞᆫ 스긔에 니르기ᄅᆞᆯ 우물 밋ᄒᆡ 개고리라 ᄒᆞ고 사름이 굿칠 더 굿칠 줄 아지 못ᄒᆞᄂᆞᆫ 쟈ᄂᆞᆫ 공ᄌᆞ 굴ᄋᆞ디 언덕에 굿치ᄂᆞᆫ 싓만 갓지 못ᄒᆞ다 ᄒᆞ엿시니(4행략, 죠션크리스도인회보, 1897.5.26, 도입)
>
> 니론 바 지극히 어리셕은 거ᄉᆞᆫ 옴길 수가 업고 미련ᄒᆞᆫ 고집은 통ᄒᆞᆯ 수 업ᄂᆞᆫ지라(8행략, 위의 글, 맺음)
>
> 기생이 방축을 쌓고 고기를 기르다가 죽은 뒤에 후손이 돌보지 않아 고기가 평안히 살 수 없음(요약, 독립신문, 1898.2.5, 도입)
>
> 고기도 애족지심을 발하고 개명진보하는데 사람이 서로 시기나 하니 안타깝다(요약, 위의 글, 맺음)
>
> 춤 슈지ᄂᆞᆫ 의뭉ᄒᆞ고 여호ᄂᆞᆫ 약은 즘싱이더라(협성회회보, 1898.2.26, 맺음)
>
> 꿈에 강남을 갔다(요약, 皇城新聞, 1899.1.16, 도입)

淸國志士가  俚語一篇을  誦ᄒ기로  大槪를  譯錄ᄒ노라(皇城新聞,
1899.2.8, 도입)

그러나 역적 놈들의 셩명이 츌처가 잇스니 목씀젹이론 놈은 눈을
씀젹씀젹ᄒ다는 뜻이오 직어론 놈은 손으로 남을 ᄯᅮ욱 찍어 협방으로
들어가는 뜻이오 이소곤이론 놈은 귀에다 입을 디고 소곤소곤ᄒ다는
뜻이로다(독립신문, 1899.2.25, 맺음)

김춘추가 신라의 정승으로 고구려를 방문했다가 갇혔을 때 선도해
에게 뇌물을 써 신도해의 이야기를 들었다(요약, 뎨국신문, 1900.3.20,
도입)

김춘추가 살아 돌아간 것은 간신이 뇌물을 받고 국익을 배신한 때
문이니 살필만 하다(요약, 위의 글, 맺음)

槪其胞種則 一也언마는 性相近 習相遠故로 才格이 各殊ᄒ고 名價ᅵ
隨其貴賤故로 有功者 見奪ᄒ며 無功者 受賞ᄒ니 可發一嘆이로다(皇城
新聞, 1900.11.10, 맺음)


위의 인용 중에서 도입부분이 예시된 것은 작품이 시작된 이후에
의인이 이루어지는 형식을 가진 것이며, 도입이 없이 맺음만 예시된
것은 작품에서는 의인하는 과정을 다루지 않아 처음부터 동물담의 형
식으로 진행되는 경우이다.

위에 제시한 목록 중에서 이런 개입요소를 갖지 않고 바로 의인에
서 출발하여 설명이나 주장 없이 끝나는 것은 1898년 9월 22일자의
깃 뿐이다. 이 글은 다른 의인문학의 경우와 구별되는 형식요소를 가
지고 있는 바 그것은 다음과 같다.


(가)여우가 열이면 한 호랑이를 당하고 토끼가 열이면 한 여우를
　　당한다.
(나)여우는 소솔이 육칠에 불과하여 호랑이를 당하지 못한다.
(다)여우가 토끼에게, 힘을 합하여 호랑이를 방어하자고 제안한다.

(라)토끼들이 좋아한다.
(마)한 토끼가, 여우에게 지난 원수가 있으니 호랑이와 합하여 여
    우를 없애자고 한다.
(바)천상의 신선토끼가 훈수하여 말린다.


이 글의 내용은 다음 장에서 논의하겠거니와 위에서 보듯이 작중에
지은이의 의도를 직접적으로 대변하는 등장인물(천상의 신선토끼)이
있어서 실제적으로 지은이의 개입이 없어도 개입 이상의 효과를 내고
있기 때문에 생략된 것으로 보인다. 그것은 "천상"의 "신선"이라는 설
정에 의해 이미 그 정당성과 무오류성이 입증되므로 작자 개입보다
설정 자체가 더 효과적이라고 판단된 것이며 이 점이 몽유록의 저승
왕래담류와 발상방법상의 근접을 보이는 점이기도 하다. 이런 형태는
당시 분분한 의견이 대립되고 있던 시대적 분위기 속에서 지은이의
의도가 어느 한 쪽으로 쏠리는 경우 이를 간접적으로 주장하는 방법
으로 쓰인 것이다.
 이처럼 전 시기 의인문학의 형식을 계승하여 이룬 개화기 단형 의인
문학은 이전처럼 사관의 발언을 사용하지 않고도 지은이의 의도를 드러
내는 형식적 진전을 이루었으며 사물을 의인하여 가전 형식으로 꾸미는
것보다 인간의 행동을 동물에 의탁하여 의인하는 경우가 많이 나타나면
서 후에 이어질 의인류 작품의 형식적 계기를 이루고 발상방법의 전범으
로 기능하게 된다. 이 다음 시기에 이어지는 의인문학이 인간의 행위를
동물이 풍자적으로 대신하는 경우(禽獸會議錄, 警世鐘, 蠻國大會錄 등)만
이 아니라 신체적으로나 성격적으로 일정한 한계를 지닌 인간이 대신하
는 경우(病人懇親會錄, 施賽傳 등)가 나타나게 되는 것도 이 시기 의인
문학의 형식적, 발상방법적 축적의 결과라 할 것이다.

# IV. 개화기 단형서사문학의 관심과 성과

이 시기 단형 서사문학의 특징은 앞에서도 지적된 바 있으나, 우선 주목되는 것은 작품이 창작된 당시의 시대적 문제에 대한 관심과 대응방법의 표현이다. 이 시기는 역사적으로 전에 경험한 바 없는 격변의 시기였으며 오랜 기간 민족사회를 지배해 온 가치관이 의심받는 특별한 경험의 와중이었다. 이 점은 문학으로 하여금 태도 표명을 요구하게 되었고 문학은 이러한 요구에 응하여 지은이의 특정한 의사를 반영하는 성격을 가지게 되었다.

작품이 지은이의 생각이나 가치관을 직접적으로 반영하는 것은 한국문학이 오랫동안 실천해 왔던 것이며 그러므로 그것은 오랜 논란의 대상[80]이기도 했다. 문학이 관념적 이상을 표현(載道)하는 기능을 가져야 한다는 것은 조선조 문학의 가장 지도적인 이념이었으며 이때의 道는 의심이 불가능하고 불필요한 관념적 이상이었다. 그러므로 문학은 도를 표현하는 도구(器)이며 이 기능을 가장 효과적으로 수행하는 것이 문학의 과제인 것으로 인식되기도 했다.

---

80) 李鍾虎, 앞의 논문, p.57.

이러한 전통은 시대의 간격이 생긴다고 하여 쉽사리 변할 수 있는 것이 아니었다. 그러므로 개화기를 맞아서도 문학을 통해 지은이가 이상으로, 또는 최소한 구현해야 할 名으로 설정한 것을 대변하고 표현하는 것이 문학의 기능이라는 인식에는 근본적인 변화가 일어나지 않았다. 개화기 이후의 문학에서도 이러한 사고에 의한 창작이 있었고 또 그 창작에 대한 이러한 사고방식에 의한 연구가 있었던 것이 사실일 터이나 이 글의 범위를 벗어나므로 다른 기회에 논의하고자 한다.

다만 이 시기의 문학이 전 시기의 문학에 비해 구별되는 중요한 특징은 그것이 설정한 이념의 성격이다. 전 시기의 道는 관념적이며 그래서 최소한 현실의 직접적 사실에 대해 이상적인 성격을 가지고 있었다면 이 시기의 문학이 설정한 주제는 당시의 사회 현실에 바탕을 두고 있어서 이에 대응하고 어려움을 타개할 방도에 대한 지은이의 생각을 반영하는 것이 문학의 기능이라고 인식된 것으로 보이는 것이다. 전 시기에 도를 구현하는 방법에 관한 것이 문학의 논란거리였다면 이 시기의 문학은 현실 대응방안의 논란이 주된 내용을 이루게 되었다.

이러한 대응 방법은 우선 재래의 가치관인 왕조적 이상을 실현하는 것으로 나타나는 것이 일반적이었다. 다만 이 경우 그 방법이 전 시기와 달리 변화하는 새 시대의 기운을 반영하고 있다는 점이 다르다. 다음으로 나타나는 것이 새로운 시대의 이념을 받아들여 구 시대의 질곡을 벗어나자는 것이었던 바, 이 경우에는 지난 시기가 미개화, 완고, 과장된 비유로는 금수의 세계로 인식[81]되어야 주장의 타당성과 설득력을 확보할 수 있었다. 이를 위해서는 무엇보다 먼저 아직 현실

---

81) 李在銑, "개화기소설의 문학사회학"(開化期文學論, 1980. 소재) 2.開化와 頑固
    의 兩極性

에 대한 정확한 인식에 이르지 못한 것으로 생각되는 독자들을 계도하여 정확한 인식에 이르게 하는 것이 요청되었다. 이 시기의 문학은 다양한 방법과 내용으로 이러한 요청에 부응한 것이 파악된다.


## 1. 현실에 대한 인식의 전파

### (1). 시대적 위기에 대한 경각심 표현

이 시기의 창작자들은 당대의 여러 문제점이 나타나게 된 원인에 대해 나름대로 분명한 인식에 도달해 있었으므로 이를 독자에게 전달해야 할 필요를 느끼고 있었다. 이들이 현실에 대해 가진 인식은 일단 위기감을 근저에 깔고 있는 것이었다. 이 위기감의 원인으로 인식된 것은 크게 둘로 나누어 볼 수 있는 바, 하나는 당시의 조선 사회가 내부적으로 모순과 병리를 안고 있는데도 당시의 일반 민중인 독자는 이를 깨닫지 못하고 있다는 것과, 다른 하나는 당시에 조선을 둘러싼 외세의 위협이 점증하고 있는데 이것 또한 민중에게 인식되지 못하고 있다는 것이었다. 현실적으로 국가는 위기에 처해 있는데 이에 대한 광범하고 정확한 인식이 이루어져 있지 않으므로 타개의 가능성이 발견되지 않는다는 안타까운 감정을 드러내고 있는 것이다.

이러한 인식태도 아래 독자에 비해 스스로 선각한 위치에 있는 작자는 자신이 파악한 현실의 실상을 독자에게 전달하고 이에 대한 각성을 촉구하기 위해 주로 신문의 논설란을 통해 계도활동을 전개했으며 그 과정에서 효과적이고 흥미있는 전달을 위해 서사적인 내용을 사용하게 되었다. 초기의 이 부류 글들이 서사형식을 통한 비유적 진술에 이어 직설적으로 政論적 성격을 강하게 드러내는 것도 이런 이

유이다. 현실의 문제점에 대한 구체적인 타개의 방안이 제시된 것은 아니지만 일단 문제에 대한 인식을 전파한다는 기능으로 인해 이런 부류의 글은 다수 창작되었으며 시기적으로도 비교적 오래 지속되었다.

이런 내용의 글로 정리한 목록은 다음과 같다.


독립신문, 논셜, 1896.5.23

　　　　넷적에 괴싱이라 ᄒᆞᄂᆞᆫ, 1898.2.5

협성회회보, 론셜, 1898.4.2

ᄆᆡ일신문, 론셜, 1898.7.23

　　　　론셜, 1898.7.25

　　　　호토상탄, 1898.9.23

　　　　론셜, 1898.9.29

　　　　론셜, 1898.12.13

　　　　론셜, 1898.12.29

독립신문,　외국사롬과 문답, 1899.1.31

뎨국신문, 외국인 됴롱ᄒᆞᆫ 말이라, 1899.3.6

독립신문, 논셜, 1899.11.1

뎨국신문, 론셜, 1900.4.4

　　　　론셜, 1900.4.4

　　　　론셜, 1900.6.28

　　　　론셜, 1900.7.11

　　　　론셜, 1900.12.17

　　　　론셜, 1903.6.5

대한ᄆᆡ일신보, 山人說夢, 1905.11.7

　　　　夢天錄, 1905.12.8

夢裏得錢, 1906.4.17 - 20

이 글들의 공통된 내용은 우선 당시의 국가와 민족이 당하고 있던 현실적 문제들을 바르게 인식하려는 노력이었다. 이 경우 앞에서도 지적한 바와 같이 당시의 문제점에 대해 지은이들은 나름대로 분명한 인식에 도달해 있었으므로 이러한 인식을 정확하고도 효과적으로 전달하는 것이 글의 목적이었다.

이들은 크게 보아, 국제관계 속에서의 조선의 위치와 위기에 대한 인식을 전파하는 것과 조선인 내부에서 일어나는 변화의 기운과 시대의 대세를 따르지 못하는 비합리성이 현실의 문제점을 제기하고 심화시킨다는 인식을 전파하는 것으로 대강 나누어 볼 수 있다.

조선인이 내부적 문제를 인식하지 못하고 있어서 이를 정확하게 인식해야 한다는 주장을 실은 것으로 앞에서 <독립신문> 1896년 2월 23일자를 본 바 있거니와, 이런 내용은 <미일신문>1898년 7월 23일자 이후에도 다수 보이고 있다. 이날의 "론셜"이 가진 내용단락은 다음과 같다.

(도입)근일에 한 글을 읽었다.
(가)청구노인이 발가락에 종기가 나서 매우 불편하다고 한다.
(나)내가 보니 다른 중병이 있는 듯하여 물으니 고황에 병이 있다고 한다.
(다)노인이, 목하에 보이지 않으므로 그냥 참는다고 한다.
(라)딱하여 내가 개유한다.
(가)' 대한 사람이 지방의 이권에 관심이 많다.
(나)' 경성이 외국 사람의 기지가 되는 것을 가벼이 안다.

(다)'저들도 염치가 있으니 비켜주겠지 하고 그냥 산다.

(라)'대한 정부 대신들은 무얼 하는지 알 수 없다.

(맺음)"쟝부에 잇는 병은 뭇지도 아니ᄒ고 슈족에 약간 죵기만 걱

  정들 ᄒ니 가위 통곡홀 곳이라 ᄒ오"


이처럼 이 글은 허구적인 서사와 당시의 현실을 직접 짝지으면서 다가온 위기에 대한 인식의 중요성을 주장하고 있다. 더욱이 이 글은 인물의 명명도 "청구노인"으로 함으로써 일반적으로 조선의 별칭으로 불리던 이름을 의인하는 수법으로 주장의 효과적 전달을 꾀하였다. 1876년 일본과의 수교를 계기로 다수 열강과의 불평등 개항은 이어졌고 조선은 수동적으로 다양한 이권을 열강에게 넘겨주게 되었다.[82] 당시의 사람들 중에서 일부는 이런 사실을 알게 되었을 것이고 이 글의 지은이는 이에 분개하는 사람들도 정작 서울에 와서 사는 외국인이 많아지고 그들이 서울사람의 터전을 점탈하는 데[83] 대해서는 분명한 인식을 갖지 못하고 있음을 깨우쳐 주려는 의도를 가지고 있다.

  <미일신문>은 위의 글에 이어 7월 25일 "론셜"에서도 조선의 위기를 깨달을 것과 이에 대처할 방안을 서사의 방법으로 제시하고 있다.


(가)심산에 여러 그루의 나무가 썩고 있으나 한 그루는 튼튼하다.

(나)다른 나무의 병 기운이 침투하여 속에 벌레가 생긴다.

(다)탁목조가 나무를 쪼아 벌레를 내어 먹는다.

(라)그 나무가 쇠약해진다.

---

82) 列强의 侵略(한국현대사 2, 신구문화사, 1969.), "빼앗긴 생활권 1, 2"

83) 이 글이 씌어진 1898년 말 현재 在韓 외국인은 17,812인이며 이중 일본인이
  15,062인, 중국인이 2,530인, 기타 220인이었다. 渡部學(김성환 역), 韓國近代
  史, 동녘, 1984, p.55.

(마)양춘이 돌아와 그 나무가 생기를 찾는다.

(바)다른 나무도 그 덕에 생기를 찾는다.

(사)사람들이 이 경치를 즐긴다.

(맺음)지금이 봄이니 우리 모두 정신을 차리자.


위의 글에서 심산은 조선이, 탁목조는 외세가 각각 허구화된 것임은 자명하다. 이 글을 지은이의 현실인식은 (맺음)부분의 "지금 찐가 양춘은 도라왓스니"에 있으며 나무들이 쇠잔한 현실을 타개하는 방책이 제시되지 않고 쇠잔에서 벗어나는 장면은 "화흔 바름이 불며 단비가 나리여 젼에 병든거시 일죠에 소싱ㅎ니"로만 표현되어 있어서 지은이의 현실인식과 전망제시에 일정한 한계[84]를 드러내고 있다. <미일신문>의 발행인인 협성회의 회원은 梁弘默, 盧炳善, 李承晩, 尹昌烈, 崔正植, 유영석, 박신영, 현제창, 현덕호 등이었으며 이들의 입장에서 보면 개화세상은 돌아온 봄날이었을 수 있을 것이며 이러한 인식이 문필활동에 영향을 주게 된 것이다.

이와 비슷한 내용과 짜임새를 가진 것으로는 <독립신문> 1899년 11월 1일자와 <뎨국신문> 1900년 3월 31일자의 논설을 들 수 있다. 전자는 부자인 소년이 간사한 문객과 사음의 농간에 속아 황음방탕하고 재물을 허비하다가 꿈을 꾸고난 뒤 치산을 단정히 하여 가도가 홍왕한다는 내용이다. 여기서는 부자 소년이 치패하는 장면이 상세하고 설득력있게 묘사되었으나 각성하고 치부하는 부분은 앞의 경우와 같이 사실성이 부족하고 요약되어 있다.

---

84) 李光麟, 韓國開化史硏究, 일조각, 1985. 중판, p.37, 池錫永의 상소 부분
  "개화와 관계되는 서적을 수집 간행하고 각종 기계를 제작 보급하면" "疑懼와 訛謗이 없어지고 개화를 이룩하고 太平歲月을 맞이하게 될 것이니 어찌 백성을 교화하는 기묘한 방법과 이용후생의 훌륭한 계획이 안되겠는가"

후자는 한 실과동산의 쇠잔을 통해 당시의 조선 형편을 허구화한 것인데 이 글이 전자와 구별되는 점은 쇠잔의 과정이다. 실과동산은 원래 흥왕하였으며 일하는 모군들이 충성스러웠다. 그러나 그 후대의 주인은 어리고 모군의 후손들은 원근의 욕심많은 부자들의 꾐에 빠져서 동산 변두리의 나무를 양도하고 나무 기르는 법을 배우기로 하지만 배우지는 못하고 변두리의 나무만 영영 양도하게 되었다. 그러면서 양도한 나무에 원근의 사람들이 출입하느라고 가운데 있는 나무에도 해가 많게 된다. 모군들은 주인의 아이들이 간섭하면 도리어 불충한 말을 하니 어쩔 수도 없다. 이 글은 이런 쇠잔상태의 해결 전망이 거의 제시되어 있지 않다. 이 글의 끝은 "그 ㅇ희들이 더옥 근심ㅎ야 모군들의 씨닷기만 ㅂ란다 ㅎ더라"로 되어 있다. 이로 보아 이 글은 당시의 조선 형편을 관리의 무능과 부패에 원인을 두고 파악한 것이다. 다만 이러한 쇠잔을 극복하고 다시 흥왕할 방책을 보여주지 못하고 있는 점이 이 글의 한계가 될 것이다. 그러나 당시의 현실에 대해 바로 인식하게 한다는 쪽으로 본다면 일정한 성과는 이룰 수 있었을 것으로 보인다.

관리가 무능하고 부패하여 조선이 미약한 지경에 이르렀다는 내용은 이 시기에 자주 보이는 것들이다. 다만 이 부분에서는 그 무능 부패의 진상을 밝히는 내용보다는 그로 인해 나타난 조선의 위기를 인식시키는 것을 대상으로 하고 <미일신문>1898년 12월 29일자 논설의 내용을 살피기로 한다. 무수옹이라 하는 이가 연못을 파고 온갖 고기를 기르고 화초를 심어 아름다운 경치를 즐긴다. 여기에 추어가 나타나 흙을 뒤집고 해감을 토하여 온 연못의 물을 더럽게 하는데 잡아내려 하나 잡히지 않고 흙을 파고 들어가 연못 물이 더욱 더럽다. 이 글은 전래적인 一魚濁水의 교훈을 허구적으로 형상화함으로써 조선의 위기를 인식시키려 하였다. 곧, 당시의 조선인 중에 탁한 자가 있어서 온 조선이 탁한 와중에 있게 되었음을 허구화하여 보이고 있는 것이다.

당시의 조선 형편에 대해 지은이들이 가진 문제의식으로 위에서 본 것들은 대개 그 원인을 조선인 내부에서 찾되 어조로 보아 지은이 자신을 제외한 타인의 탓으로 보는 경향이 있었다.[85] 이 시기의 글들은 이런 것만이 아니라 조선인의 총체적 반성에 의해 이 문제의 원인을 인식하고 그 대책을 찾으려는 노력도 보이고 있다.그것은 주로 개화 문물에 의해 강한 자로 인식된 외국 또는 외국인과의 대비를 통해 조선 또는 조선인의 성격과 행동이 불합리하다는 점과 그로 인한 위기를 극명하게 드러내는 성격을 가지고 있었다.

<미일신문> 1898년 9월 29일자 논설은 구체적 설득력은 부족한 채로 동서양의 대비를 꾀하고 있다. 한 사람이, 밭에 한 곳은 배추가 무성하게 잘 자라고 다른 곳은 배추가 영성한 것을 보고 전자는 서양과 같고 후자는 동양과 같다고 한 내용인데 백인종은 위생하고 과학하니 번성할 터이고 황인종은 그렇지 않으니 조잔할 것이므로 장차 온 세계가 백인종의 세계가 될 것이라고 말한다. 여기에는 소박하나마 황인종의 반성이 필요하다는 주장을 담고 있어서 상대적인 위기의식이 드러나 있다.

이보다 더 진전한 반성으로 외국인이 조선인의 비합리성을 지적한 것이 <독립신문> 1899년 1월 31일 "외국사롬과 문답"의 글이다. 이 글은 대화체의 것으로 다음과 같은 내용난락을 가시고 있다.

(가)외국인과 만나 인사를 나누는데 동의어가 많아서 조선말이 어

---

85) 개인의 성격이나 행동의 문제를 다루는 글의 경우 그 끝을 "들을지어다, 보라" 따위의 말로 맺는 경우가 많다. 이는 사건에 대해 판단과 논평을 담당하는 우월적 태도이다.(김교봉·설성경, 1991, p.244.)

렵다고 한다.

　(나)예의지방에 대해 대화한다.

　　　외국인: 하인이 무엇을 자꾸 훔치려 하고 관리는 부패했다.

　　　조선인: 의식이 족해야 예절을 알기 때문이다.

　　　외국인: 고관의 집에서 엽관운동을 많이 한다.

　　　조선인: 조선의 취재하는 법은 그렇다.

　　　외국인: 조선인은 외국인을 받들고 자신들은 손해를 본다.

　　　조선인: 예의를 숭상하고 인구를 늘리려고 그런다.

　(다)소중화에 대해 대화한다.

　　　조선인: 소중화란 작은 중원이라는 말이다.

　　　외국인: 그건 옳은 말이다.


　위에서 보듯이 외국인이 본 조선인은 쇠약해질 이유를 스스로 가지고 있다. 이 글은 일면 냉소적인 태도를 가지고 있는데 특히 위의 (나)부분은 반어적인 어법을 사용하여 반성을 촉구하는 성격을 띠고 있다. 외국인의 눈을 빌려 조선인의 문제점과 조선의 쇠약함 또는 그 원인을 찾으려는 태도는 <뎨국신문> 1899년 3월 6일자의 "외국인 됴롱흔 말이라"에 더 신랄하게 드러나 있다. 이 글의 내용은 다음과 같다.


　(도입)어떤 외국인이 돼지 머리에 사람 몸인 것과 닭 머리에 사람 몸인 그림을 그렸는데 그 둘이 논쟁한다.

　닭: 너희 나라는 넓은 땅 많은 백성으로 왜 남에게 빼앗기느냐.

　돼지: 우리는 국운이 비색하지만 너희는 그 작은 나라가 왜 쇠잔하여 가느냐.

　닭: 너희 나라 관리는 다 탐관오리이다. 우리는 곧 문명부강국이 될

것이다.

　돼지: 너희 나라가 곧 망하게 되었다. 잘 보전하라.

　(맺음)짐승에 비유하여 분하니 우리 모두 힘써 벗자.


　이 글에서 닭으로 비유된 것은 조선이며 돼지로 비유된 것은 중국임을 본문이 밝히고 있다. 이 글은 중국의 관리들이 탐학하고 부정하다는 사실을 서술하는 데에서 상세하고 치밀하여 조선은 비교적 희망있음을 말하고 있으나 국가의 운명이 위태함에 대해서는 "외국신문을 더러 보니 너희 나라를 는은다는 말이 죵죵 잇스니"에서 보듯이 절박한 위기감[86]을 표출하고 있다. 그러면서 이 글은 조선인의 내부적 불합리와 대외적 위기에 대한 작자의 인식을 독자에게 효과적으로 전달하고 그 현장성을 부각시키기 위해 대화체 의인수법을 쓰고 있다.

　이 밖에 내부적인 위기감의 표현은 당시 민중의 삶이 피폐한 모습을 사실적으로 보고하는 문학으로 나타나기도 했으니 <뎨국신문> 1900년 7월 11일과 12월 17일 등이 그것이다. 전자는 시골의 농형(農形)을 말하는 중에 오랜 가뭄으로 농사는 폐농지경인데 "방빅 슈령들의 졍치는 약차ᄒ고 각식 위원 파원들의 달나는 것은 엇지 그리 만코 관속들의 토식과 부샹픠에 힝픠와 각항 인스가 렴치가 과이 업셔" 인심조차 강박하여지니 살 수가 없다고 호소하는 내용으로 되어 있다. 이에 대해 후자는 서울 사람과 시골 사람의 대화 형식으로 각각 살기 어려움을 말하는 내용으로 되어 있다. 서울 사람들은 외국인 전당포 때문에 재산을 빼앗기고 처자식 데리고 거리에 나앉게 되었음을

---

86) 당시에 일본은 이미 조선에 대한 영향력을 상실한 청과의 경쟁을 무시하고 러시아와의 각축을 벌이고 있었다. 1896년 일본의 山縣有朋과 러시아의 Lobanov 사이에 북위 38도선을 경계로 한 조선분할 논의가 있었다.(한국현대사 2, 신구문화사, p.124.)

말하고 시골 사람들은 외국인 광산이나 외국인 어선에 물려 생계가 난망인데 수령으로 오는 자는 모두 탐학에만 이골이 나서 살 수가 없다고 한다. 이처럼 조선의 위기는 내부적으로 밑바닥에서 점증하고 있는데 이를 바로 알고 대비하지 않는 데 대해 이 시기의 지은이들은 개탄의 감정으로 인식을 전파하려는 노력을 하고 있는 것이다.

다른 한 면에서 보면 조선의 위기는 조선을 둘러싼 국제관계의 문제로 볼 수도 있었다. 이에 대해서도 당시의 선각 지식인들은 독자에 대해 이를 인식시켜야 할 사명감을 가지고 문필활동에 임한 것이 보인다. 위의 글 중에서 1898년 2월 5일의 〈독립신문〉 "녯적에 긔싱이라 ᄒᆞᄂᆞᆫ"이하의 글을 보면 다음과 같은 내용단락을 가지고 있다.

(도입)기생이 연못을 만들고 고기를 기르며 잘 돌보다 죽는다. 후손이 잘 돌보지 못하고 다른 사람으로 주인이 바뀌어 황폐화된다.
(가)각처 어옹들이 고기를 낚아 간다.
(나)백로가 고기를 위해 거짓으로 근심한다.
(다)고기들이 어부들을 피하기 위해 백로 입에 물어서 옮겨 달라고 한다.
(라)백로가 고기들을 물어다가 바위 위에 말려 모은다.
(마)못 속의 게가 억지로 백로에게 매달려 가서 고기가 말라 죽은 것을 본다.
(바)게가 백로의 목을 움켜 도로 못에 오게 하고 고기들에게 사정을 알린다.
(사)고기들이 분을 내어 백로를 죽인다.
(아)고기들이 교사를 뽑아 어린 고기를 가르쳐 남의 해를 받지 않는다.
(맺음)지금 우리가 위태하다.

이 글은 소재를 기존의 황새 이야기에서 취택한 것으로 보이는 바, 이것은 앞으로 이야기할 내용을 친근한 것에서 이끌어 내려는 의도가 작용한 것이라고 할 수 있다. 이 글이 실린 신문의 성격[87]으로 보나 당시 국내외의 사정으로 보나 이 글에서의 어족은 당시의 조선 인민이다. 점증하는 국내외의 위협과 압박 속에서 자신의 권리와 생존권을 속아서 잃고 있는 당시의 조선과 조선 인민에 대해 지은이는 위기를 먼저 인식한 자로서의 개탄을 의인 수법으로 보이고 있는 것이다. 지은이가 전달하고자 하는 현실인식은 위의 내용단락 중 (맺음)부분에서 명확히 드러난다.

　　홈을며 사롬이 이런 째를 당ᄒ여 밥이나 먹고 옷이나 입고 지혜 쟈랑이나 ᄒ고 밤낫 업시 시긔 싸홈이나 ᄒ여 동포 형데끼리 셔로 잡아 먹으려 ᄒ니 엇지 붓그럽지 아니ᄒ리요 째가 되엇스니 꿈들을 쌔시요 녀긔 빅로 왓소 이 방축에ᄂ 게도 업나 하도 답답ᄒ기로 두어ᄌ 긔록ᄒ여 혹시 분긔 잇ᄂ 사롬이 잇ᄂ지 알고져 ᄒ노라

전대 의인문학의 수법을 빌려 쓰면서 당시의 문제점에 대한 인식을 전파하는 이러한 형식은 이전에 보지 못하던 것으로 지은이가 인식한 현실이 이미 매우 급박한 것이고 이에 대한 당시 사람들의 인식 수준은 상대적으로 현저히 미흡한 상태이므로 채택한 방식인 것으로 보인다. 의인수법은 심정적으로 앞선 인식 상태에 있는 화자가 그렇지 못한 청자에게 비유를 통하여 의도를 용이하게 전달하는 수법으로, 비

---

87) 독립신문; 1897년 4월 7일 창간, 서재필이 주재한 것으로 국내외의 사실을 일반인에게 알리겠다는 자세를 가지고 있었고 주로 문제삼고 기사화한 것이 조선에 대한 외국의 태도와 이에 대한 조선관리의 무자각이었다. (崔埈, 韓國新聞史, 일조각, 1965, p.54.)

유의 의도는 화자와 결합된 관념적인 것인 데 비해 비유된 내용은 청자와 결합된 비교적 평이하고 객관적인 것이라는 일반적인 성격[88]과 일치한다.

또 이 글에서는 어족이 당하게 된 위기의 한 요인으로 백로로 의인된 외세의 간교함을 보이고 있다. 백로는 고기들에게 감언이설로 복락을 약속하고 그들을 잡아먹을 궁리를 한다. 이 점은 당시에 조선에 압박해 오는 외세의 성격과 다를 바 없다. 이 글의 지은이도 이를 가리켜 절박한 어조로 백로가 왔다고 외치고 있는 것이다. 당시의 국제 정세를 냉철하게 인식하지 못하는 일반 독자에 대한 지은이의 태도를 보이고 있는 것이다.

외국의 세력이 점차 압박해 오는 데 대한 조선인의 인식과 대응의 문제를 제기한 것으로는 또한 <미일신문> 1898년 9월 23일자 "호토상탄/여우와 토끼가 셔르 싱키다"가 있다. 제목에서 이미 서사부분이 의인된 것임을 보이고 있는 이 글의 내용은 앞에서 본 바 있으나 다시 요약하면 다음과 같다.

(도입)여우가 열이면 한 호랑이를 당하고 토끼가 열이면 한 여우를 당한다.

(가)여우는 소솔이 육칠에 불과하여 호랑이를 당치 못한다.

(나)여우가 토끼에게, 힘을 합해 호랑이를 방어하자고 제안한다.

(다)토끼들이 좋다고 한다.

(라)한 토끼가, 여우에게 지난 원수가 있으니 호랑이를 의지하여 여우를 제거하는 것이 옳다고 한다.

---

88) 金允植, 문학비평용어사전, 일지사, 1976, p.224. 여기서 전자는 tenor(추상적 혹은 문자 그대로의 의미를 나타냄)로, 후자는 vehicle(구체적 혹은 수식적인 의미를 나타냄)로 설명되었다.

(마)천상의 신선토끼가 훈수하여 말린다.

이 글은 현실적인 정치 상황을 의인수법으로 보여 설득력을 높이려
고 하였다. 이 글에서 토끼는 조선민족을, 여우나 호랑이는 외국 열강
을 의인한 것으로 보인다. 이렇게 본다면 당시의 국제정세와 이 글은
짝을 이루고 있다. 일본이 1894년 청과의 전쟁에서 승리한 이후 아시
아의 공존을 구호로 하여 조선에 대해 압박해 오자 당시의 국왕 고종
은 1896년 2월 11일 러시아 공사관으로 파천함으로써 조선 국내정치
에 대한 일본의 간섭에 반대의 뜻을 분명히 하였다. 이 시기까지 일
본은 러시아의 남진정책에 대해 조선과 일본이 공동으로 대처해야 한
다는 명분으로 조선에 대한 배타적 우위를 확보하려 하였고 1895년에
는 조선의 왕비를 살해하는 이른바 을미사변을 일으켰다. 이로 인해
조선의 조야에서는 일본에 대한 원망과 분개의 분위기가 고조되었고
조선의 자주독립이 일본과의 협력에 의해 이루어질 수 없다는 논의가
일어났다. 고종의 아관파천은 이런 분위기에서 단행되었고 이를 계기
로 이전에 친일적 경향을 가졌던 인사들의 영향력은 급속히 약화되었
다. 이런 정세 속에서 러시아는 1896년 6월에 청국의 이홍장과 밀약
을 체결하여 일본에 대한 공동방위를 약속하고 조선과 연접한 동청철
도 부설권을 획득하였다. 국내에서는 1896년 7월 서재필, 윤치호 등이
중심이 된 독립협회가 결성되었으며 국왕이 외국의 공관에 파천해 있
는 데 대한 국내외의 분분한 논의와 건의를 받아 고종은 1897년 2월
경운궁으로 돌아왔다.[89]
이 과정에서 조선이 독립을 유지하기 위해 연합할 나라와 경원할
나라가 어느 것인가에 대한 논란이 계속되었으며 이 글은 이런 논의

---

89) 동아일보사, 開港100年 年表資料集, 1976.1.
　　年表로 보는 現代史, 한국현대사 9, 신구문화사, 1972.

에 대한 지은이의 생각을 의인 방식으로 밝힌 것이다. 이 글에서 지은이의 의도는 위의 단락 (나)에서부터 나타난다. 여우는 그 소솔이 "륙칠개"일 뿐이어서 호랑이를 당적하지 못하니 토끼에게 삼분의 힘이나 혹 사오분의 힘을 모아 주면 호랑이를 방어하거나 잡아 없앨 수 있다고 하면서 협력할 것을 제의한다. (다)에서 모든 토끼가 좋다고 하나 (라)에시 한 토끼가, "지작년에 아모 형이 져 여우의게 죽엇고 쟝년에 아모 ᄋ의가 져 여우의게 죽엇스니 져 여우는 곧 우리와 원쉬라 우리가 아모됴록 져 호랑에게 의지ᄒ야 이 여우를 쇼멸ᄒᄂ 게 됴흔 긔회라"라고 주장한다. 이에 대해 "텬상의 신선 톡기"가 훈수하는 것이 이 글의 끝이다.

> 져 여우가 젼일은 너의와 원수가 잇들리도 즉금에 와 말ᄒᄂ 것은 실심이라 너의가 져 여우와 합력ᄒ야 호랑을 잡은 후에 다시 져 여우를 방어ᄒ기ᄂ 쉽거니와 너의가 져 호랑이와 합력ᄒ야 여우를 쇼멸ᄒ고 보면 그 뒤에 져 호랑을 방어ᄒ기ᄂ 어려울진이 너의가 나의 말을 듯지 안이ᄒ면 필경에ᄂ 너의 두 무리가 다 호랑의 록심만 치와 주리라 ᄒ엿더라

당시의 정세를 두고 본다면 이 글에서 여우는 일본, 호랑이는 러시아일 것으로 보인다. 이렇게 보면 이 글은 뜻했든 아니든 일본의 정책에 대해 긍정적인 인식을 보인 것이 된다. 그러므로 이 글은 친일을 목표로 했던 것일 수도 있거니와 직접적으로는 당시에 러시아에 의존한 외교정책을 펴고 있던 정책담당자들에 대한 건의와 일반민중의 의식제고를 목표로 했던 것으로 보인다.[90] 이 글은 당대의 일을

---

90) 이 기간 중에 국왕의 환궁과 자주적 정치를 주장한 집단이 독립협회로 대표되는 개화지식인들이었다.(앞의 주 참조)

다루고 있으면서도 전 시기의 발상방법을 사용한 것이 눈에 띈다. 곧, 논란의 결정자로 천상의 신선토끼가 등장하는 것이다. 이 점은 당시에 이 문제에 대한 논란이 현실적으로 심각한 상태에 있었고 신문이라는 성격상 논리적 방식으로는 명쾌하고 타당한 결론에 이를 수 없는 문제를 다루는 방법에 대한 고심의 결과인 것으로 보인다. 초월적 존재의 전능무오함을 이용한 인식전파 방법으로 볼 수 있는 것이다. 초월적 존재는 전통적으로 신뢰성이 높고 적용범위가 넓었으므로 이런 종류의 글에 판단자로 원용하기에 적합했기 때문이다.

가끔 지은이가 의도한 내용은 신 시대의 가치관에 입각한 현실인식인데 지은이 자신이 아직 전래의 가치관에서 완전히 벗어나지 못하여 그 주장이 중심을 잃는 경우도 나타난다. <뎨국신문> 1900년 6월 28일 논설은 이익에 의해 명분은 깨지기도 한다는 것을, 전래적인 설화를 변형하는 방법으로 보이고 있다. 이 글은 앞이 열린 몽유록의 형식을 빌어 몽중의 경험을 보고하는 형식을 가지고 있는 바, 사슴이 나뭇꾼에게 살려달라고 하자 나뭇꾼이 숨겨준 뒤 포수가 물으니 입으로는 모른다고 하면서 손으로는 숨긴 곳을 가리킨다. 포수가 눈치를 알지 못하고 간 뒤 사슴이 나뭇꾼을 힐문한다.

이 글은 전래의 사슴과 나뭇꾼 이야기를 변형하고 대화를 사용하며 몽유록의 형식을 빌려 쓰는 등의 노력을 하면서 지은이의 의도를 드러내려고 하였다. 이 글에서 지은이의 창작의도는 글의 말미에 붙인 서술부분에 드러난다.

각국 형세로 말ᄒ더리도 말노는 남의 나라을 고호ᄒᄂᆞᆫ 톄 압제ᄒ고 손희를 더ᄒ지 안ᄂᆞᆫ 톄ᄒ고 마음에는 그 나라을 삼킬 경영ᄲᅮᆫ이니 그런 즉 지금 세상에 ᄉᆞᆺ 사롬이던지 나라이던지 산양군 아닌 나라이 업고

　　나무군 아닌 사롬이 업눈지라 스승에게 칙망을 면홀 슈가 업나니 엇지
　　사롬이 되여 즘성에게 슈모를 밧고 텬앙을 취ᄒᆞᄂᆞᆫ 것이 가ᄒᆞ리오

　이에서 보듯이 국제관계 속에서 조선인이 정신을 차려야 한다는 말을 하려는 의도가 나타나기는 하면서도 이를 교술적으로 드러낸다는 것이 도리어 다시 교훈적 의리개념과 구별되지 않는 내용으로 귀결되고 말았다. 이는 이 글을 쓰는 이가 오래 젖어 왔던 가치관에서 단시간에 벗어나는 것이 불가능했던 탓인 것으로 보인다. 이 글의 말미대로 본다면 잘못은 이익에 끌려 약속을 깬 자에게 있고 이 점을 모두 반성해야 한다는 것이 되었다. 그러나 본문의 진행을 중심으로 본다면 세상이 이처럼 이익을 중심으로 행동하게 되었으니 모두 바로 알고 행하자는 것으로 되어 있는 것이다.

　시기가 떨어진 것으로 <더한미일신보> 1905년 11월 7일자 "山人說夢"은 마찬가지로 몽유록 형식을 빌려 쓰면서 조선의 위기가 조선인의 실책으로 인한 것임을 말하고 있다. 이 글은 채약옹이 조선의 위기를 보고 산신에게 기도하자 산신이 현몽하여 조선인 자신의 탓이라 한다는 내용으로 되어 있다. 이 글에서 산신의 현몽부분에 지적된 조선인의 잘못이 주목할 만하다.

　　더抵 自國 政治ᄂᆞᆫ 自國인이 經營홀 것이어눌 韓인은 不然ᄒᆞ야 幾年
　　以來로 所謂 開化政治를 隣邦인의 指導가 有홀가 希望ᄒᆞ얏스니(중략)
　　昨年 日俄開戰時에 日本師旅가 入城ᄒᆞ니 男女老幼가 塡道歡迎허고 軍
　　需의 供億과 輸運의 代勞를 不由勉强허고 如恐不及허니 此ᄂᆞᆫ 韓國인
　　情이 日本을 對허야 國家를 扶植허고 人民을 濟活ᄒᆞᄂᆞᆫ 人心善政이 有
　　홀줄노 泰山갓치 信仰홈이라(중략)自作之孼이니 獲罪於天이면 無所禱
　　也라 惟我岳瀆之神이 雖欲救之나 天之降罰을 孰能違之리오

여기에서 조선의 위기는 천벌의 상태에 이르러 누구도 고칠 수 없는 형편에 있음을 말하고 그 원인은 조선인이 외국 특히 일본을 존대하고 어리석게 도와준 데 있음을 밝히고 있다. 이처럼 조선의 위기가 조선인 내부의 문제점에 있음이 인식된다면 그 타개책도 조선인 내부로부터 나올 것이 필연적이며 이 글도 "汝其以此로 告于百姓ᄒ면 應當自知其罪ᄒ리라"로 자각을 강조하고 있다.

조신은 현재 위기에 있으며 이러한 현실에 대한 정확한 인식을 가져야 한다는 의도를 전파하려는 목적을 가진 글들은 이 시기에서 비롯하여 이후의 시기에 이르기까지 지속적으로 나타난다. 1905년 11월 17일부터 "쇼경과 안즘방이 문답"이, 12월 21일부터는 "향로 방문 의싱이라"가, 1906년 2월 6일부터는 "거부오희"가 <대한미일신보>에 게재되었으며 <뎨국신문>에는 1906년 5월 19일부터 "시사촌언", "시사단언", "시사일필" 등이 지속적으로 실렸다.

## (2) 사회적 모순의 표현

어떤 시기이든지 새로운 이념이 도래하거나 전래적인 가치관이 위협을 받으면 당대의 사람들은 그 시기를 전대미문의 혼란기로 파악하게 될 것으로 보인다. 이것은 역사의 모든 시기가 그러할 것이며 이 점에서 개화기만이 그 앞이나 뒤의 다른 시기보다 유난한 것은 아닐 것이다. 이 경우 이 혼란의 원인에 대한 인식태도는 현실에 대한 파악과 그에 대한 대응방법의 창안에 절대적인 영향을 미치게 될 것이며 그 원인 인식은 퇴조하는 가치관이든 신흥하는 가치관이든 모순이나 문제점을 가지고 있다는 식으로 표현 될 수밖에 없을 것으로 보인다.

앞에서는 조선이 당면한 현실적 위기에 대한 정확한 인식을 강조한 글을 주로 살폈거니와 이 부분에서는 이 시기의 글들이 이러한 시대적 모순을 표현하는 데 서사 형식의 글이 사용된 경우를 대상으로 한다. 이 경우에는 대체로 전 시기의 완고하고 보수적인 가치관이 당대의 현실문제를 풀어 나가는 데에 불만족스럽다는 점이 나타난다. 당시의 조선은 빠른 변화를 겪는 과정이었으나 대중의 사고든 지배집단의 사고든 이런 시대의 조류를 따르기에는 지나치게 보수적이고 이기적이어서 개선의 여지가 없다는 내용을 가진 것들이 이 시기에 다수 창작되었다. 이 경우의 글들은 글 지은이의 생각이 개화에 경도되어 있는 경우가 많아서 보수적 사고를 가진 사람과 그 행동이 시대의 문제점으로 지적되고 있는 것이거니와 더 정확하고 정직한 문제의식의 입장에서 보면 당시에 개화도 문제가 전혀 없는 것은 아니었으며 이에 대한 비판적 인식도 드물지만 나타나고 있다.

위의 내용을 가진 것으로 정리한 목록은 다음과 같다.

협성회회보, 남촌 사는 최여몽, 1898.3.26

미일신문, 론셜, 1898.4.20

　　　　잡보, 1898.6.13

　　　　아죠 찰 슈구당에셔, 1898.7.1

뎨국신문, 론셜, 1898.12.24

皇城新聞, 論說, 1899.1.16

독립신문, 힝셰문답, 1899.1.23

皇城新聞, 論說, 1899.2.8

미일신문, 론셜, 1899.2.21 −25

독립신문, 역적 셰 놈, 1899.2.25

미일신문, 론셜, 1899.3.2

皇城新聞, 論說, 1899.3.10

뎨국신문, 론셜, 1899.3.15
독립신문, 일쟝춘몽, 1899.7.7
뎨국신문, 론셜, 1900.1.6
                 1900.3.30
                 1900.6.19
                 1900.9.13
皇城新聞, 論說, 1900.9.22
                 1900.11.10
뎨국신문, 론셜, 1902.12.16
                 1903.5.19
대한믹일신보, 롱자기몽, 1905.9.5
                 향긱담화, 1905.10.29
                 몽이득뎐, 1906.4.17 - 20

　　위의 목록에 제시된 것들은 조선인의 성품 자체가 고통스러운 시대
를 헤쳐 나가기에 어려운 점이 많다는 내용과, 조선인의 구 시대적
행동이 신 시대의 조류에 맞지 않다는 내용으로 대별될 수 있다. 조
선인의 성품에 있는 모순을 지적한 것으로는 우선 조상의 이름만 믿
고 노력하지 않는 점이 형상화되었다. 그것은 <믹일신문> 1898년 3
월 26일자의 "남촌 사는 최여몽이라 ㅎ는 사롬"이하의 글로, 최여몽
이 죽어 저승에 갔다가 조상의 이름만 팔아 노는 후손 때문에 저승에
있는 조상이 피골이 상접한 것을 보았다는 내용으로 되어 있다. 당시
의 조선인은 조상에 대한 존숭과 문벌적 자부심이 두터웠으므로 이
글은 긍정적이든 부정적이든 효과를 나타냈을 것으로 보인다. 이 글
에는 각 문벌의 자부심을 받치고 있던 조상들이 구체적으로 호명되고
있으며(송우암, 윤명지, 허미슈, 니아계, 니률곡, 민로봉, 셔약봉), 이들

이 저승에서 피골이 상접하다는 것은 그 후손들에게 반성이나 분개의
감정을 불러일으켰을 것이기 때문이다. 이처럼 조상을 지칭하여 모욕
을 주는 방법이 효과적이라는 생각을 할 수 있다는 점은 이 시기 사
회의 보수적 분위기와도 무관하지 않을 것이다. 전통적인 조상존승의
사고에서 보아 충격을 받을 것이라는 생각은 이런 내용의 글을 창작
하게 했을 것이며 이러한 직접 지칭의 방법은 이후에도 조상의 전래
하는 법도만 믿고 새 시대의 변화하는 조류를 수용하지 않는 보수부
류에 대한 비난의 한 방법으로 자주 사용되었다.[91]

조상 전래의 고법만 지키는 사고의 완고한 후진성을 지적한 글로
<믜일신문>1898년 4월 20일자의 "론셜"의 내용 단락을 보면 다음과
같다.


(가)동도 산협중에 한 대촌이 있는데 마을 사람들이 우물 하나로
　　먹고 산다.

(나)서울 사는 서생이 와 보니 어른들이 모두 미쳐 있다.

(다)서생이 우물 탓임을 알고 금으로 사람 몇을 꾀어 명산에서 좋

---

91) 대한믜일신보, 花下總理 7
　　슯으도다 李總理여
　　韓魏公의 子孫으로
　　반탁胃가 있었지만
　　陶菴같은 名賢으로
　　저른后孫 意外로세
　　日後黃泉 도라가서
　　列聖祖의 靈魂이며
　　公의祖先 公의아들
　　何顔對見 하려는가 (金根洙, 韓國開化期詩歌集, 태학사, 1985, p.81에서 재인
　　용)
　　이 밖에도 같은 수법으로 비슷한 시기에 "宋秉畯아", "可以人乎" 등이 있었
　　다.

은 물을 먹이니 정신이 돌아온다.

(라)서생이, 우물이 괴악함을 설명하고 우물을 없애라고 이들에게
    시킨다.

(마)마을의 광인들이 이들을 죽이려 한다.

(바)그 마을을 고치지 못하고 떠난다.


이 글은 위에서 본 바와 같이 도입과 맺음의 형식단락이 없다. 이
점은 이미 "론셜"란에 실린 글이라도 지은이에 의해 의도전달의 기능
을 충분히 할 수 있다고 판단된 것은 별도로 직접적인 전달의 형식이
필요하지 않다고 인식된 것이라 보인다. 이 글에서 보인 이야기는 <
독립신문>1899년 7월 17일자의 "일쟝춘몽"에서 몽유록 형식을 차용
하고 두개의 내용을 덧보탠 것으로 발전하고 있다.

이 글에서 지적된 문제는 잘못된 가치관을 답습하고 있는 구 시대
적 사고방식과 이를 고치려는 선각자에 대한 적대적 태도이다. 오도
된 가치관의 근원으로는 마을에 유일한 우물이 설정되어 있다. 마을
사람들은 오직 한 우물만 먹고 있으며 그 우물의 영향으로 인하여 외
부에서 온 사람에 대해서는 완전히 적대적인 태도를 가지고 있다. 서
생의 인도로 다른 우물을 먹고 정신이 돌아온 사람들에 대해서도 마
찬가지의 적대감을 가지고 대한다.


> 모든 광인이 내도ㅎㅣ 지놈이 엇던 밋친 놈을 짜라 밋친 물을 먹고
> 쟝위가 밧고여셔 죠샹젹붓허 몃쳔년 나려오며 먹는 우물을 졸디에 곳
> 치쟈 ㅎ니 저놈은 죠샹을 욕홈이요 우리의게 원수라 ㅎ여 죽이려 꾀
> ㅎ미


이 내용이 당시에 유학적 의리 이념으로 결집된 사고와 배타적인

자존의식을 전환표현한 것이라면 이에 대한 지은이의 태도 역시 마찬 가지로 배타적이고 적대적이다. "우리가 그 우물의 병근을  씨다른 바에 찰아리 성혼터로 죽을지언정 다시 먹고 쏘 밋칠 수는 업다."에 서 보듯이 기존의 사고와 생활 방식에 대해 전면적인 부정을 보이며 완전히 새로운 가치관으로의 변화를 요구하고 있는 것이다. 이 시기 이런 유형의 글이 전반적으로 이와 같이 상호 완전 부정에 기반을 두 고 있다. 이는 전 시기 오래 지속된 명분논쟁의 결과 축적된, 긍정과 부정이 확연한 논리 전개 방법의 영향인 것으로 볼 수도 있다.[92] 또 한 이는 구체적으로 직면한 문제점에 대한 타결 방안의 논쟁에서 어 느 한 쪽에 분명히 자리잡은 지은이의 태도를 보이는 것이기도 하다.

이 시기의 논쟁류는 이처럼 상호 완전부정의 태도가 드러나며 이로 인해 갈등이 미해결 상태에서 종결되었다. 다만 글이 전개되는 양상 으로 보아 지은이가 개화지향적 태도를 가진 것은 짐작할 수 있으나 그렇다고 글 내용에서 보수적 사고를 압도하는 논리를 갖춘 것은 아 니다. <믜일신문> 1898년 7월 1일의 "아죠 찰 슈구당에셔"이하의 글 이 이런 성격을 보이는 예이다.

(도입)수구노인과 개화청년이 대화한다.
노인: 역질이 도니 걱정이다.
청년: 우두를 넣으면 된다.
노인: 명에 달린 것이니 우두를 넣어 살린들 얼마나 사나.
청년: 약은 왜 쓰나.

---

92) 이런 논쟁은 승패가 있을 뿐 타협이 없다는 특징을 가지고 있었다.이런 문제 에 대해서는 아관파천 이후 일본과 러시아의 비밀협상에서도 현안이 된 바 있다. 이 때 러일 양국은 이 사건이 정리되어도 잔인한 보복을 하지 않도록 조선에 충고한다는 점에 대해 논의하였다. (列强의 侵略, p.122.)

노인: 조상이 쓰던 것이니 쓴다.
청년: 조상이 징역했으면 당신 아들 손자 다 징역하겠다.


이런 내용을 가진 이 글은 갈등의 해소나 의견의 타협이 없는 상태에서 끝이 난다. 이렇게 된 것은 물론 당시 실제로 두 부류간에 나타나던 사고방식의 차이에 원인이 있으나 지은이가 보수적 사고를 가진 사람에 대해 작품 이진에 가지고 있던 전면 부정적인 사고가 작용한 것으로 보아야 한다. 등장인물은 "늘근 졈잔은 로인"과 "졀믄 친구"인데 젊은이는 감정적이고 불손한 언사를 쓰고 있다.


      왜요 마마에 죽을 어린 ♀희를 우두너서 살녀도 슬여요 웨 아니 ᄒ
신단 말이오 나는 그런 소리 드르면 화가 납데다(중략)
      당신 말슴ᄀᆞ치 싱사가 명에 달넛스면 병드러도 의원이나 약은 다
쓸 더 업겟지오
      어 그러니 아니 쓸 슈 잇나
      왜 써요 다 명에 잇서 든 병을 약 써셔 곳치기로니 멋철 살겟소(중
략)
      올치 알아듯겟소 당신 죠샹이 증역ᄒ엿스면 당신도 징역ᄒ고 당신
♀들 손즈 다 쳥 바지 져고리 입힐 터이지오


이처럼 젊은이의 언사가 감정적이고 논리를 벗어난 것은 이 글의 지은이가 아직 과학의 장점과 개화의 전망을 확고히 인식하지 못한 탓일 것이며 일방적으로 수구적 사고에 대해 부정해버리는 대응태도로 인한 것이다. 이로 인해 이 글은 새로운 가치관을 주장하는 데 이르지 못하고 다만 구 시대적 모순을 적시하는 데 그치게 된 것이다. 이와 비슷한 것으로 <뎨국신문> 1899년 3월 15일자 논설을 들 수 있다. 이 글도 "흔 빅발로인(고집불통)"과 "흔 소년(박람  식)"의 성격

대비와 논쟁으로 되어 있다. 이 글에서 성격을 대비하는 지은이의 서술 부분은 다음과 같다.

> 노인:위인이 견문이 고루ㅎ고 지식이 별노 업셔 칠십당년이 되도록 글 닑을 ㅁ옴과 롱ㅅ 질 싱각과 장ㅅㅎ 욕심은 늄보다 만흐나 힝ㅅ가 즈긔 몸 밧긔 업고 소견이 즈긔 집에 지나지 못ㅎ고 츌립이 즈긔 동리 뿐이라 그런고로 혹시 밤에 홀노 안져 셰상만ㅅ 마련ㅎ되 집의 셔칙 쩌러지면 다시 ㅅ기 어려오니 리션싱네 통감 엇어 어린 손즈 가르칠 졔 니웃 ㅇ희 다 오거던 건셩으로 닐너주고 츌렴치나 만히 밧아 지핌묵에 봇희쓰고 문젼옥답 분깃ㅎ 후 일년계량 부쥭ㅎ니 김총각네 논을 쩨여 맛아둘이 더붓칠 졔 동리사름 일 오거던 당일 품갑 주지말고 삼ㅅ삭을 식리ㅎ여 롱긔연장 갈녀놋코 만물방에 됴흔 물건 헐갑스로 도고ㅎ야 쟝부즈와 동ㅅㅎ졔 친구들이 ㅅ러와도 흔푼 외상 놋치 안코 삼동갑식 부가 밧아(략)
>
> 소년:이팔 청춘에 위인이 활여ㅎ야 학문도 만커니와 지덕이 겸비ㅎ야 착ㅎ 일을 듯고 보면 본밧아셔 곳 힝ㅎ고 악ㅎ 사롬 더ㅎ면 회기ㅎ기 권ㅎ더니

노인에 대한 성격 형상화는 장황하고 과장이 심하며 전래적인 놀부의 심사서술부분과 방불한 바 있어 전적인 부정의 의도를 볼 수 있으며 소년에 대한 그것은 비교적 소략하나 극찬의 말을 사용하고 있다. 이 경우에도 소년과 노인의 논쟁은 논리적인 시비에 이르지 못하여 "로인이 발연 변식ㅎ야 디답은 못ㅎ나 속ㅁ옴으로 혐의논 대단히 ㅎ더라"로 끝맺고 있다. 이는 구시대와 그 사고를 미개와 완고 또는 금수의 세계로 설정하고 이를 극복할 논리적 설명은 없이 개화만을 만능적인 것으로 주장하는 낙관적 인식태도로 인한 것이다.

이렇게 허구화된 개인과 개인의 논쟁으로 조선인의 성격적 모순을

지적하는 것은 발전하여, 조선인 전체의 성품상 불합리함을 의인수법으로 보이는 데 이르게 된다. 의인의 수법은 이 경우 **회화**의 기능을 하게 되어 한 특징이 과장될 가능성은 있으나 그 특징을 극명하게 보일 수 있다는 점에서는 긍정적 기능으로 파악될 수도 있다.

1898년 12월 24일 <뎨국신문>의 논설은 동물의인 방법으로 조선인의 성격을 드러내고 있다. 이 글은 어떤 친구간이 수작하는 말을 들었다고 하면서 조선인을 동물에 의인하였다.

개구리같다: 문견이 고루하고 고집만 부린다.
새같다: 잘 지껄이나 꾀가 없고 겁이 많다.
까마귀같다: 칭찬을 좋아한다.
여우같다: 권세를 업고 행세하려 한다.
딱다구리같다: 제집 지은 나무를 쪼아 넘어뜨린다.
파리같다: 이익만 보면 몰려든다.
물새같아야 한다: 물도 알고 들도 안다.

이러한 내용 뒤에 "기고리도 만히 잇고 탁목됴도 만컨마는 물식는 어듸 잇노 분운훈 이 셰샹에 승평일월 언졔 볼쏘 일쟝을 통곡ᄒ고 각각 도라 갓다더라"라는 서술로 끝을 맺었다. 이 글은 조선인의 성품을 각각 의인하여 비판하였던 바, 가장 부정적으로 인식된 사람의 유형이, 고루한 사람(개구리)과 제 나라를 배신하고 비방하는 사람(탁목조)이다. 이로 보아 이 글의 지은이는 당시의 조선인이 가진 성품이 조선의 문제를 야기한 것으로 인식하고 있으면서 이러한 구 시대적 성격으로는 새 시대의 대세를 따라잡지 못할 것임을 내비쳤다.

<독립신문> 1899년 2월 25일자의 "역적 세 놈"은 조선인의 성격이 가진 시대적 모순을 인성의인의 방법으로 표현하였다. 이 글에 의하

면 대한에 역적 셋이 있는데 이름은 "목씀격", "국직어", "이소곤"이다. 이들은 장안에 횡행하면서 못된 짓을 하니 만사가 되지를 않는다. 대한 정부에서는 안 잡는지 못 잡는지 알 수가 없다. 이런 내용의 이야기 뒤에 이들의 이름을 풀어 서술하면서 눈을 끔적거리는 것이며, 남을 꾹 찍어 협방으로 들어가는 것이며, 귀에 소곤거리는 것이 역적 행위라고 붙여두었다. 이로 보아 이 글의 지은이는 당시의 관리들이 정당한 판단과 사리에 의해 국사를 처리하지 않고 협잡에 의해 일을 처리하는 것이 나라를 망칠 것이라는 점을 경고하고 있다.

위에서 본 것은 조선이 새 시대의 대세를 주도하지 못하고 위기에 처한 원인이 조선인의 성품에 있다고 표현한 것들이었다. 이 시기에 이런 형편이 된 원인에 대한 인식은 광범하고 다양하여 이런 것 이외에 조선인의 구시대적 행동과 관료의 부패가 시대적 모순이라고 인식하고 이를 표현한 글들도 많았다. 조선인이 관리를 존중하고 관리가 되려는 노력을 하되 이를 사리에 맞게 하지 않는다는 내용으로 된 것이 <독립신문> 1899년 1월 23일자 "힝셰문답"이다. 이 글에서는 서울사람이 시골에서 온 엽관운동자에게 방법을 일러주고 있다.

> 고변하라: 누가 대통령, 누가 부통령 하고 꾸며대면 된다.
> 망명죄인을 잡으라: 잡는다 하고 못 잡아도 된다.
> 상소를 하라: 지금 미움받는 사람을 역적, 유세할 사람은 충신이라
>           하면 된다.
> 공동회 수죄를 하라: 공동회가 수그러졌으니 몇 가지 논죄하면 된
>           다.

이런 말에 대해 시골에서 온 구사꾼은 "글셰 그리ᄒ면 공동회 슈죄나 ᄒ여볼가 그것이 그즁 만만ᄒ니 내 十됴건만 꿈여 옴셰 힝셰ᄒ기

가 이렇게 어려울가"라고 말한다. 이 글은 지은이의 풍자적 의도를 담고 있는 것으로 당시 독립협회를 탄압하고 있던 관리들에 대해 비난하려는 목적을 가진 것이다. 일러 주는 네 방법이 모두 당시의 관리들이 행하고 있는 근거없는 비방과 실천하지도 못하는 약속 및 시세에 따라 행동하는 시류적 행동을 풍자한 것인 때문이다. 이 점에서 이 글은 창작하는 직접 당시의 일을 서사적으로 형상화한 것이다.

　이러한 구사운동보다 더 성행했으며 더 비난받은 것이 관리들의 무책임한 행동과 부정한 승진운동이었다. <皇城新聞> 1899년 1월 16일자 논설은 몽유와 의인수법을 원용해서 이를 풍자하고 비난하면서 관리의 모범을 보이려 했다. 이 글의 내용은 다음과 같다.

　(도입)찬 바람이 부는 밤에 시문을 읽다가 잠이 들었다.
　(가)강남에서 한 관인이 길가에 선 것을 만난다.
　(나)문답하여 그가 이름이 장승이며 현직 척후관임을 안다.
　(다)잠시 앉아 담화하기를 청하나 직책을 수행하기 위해 거절한다.
　(라)다른 군인들처럼 권문에 출입하여 승차하기를 권하나 분을 내
　　　며 거절한다.
　(마)사과하고 떠난다.
　(맺음)닭울음에 깨니 꿈이다.

　이 글에서 풍자의 대상이 된 것은 당시에 자신의 직책에 충실하지 않고 권문에 출입하여 승차할 것을 꾀하는 군인이다. 당시에 조선의 군제가 정비되어 있지 않아서 국방력이 약한 가운데 지방의 진위를 맡은 군인들이 임직을 이탈하는 경우가 많다는 것을 시대적 문제로 삼은 것이다. 그러면서 이 글은 관리의 모범으로 가슴에 天下大將軍이라 쓰고 성은 張이며 이름은 丞이라고 자신을 소개한 관인이 직무

에 충실한 모습을 보여 지은이의 의도를 드러내었다.

관리들의 행태가 불합리함은 위의 것들보다 그들이 부정 탐학하다는 점에서 더 많이 지적되었다. 당시의 관리들은 왕조의 통치질서가 이완되면서 통제 숙정의 기능이 약화되자 권력의 중심에서부터 매관하는 폐단도 있었으며[93] 그 결과 각 지방에서는 탐학한 수령이 백성을 수탈하는 폐습이 있기도 하였다. 이 시기의 글들은 이런 점이 조선의 힘을 약화시키고 시대의 조류를 역행하는 행위라고 지적하면서 그 부당성을 주장하기 시작하였다. 탐학한 관리가 가진 의식구조와 이에 대한 백성의 부정적 인식이 보이는 것으로 <미일신문> 1898년 6월 13일 "잡보"의 글을 들 수 있다. 어느 고을 원으로 갔다가 올라온 사람과 그 친구의 대화형식으로 된 이 글은 대화의 구어화에 힘입어 현실감 있는 표현을 하고 있다.

어느 고을에 원으로 갔다가 온 사람이 친구에게 백성들이 개화라고 한 후에 완민이 되어 영을 듣지 않으니 월급만 받고 있다가 왔다고 불평하자 그 친구가 못생긴 것이라고 흉보면서 재미 없었겠다고 하는 내용을 가지고 있다. 이들은 구 시대에서 조금도 진전되지 않은 사고 방식을 가지고 "못싱긴 것도 만치 원으로 안져서 빅셩의게 령을 세려다가 못ᄒ엿단 말인가", "호포와 결젼 밧는데 좀 더 물니려 드럿드니 이 무지ᄒ 것들이 들고 일어나셔"등의 발언을 하고 있다. 이 글은 풍자의 의도를 가진 것이고 대화체로 된 것이므로 핵심적인 사실만이 구체적 현장성의 획득을 위해 강조되어 있을 가능성은 있으나 대화체

---

93) 청국공사 서수붕이 고종을 보고,우리는 벼슬을 팔아먹은 지 10년미만에 종사가 여러번 바뀌는데 귀국은 30년을 팔아먹어도 보좌가 근심이 없으니 귀국의 운수가 왕성하다고 하였으나 고종은 알아듣지 못하고 웃었다.(黃玹, 앞의 책, p.239.)

고종이 관찰사는 10만, 20만냥을, 수령은 5만냥을 요구하였다. 바치면 반드시 벼슬을 주었다.(黃玹, 위의 책, p.246.)

의 현실감이 당시 탐관의 의식을 보이는 데에는 일정한 효과를 거둘
수는 있었다. 집약되고 관념화된 표현94)이 서술체의 사실성보다 흥미
로운 제시의 기능을 한 것이다.

이에 비해 서술체의 글은 사실의 치밀한 제시와 사태의 원인 및 시
종에 대한 치밀한 제시라는 특징을 가지고 탐관의 불법과 이에 신음
하는 백성의 고통을 드러내는 기능으로 사용되었다. <뎨국신문>은
1900년 1월 6일과 6월 19일, 9월 13일자 논설을 통해 이러한 토호 관
원의 학정을 사실에 가깝게 제시하는 글들을 실었다. 1월 6일자에는
탐관오리의 유형을 여행기 형식으로 실어 당시에 탐학한 관리가 전국
에 널리 있음을 보이고 있다.

(도입)낭객이 길을 떠나 다닌다.
(가)한 곳 관원은 송사를 청탁의 유무에 의해 판결한다.
(나)한 곳 관원은 군대의 힘을 써서 가렴주구하려 한다.
(다)한 곳 관원은 돈을 바치면 죄인을 방송하는데 한 죄인이 돈을
    내면 풀어주겠다는 관가의 글을 들고 도망하여 황성으로 갔다.
(맺음)백성들이 불쌍하다.

위의 (가), (나), (다)의 각각에는 상세한 전말을 실어 사실감이 있
게 표현함으로써 그 전의 글들에 비해 구체적인 내용을 갖추고 있다.
더욱이 (다)의 경우에는 관리의 탐학에 대해 수탈당하는 백성이 경고
에 해당하는 행동을 하고 있어서 당시 부당한 관권에 대한 민중의 부
정과 항거의 일단이 드러나기도 한다.

6월 19일자에는 관원의 비호 아래 토호가 탐민하는 이야기를 실었

___

94) 극적 언어의 동적인 힘과 즉시성의 효과에 관해서는, Dawson, S.W.(천승걸
    역), 劇과 劇的 要素, 서울대 출판부, 1984, p.35 참조

다.

> (가)창의문 밖에서 우는 여인을 만났다.
> (나)여인이 사연을 말한다. 일찍 남편을 잃고 남매를 데리고 사는데
>     동리 양반이 밭 하나 있는 것을 빼앗고 딸을 종으로 빼앗으려
>     하기에 관원에 호소해도 세력이 없고 상경하여 호소하려 해도
>     본관의 소장이 없으니 안되고 귀향하려 하니 노자도 없어 운다.
> (다)여인이 개화의 나쁨을 말한다. 갑오 이후에 죄목도 많고 세목도
>     많아졌다.
> (라)세금이 많은 것은 비상시를 위한 비축이라고 설명한다.
> (마)요사이 관원이 무슨 충성이 있어 세금을 나라에 바쳐 비축할까
>     고 비웃는다.

　이 글은 (나)부분에서 토호에게 압제받는 촌민의 억울한 사정을 상
세히 서술한 뒤에 (다)이후에는 그 여인과 지은이들이 개화의 善좀에
대해 논란하는 내용을 실었다. 이 글의 지은이가 개화론자일 것은 일
단 분명한 바, 앞 부분의 토호탐학은 사실감 있고 상세한 내용을 갖
추고 있는데 비해 뒷 부분의 개화 폐단의 논란은 설득력이 부족하여
"웃고 도라왓노라"로 끝을 맺었다. 갑오 이후의 개화는 위로부터의
개혁이어서 하층민 모두의 문제를 해결할 수 없었고 지방의 관리는
개화의 진정한 이념을 인식하지 못한 상태에서 구태를 벗지 못한 것
이 여인의 말을 통해 드러나고 있는 것이다. 작중에서 지은이들은 개
화를 주장하는 자신들은 개화의 긍정적 가치만 알고 있는 데 비해 여
인으로 대표되는 일반 민중은 개화의 부작용을 알고 지적하고 있음을
발견하게 되지만 이를 해결하고 제어할 방도는 찾지 못하고 있다. 이
글은 시대적 문제를 구 시대의 사고와 행태에만 두지 아니하고 당시

의 추세이던 개화의 모순된 성격에도 두었다는 점에서 비교적 정직한
인식 태도가 주목된다. 또한 이 글은 지은이 자신도 답변하기 어려운
비난이나 질문이 가해지는 것으로 보아 서사적으로 재구성된 실제 경
험인 것으로 보이는 바, 당시 일반 백성이 현실에 대해 비판적 인식
을 가지게 되었음을 보이고 있기도 하다.

9월 13일자는 비유에 의해, 탐관오리를 나무의 밑을 파고 나뭇잎을
긁어 가는 자와 도끼를 들고 나뭇가지를 베어가는 자로 비유하면서
이들이 나무를 쇠잔하게 한다는 내용을 담고 있다.

이러한 탐관오리에 대한 경고의 기능을 하기 위해 그들의 사후를
극형으로 그린 것이 <미일신문> 1899년 3월 2일의 논설이다. 이 글
은 저승왕래담을 몽유록 형식으로 서술한 것인데 다음과 같은 내용을
가지고 있다.

(가)한 사람이 병들어 귀졸에게 끌려 저승에 간다.
(나)잘못 왔으니 가라 하면서 탐관을 벌하는 장면을 보라 한다.
(다)잔학한 관원을 참혹하게 벌하는 장면을 본다.
(라)닭 우는 소리에 깨니 꿈이다.

이 글의 주된 의도를 드러내는 부분은 (다)부분이다. 저승에서 말하
기를 죽어 오는 이의 십분에 아홉은 관장의 잔학으로 죽은 원혼이므
로 관장을 이처럼 벌한다고 하면서 보여주는 광경이다.

일변으로 관쟝 죄수들을 라입ᄒᆞ며 일변으로 각식 형구를 비셜ᄒᆞ니
금슈도산과 확탕와걸이라 눈에 가득히 삼엄흉참ᄒᆞ더니 이윽고 그 여
러 죄슈들을 확탕에 너허 졸이기도 ᄒᆞ며 톱으로 혀기도 ᄒᆞ며 갈고 늘
희여 빅가지로 참혹흔 경샹과 부루지즈며 이호ᄒᆞᄂᆞᆫ 소리에 심담이 셔

늘ᄒ고 모골이 숑연ᄒ지라

이 글은 글의 끝을 "참 져승이 잇나 보더라"로 맺음으로써 지은이
가 직접 개입하여 의도를 드러내는 데서 일단의 진전을 보이고 있다.
자신의 의도와 관계없는 맺음을 씀으로써 교술적 의도의 설득력을 높
이는 기법을 사용한 것이다.
  탐관오리가 기용되는 것은 조선의 관리임용이 능력과 품성을 따른
것이 아니라 관원의 請囑이나 親疎관계에 의한 것이기 때문이며 이들
이 결국 간신이 되어 나라를 망치게 될 것이라는 생각을 드러낸 경우
도 있었다. 1900년 11월 10일 <皇城新聞>의 논설은 "狗才亦殊貴賤"
이라는 소제목으로 의인 수법에 의해 관리의 임용과 상벌이 불합리함
을 지적하고 있다.

  (가)서역 천축국에 좋은 사냥개가 있다.
  (나)새끼 둘을 낳자 하나는 부자가 잘 먹이고 하나는 빈자가 배고
      프게 기른다.
  (다)둘을 모아 사냥하는데 빈자 개는 잘 하고 부자 개는 전혀 잡지
      못한다.
  (라)빈자 개가 잡은 새를 부자 개에게 나누어 준다.
  (마)부자 개가 사냥을 잘 했다고 상을 받는다.
  (맺음)탄식할 일이다.

  이 글은 성실한 빈자가 정당한 보상을 얻지 못하고 나태한 부자가
부당하게 보상을 받는 당시의 현실을 보이고 있다. 이 글에서 빈부로
대치되게 의인된 개들은 성실한 백성과 불의한 양반이거나 성실한 무
력관리와 나태한 유력관리일 것이다. 이 글의 끝이 탄식으로 끝나는

데서 당시 식자층인 작자의 태도가 우회적 비난으로 그치고 있으며 일정한 무력감의 표현이라는 한계는 지적될 수 있다. 다만 이 글은 행정적인 유능, 유공의 여부와 관계없이 부당하게 행해지던 인사정책에 대한 지적의 기능을 한 것에서 그 의미를 찾을 수 있다.

이러한 잘못된 관리 임용이 간신을 만들고 그것은 국가의 존망에까지 관계된다는 내용의 글이 <뎨국신문> 1900년 3월 30일의 논설이다. 이 글은 전래의 구토지설을 변형없이 소개하고 이에 대한 해석을 새롭게 함으로써 당시의 국내 사정과 지은이의 개탄을 드러내는 방법을 사용하고 있다. 글의 본문은 구토지설의 한문을 번역한 그대로 싣고 글의 맺음 부분에 지은이의 의도를 직접 덧붙여 놓았다.

> 신라와 고구려는 본러 원슈보듯 ᄒᆞ는 나라흐로 이갓흔 곤욕을 당ᄒᆞ고 분을 발ᄒᆞ야 군ᄉᆞ를 기르고 병긔롤 련단ᄒᆞ야 고구려국을 치고 토디를 통합ᄒᆞ엿슨즉 고구려의 사직 죵묘가 망ᄒᆞᆫ 일은 비록 신라국 군신의 동심합력ᄒᆞ야 치고 원슈를 갑흔 후에 현뎌히 보겟시나 그 실상 망ᄒᆞᆯ 긔미는 간신 션도히가 뢰물을 밧고 토끼의 비유로 김츈츄의 ᄆᆞ음을 씨웃쳐 살녀 보닌 일에 잇셧스니 간신 션도히가 고구려국을 망케 ᄒᆞᆫ 거시오 신라국이 쳐 멸흔 거슨 아니라고 홀만ᄒᆞ도다 간신이 지물을 탐ᄒᆞ고 나라는 도라보지 아니홈이 이갓흐니 엇지 슯히지 아니ᄒᆞ리오

이러한 지은이의 개탄은 이 화소의 전래적 인식에 대해 일정하게 재해석된 결과라 할 것이다. 이 글의 처음이 "가긱의 흥다반 ᄒᆞᆫ 보씨타령은"이라 하여 전래 화소를 차용한다는 표시를 분명히 하였던 바, 이 글의 뒷 부분에 이르면 선도해의 행위에 초점을 맞추어 뇌물을 받고 국가에 해될 일을 하는 간신으로 서술함으로써 이 이야기를 당시의 국내 사정에 적용하는 창의성을 보이고 있다.

<뎨국신문> 1902년 12월 16일자와 1903년 5월 19일자는 당시 관리

들의 무능하고 사치한 모습을 구체적으로 보여 이들이 조선 쇠약의
근원임을 말하고 있다. 전자는 "협률샤구경"이라는 소제목으로 당시
에 유행하던 협률사 놀음판의 풍경과 대관들이 거기에 투자하고 이익
을 취하며 그 놀음판에 참여하여 점잖지 못한 놀음을 한다고 나무라
는 내용을 거의 전환 없이 서술하였다. 교육이 중하다는 것은 누구나
아는 일인데 대관 중에서 돈내어 학교를 설시하였다는 말을 들은 적
이 없으며 이 신문이 돈이 부족하여 곤경에 있다는 것도 자주 말하였
으되 대관들이 연보를 서로 미루기만 한다는 내용을 말한 뒤에 그들
이 협률사에 투자하여 이익을 꾀하니 풍속의 문란과 장래의 위험을
자초한다고 비난하고 있다. 이 글은 내용상 비난을 내용으로 하고 있
으나 대상이 당시의 대관들이기 때문에 직접적이고 신랄한 비난보다
"드르니 일젼 져녁에는 몃몃 대관이 복쟝ᄒ고 참례ᄒ야 즐거히 놀기
도 ᄒ시고 손펵도 잠이롭게 치시드라 ᄒ니"식의 냉소적 어조로 같은
효과를 얻고 있다.

　1903년 5월 19일자는 위와 같은 냉소적이고 풍자적인 성격을 가진
것이면서 운문투를 가진 것이 주목된다. 이 글은 "무릉도원 발견됨"
이라는 부제를 가지고 시종 4.4또는 3.4조 4음보 율격으로 대신들의
호화생활과 무책임성을 풍자하여 비난하고 있다.

> 　근일 정부 형편 보니 허다ᄒᆞᆫ 별입시가 대신의 대신으로 져마다 상
> 쥬ᄒ니 대신권리 아조 업고 별입시가 대신일네 팔자됴혼 그 대신들 세
> 여아이 상위인지 무직무릉 ᄌᄒ퇴인지 무릉도원 깁흔 봄에 남창온돌 정
> 쇄ᄒᆫ디 세상스를 아조 잇고 고침단금 깁히 든 잠 혹시 누가 ᄭ울세라
> 진한흥망 알 것 업고 세상홍진 이젓ᄂᆞᆫ디

　이러한 대신들의 안일한 생활 태도는 "어부"들에 의해 깨어진다.

어부들이 연못에 곱게 기른 고기를 잡아가기 시작하자 구경꾼이 모여
들며 초동들은 곳곳에 길을 내어 무릉도원이 결딴이 나게 된다. 그래
도 대신들은 아직도 무릉도원의 봄인 줄 알고 잠에서 깨지 않으니
"바라나니 정부 관인 정부 대신 꿈씨기를 밤낮으로 축원이오"라고 맺
었다. 글 중간에 "지금 세상 강국들은 리력 만흔 어부로셔 뭇 물 해
슈 물론ᄒ고 잔 고기 굴근 고기 씨업시 다 잡을 졔 울엉이 황새 더욱
죠타"라는 표현이 있어 당시에 조선이 처해 있던 국제관계를 바르게
알리려는 의도를 나타내고 있기도 하다. 이 글이 문제로 삼은 것은
이런 국제적 격변 속에서조차 정신을 차리지 못하고 있는 정권 담당
자들의 태도이며 이들이 가진 안일함과 이기적 향락이 조선의 불행을
심화하고 있다는 점이다.

　위에서 설명한 글들의 성격을 개괄적으로 보이는 글이 <대한민일
신보> 1905년 9월 5일자 "聾者奇夢"이다. 이 글은 몽유록형식에 저승
왕래담의 내용을 담아 당시의 조선 사회에 행해지던 제반 모순에 대
한 경고를 시도한 글이다.


　(가)한 老聾이 잘못 죽어 저승에 갔다.
　(나)돌아가라 하기에 저승구경을 시켜 달라고 하여 지옥 구경을 한
　　　다.
　　　행악 양반이 고통을 받는다.
　　　전답을 늑탈한 자가 고통을 받는다.
　　　뇌물을 탐한 대관이 고통을 받는다.
　　　갈보가 고통을 받는다.
　(다)각각 그 자손에게 교훈을 전할 것을 부탁 받는다.
　(라)신음하다 깨니 꿈이다.

이 글은 이미 1899년 3월 2일자 <미일신문>의 논설에서 사용한 방법을 재사용한 것이기는 하나 내용이 다양해지고 극형의 장면이 간략해진 차이가 있다. 이 글에서 경고된 행동은 위의 (나)부분에서 보는 것들이다. 이런 행동은 당시의 조선 사회에 횡행하던 것일 터이며 식견이 있는 사람들은 모두 이를 문제로 삼았다. 이 글은 이러한 문제의식을 허구화하고 직접직인 개입을 생략함으로써 문학적 효과를 통하여  의도가 설득력 있게  전달될 것을 꾀하고 있다.

이 시기에 개화의 부작용이나 그 인식의 불철저함으로 인해 국가 내부에 문제가 발생하는 경우가 많았고 이를 통탄하고 문제삼고 있는 글도 <皇城新聞> 1899년 2월 8일자나 <뎨국신문> 1900년 6월 19일자 등에 산견된다. 전자는 자손이 창성하고 건장한 두꺼비가 자손이 영성하고 잔약한 다른 두꺼비를 향해 충고하는 말을 통해 경거망동하지 말 것을 말하고 있다. 이 부분은 다른 나라에 봄이 오는 것만 보고 자기 나라의 형편은 살피지도 않고 민국이해니 정령득실이니 망녕되이 논하다가 필경 화를 당하는 경우가 있다는 것을, 봄에 경칩이라는 절후만 믿고 일찍 나왔다가 얼어 죽는 두꺼비의 경우로 의인하여 보이고 있다. 이 글에는 경거망동하는 두꺼비도 자신의 행위에 대해서는 분명한 확신을 가지고 있음이 드러나 있다.

> 南蟾曰 不然不然하다 吾家가 世讀禮記하야 從月令 順時序하는 節次에 毫釐不差하미 曆書를 隨하야 驚蟄에 始振하고 秋分에 塞戶하고 霜降에 咸俯호더

이를 통해 지은이가 말하려는 것은 전래적으로 지키는 고법만 믿고 이를 따르는 것으로만 당시의 일이 다 되었다고 생각하는 보수적인 사고의 답답함이다. 자신의 구체적인 문제는 모르면서 남의 형편만

따르려고 하는 어리석음을, 신체와 기후의 형편은 살피지 않고 절기만 믿고 경거망동하는 두꺼비에 비유한 것이다.

후자는 시골 여인이 당한 불철저한 개화의 고통스러움을 여인의 입을 통해 말하고 있다.

> 기화ᄒ면 빅셩 살기가 편ᄒ다더니 기화 이후에 졈졈 더 살 슈가 업소 좀 드러보랴오  갑오 이젼인들 감사 슈령에게나 토호에게 학졍을 밧난 빅셩 무삼 죄가 잇소 혹 돈량 잇는 죄지 갑오 이후에는 시골셔 돈량 잇는 사룸이 죄가 두어 가지가 싱겻지오 걸신ᄒ면 동학여당이니 걸신ᄒ면 불효부뎨니 돈 아니주고 견디겟소 빅셩이 글노만 못살 쑨 아니라 파원홀 즈식만 나앗던지 소위 금광파원 우셰파원 션셰파원 역답파원 등 각식 파원이 업는 곳이 업시 널녀셔 빅셩을 못살도록 일을 ᄒ고

이것이 여인의 하소연 중 개화의 부작용 부분이다. 개화에 대해 분명한 인식을 갖지 못한 일반 민중의 시각으로 보면 개화는 백성을 못살게 하는 쓸데없는 부담의 가중일 뿐이다. 당시의 문학은 이런 점도 시대적 모순의 한 부분으로 받아들여 형상화하였다.

위에서 보았듯이 개화기의 단형서사문학은 작품이 창작되는 시대의 여러 모순점을 다양한 방법으로 지적하고 표현하였다. 당시의 지은이에게 있어서 조선이 당면한 여러 위기상황은 조선인이 내부적으로 가지고 있던 성격과 행동의 모순으로 인한 것으로 파악되기도 했으며 이런 모순이 위기를 심화하고 마침내 국운을 위태하게 할 수도 있다고 서술되었다. 또한 대체로 개화주의자 또는 개신 유학자일 것으로 보이는 당시의 신문필자들은 비교적 정직한 태도로 개화의 문제점에 대해서도 지적함으로써 당시 사회에 대한 자신들의 인식에 설득력이 부여되게 하였다.

## 2. 현실 대응 방법의 문학적 형상화

### (1) 전통지향적 의지의 표출

앞에서 논한 바 있듯이 한 시대의 지배적 사고나 세계관에 도전이 가해질 때 일단 나타나는 반응은 당혹과 거부일 것으로 보인다. 이 시기에도 이러한 방식의 대응은 다양하게 다수 나타나고 있는 바, 이는 오래 젖어 온 질서에 대한 보수적 의지와 새로운 사고에 대한 의문으로 형상화되었다. 이미 조선조 후기 격렬한 논쟁을 거쳐 華夷론적 세계관에 대한 의문과 검증을 거친 조선사회는 새로 소개되는 과학문명의 이로움이나 서학의 색다른 발상방법 정도에 의해 붕괴될만큼 가치관에 있어 허약한 상태에 있지는 않았으며, 도리어 서양식의 발상방법과 과학적 축적을 받아들여 전래적 가치관의 실현에 활용해야 한다는(東道西器) 생각에까지 이를 수 있을만큼 인식은 진전하고 있었다. 이러한 자기보존적 사고방식에 대해 당시의 정치적인 진행은 충격적이었을 것이며 특히 외세 자체에 의한 훼손이 아닌, 조선인에 의한 반란행위인 갑신정변 등 일련의 사태는 이처럼 확산된 사고를 도리어 보수회귀하게 하는 기능을 하게 되었다. 이 점은 당시의 글 쓰는 이들에게 작용하여 개화를 주장하는 신문의 경우라도 급진적인 개화에 대해서는 경고하고 개화를 주장하더라도 그 목적을 유교적 이상 실현에 두도록 하는 결과를 낳았다. 그 밖의 경우라면 다수가 현재 약화되고 있는 왕조의 정통성과 유교적 가치관을 충실히 회복하는 것이 국가적 위기를 타개하는 길임을 주장하였다.

당시의 일반 백성이 가진 문제인식은 매우 부정확한 상태에 있었으며 식자들이 가진 가치관도 현대의 관점에서 보면 불합리한 부분이 많았다. 그러나 당대에 있어 왕조적 질서는 의심이 불가능한 正道였으며 이에 대한 국가 구성원의 인식도 거의 공통되어 있었다. 이들에게 있어 당시에 조선이 처한 어려움은 전래적 가치를 충실히 지키지 못한 탓이며 이를 회복하고 이상적인 질서의 상태로 돌아가는 것 이 어려움을 타개하는 유일하고 명백한 길이었다.

이로 인해 구 시대의 긍정적 가치이던 충이나 효, 기존 권위에 대한 복종의 회복, 구 질서의 정당성 확보 등을 내용으로 하는 글이 다수 창작되었다. 이들은 당시 독자들의 의식수준과 결합되기에 적당한 것이었던만큼  당시 위정자의 부조리를 왕조적 가치관에 의해 질책하는 효과도 있어 다양하게 창작되었다.

이런 내용을 가진 것으로 작성한 목록은 다음과 같다.

<br>

미일신문, 론셜, 1898.7.27
　　　　　　　　1898.8.31
뎨국신문, 론셜, 1898.9.30
미일신문, 론셜, 1898.11.9
뎨국신문, 어리셕은 사롬들의 문답, 1898.11.26
미일신문, 론셜, 1898.11.30
　　　　잡보, 1898.12.9
　　　　론셜, 1899.1.11
皇城新聞, 論說, 1899.1.16
　　　　　　1899.1.26 - 27
皇城新聞, 論說, 1899.2.8
　　　　　　1904.4.9
대한미일신보, 夢天錄, 1905.12.8

이 시기까지는 忠 개념이 孝 개념과 명백히 구분되는 의미를 가지지 않고 효가 충의 비유로 사용되는 경우도 있어서 외형상으로는 효에 관한 이야기일지라도 의도는 충에 대한 것으로 보이는 경우가 있었다. <미일신문> 1898년 7월 27일 논설이 그런 유형으로 허구를 사실인 것처럼 여러 장치를 가하면서 서술하였다.

(가)양주에 어떤 사람이 아들 십이 형제를 두었는데 열은 방탕하고
     둘은 효자다.
(나)노인이 온갖 병이 들어 기운을 차리지 못한다.
(다)방탕한 아들들은 시병할 생각은 않고 남의 일 보듯 한다.
(라)효자들이 간곡히 시탕한다.
(마)노인이 화를 내고 꾸짖어도 더욱 간곡히 드린다.
(바)노인의 병이 차츰 나아간다.
(사)다른 형제들도 차차 양선한 사람이 되어간다.

이 글은 줄거리의 짜임으로 보아 실제의 사실이 아닌 허구이며 충신의 수가 소수일지라도 국가를 안정시키고 간신을 개과천선시키는 기능이 있음을 말해 충성된 신하를 기다리는 마음을 그린 것이다. 그런데 이 글은 실제의 사실인 것처럼 보이기 위해 "지금은 츠츠 좀 나하 간다 ᄒ니", "이후로 그 십 형뎨도 ᄯᅩ한 기과 쳔션ᄒ야 츠츠 량션ᄒ 사름이 되여 가기를 바란다고 그 동리 사는 사람이 말ᄒ기로" 등의 덧붙임을 두었다. 이는 당시의 창작자들이 사실이 가지는 설득력이 허구의 그것보다 앞선다고 인식한 때문 일 것이며 문학의 사실적 표현을 위한 단계가 될 수도 있었을 것이다.

이 글에서는 조선의 위기가 심각한 지경에 도달했음을 말하고 있기도 하다. 양주 땅 사람의 질병을 말하는 대목이 이를 보이고 있다.

첫지 원긔가 대탈ᄒ고 젼신에 혈믹이 고로로 통치 못ᄒ며 비위를
일어 음식을 잘 먹지 못ᄒ고 간경이 부실ᄒ고 회긔가 우흐로 쩌셔 눈
이 어두우며 슈희가 부죡ᄒ야 머리가 흔들니며 ᄉ지가 무력ᄒ야 힝동
을 잘 못ᄒ고 희소가 셩ᄒ야 호흡이 쳔쵹ᄒ 즁 인후 병이 나셔 말을
잘 못ᄒ더니 근일은 밧그로 등창이 나고 비에 죵긔가 나며 목에 련쥬
가 셩ᄒ고 방광에 치질이 나셔 안과 밧그로 병이 이럿케 되야 누어 꼼
쌱을 못ᄒᄂᆞᆫ디

이 질병묘사 부분은 조선의 위기가 무력감과 상하불통으로부터 전
망의 부실과 내외의 환란에 이르기까지 위태한 형편에 있음을 말하고
있다. 또한 질병이 이처럼 과장되게 표현된 것은 이 이야기가 허구이
며 이를 통해 드러내려는 작자의 의도가 외형적인 이야기 속에 내재
되어 있음을 보이는 점이다. 이런 질병을 고치는 것으로 신비한 약방
이 제시되는 것이 아니라 두 아들의 효성이 지극하다는 것만이 드러
나 있어 이 시기의 다른 글들과 구별되고 있다. 서양에서 전해진 것
또는 신비한 지식이 질병을 고치는 것이 아니고 전래적 가치인 효의
충실한 실천만이 노인의 질병을 고치는 방법으로 제시된 것이다. 물
론 이 글의 효는 단순히 가족 내부의 문제를 고치는 길로만 해석될
수 없으며 이 글의 끝이 "아모쪼록 내집 일을 늄의 일노 아시지 마
오"로 맺어진 데서 보듯이 국가에 대한 국민 특히 관리의 충성 의무
를 강조한 것으로 볼 수 있으며, 그것은 孝 개념이 忠으로 확대 전환
되는 모습을 보이고 있다..

같은 신문 1898년 8월 31일자 논설의 내용은 이러한 의도를 비교적
원뜻에 가깝게 비유하여 표현하였다.

(가)동촌 낙산 밑에 한 큰 집이 있다.

(나)주인이 죽자 중심이 약한 양자가 관리한다.

(다)간사한 노복이 주인을 꾀어 가산이 탕진된다.

(라)다른 돈많은 자들이 노복을 꾀어 그 집을 헐하게 사려 한다.

(마)충직한 노복들이 주인에게 간하나 주인은 그들을 박대한다.

(바)세월이 흘러 주인이 총명을 회복하여 충직한 노복과 함께 가산
   을 회복한다.


이 글은 앞뒤에 지은이의 개입이 없어 서사의 내용만으로 의도가
전달되게 해 두었다. 이 글에서 거가에 위기가 온 원인은 주인이 남
의 말을 잘 듣는 것과 집안에 간교한 노복이 많은 점이다. 이로 인해
닥친 위기의 내용은 당시에 조선이 당한 위기의  내용과 유사하게 비
유되어 있으며 그 회복할 내용도 그와 같다. "엇지ᄒ면 집안을 보전
ᄒ며 엇지ᄒ면 쟝원을 슈츅ᄒ며 엇지ᄒ면 남에 빗을 갑흐며 엇지ᄒ면
간샤한 로복비를 물니치며 엇지ᄒ면 쥬인의 마음을 도로혀셔 가업을
회복ᄒ고"라는 탄식은 당시에 조선이 당한 고난을 드러내는 것이며
이 글 지은이의 현실인식을 보이는 부분이다. 이 글이 구 시대 질서
의 회복을 주장하여 모든 노복들로 하여금 충성을 회복하게 하고 충
성된 노복이 복을 받는 내용을 드러내고 있으면서도 현상을 타개할
구체적 전망을 제시하지 못하고 있는 것은 이 글에 나타난 현상 타개
장면의 관념적 성격 때문이다. 작중의 위기가 해소되기 위해서는 주
인의 각성이나 간사한 노복들의 반성이 있어야 할 것이므로 이 글에
도 주인의 각성을 보여주고 있다. 그러나 그 각성이 구체적인 계기에
의한 것이 아니어서 글 전체의 설득력에 일정한 한계를 보이고 있다.
  "이리ᄒ야 셰월이 오리미 그 쥬인이 츠츠 련긔도 졈지 안이ᄒ야 가
고 본릭 총민ᄒ 본 셩품이 도라와 일죠에 황연히 ᄭᅵ다라"라고만 서술

되어 있는 갈등반전의 장면은 앞에서 보인 구체적이고 사실적인 쇠잔에 비해 지나치게 관념적이고 우연하여 글 전체의 사실성을 저해하고 있다. 다만 이런 것은 이전 시기 소설들이 갈등의 반전을 전적으로 작중 전권자의 회심에 의존하고 있던 전통의 연속으로 볼 수는 있다. 곧 전 시기 가장이나 왕권자가 오해와 미망에 빠져 있다가 일정한 계기에 그 잘못을 깨닫고 직전까지 가졌던 자신의 긍정 부정을 일거에 바꿔버리는 내용을 가진 소설이 많았던 것에서 영향받은 것으로 볼 수 있는 것이다.

이 글과 거의 비슷한 내용을 가지고 왕조의 쇠잔을 개탄하고 그 회복을 주장하는 것을 형상화한 글이 같은 신문 1898년 11월 9일자의 논설이다. 이 글은 처음에 조상 전래의 거목을 자손이 불초하여 수백 년전에 저당잡혔던 것을 이제야 되찾았다고 하여 당시 막 선포한 대한 독립을 형상화하였다. 당시의 개화 지향적인 지식인들에게 있어 조선이 대한 제국으로 독립을 선포한 것은 중국의 오랜 속박을 벗어나는 쾌거로 받아들여졌을 것이며 이 독립국가에서 자신들의 개화 자강의 의도가 꽃필 수 있게 될 것으로 믿어졌을 것이다. 그러나 이때 선포한 독립은 실질적인 독립의지의 표현이라고 보기에 객관적인 한계가 있었고 이 글은 이런 점에 대한 인식에 이르러 있다. 이어지는 서사의 내용은 되찾은 그 나무가 오랜 외면으로 인해 뿌리가 들쳐지고 좀이 먹었으며 초동목수들이 나무만 거꾸러지면 욕심을 채우려고 나무 옆에 늘어 서 있는 것을 개탄하고 그 대책을 찾는 것으로 되어 있는 것이다. 나무를 소생시키는 우선의 일은 집안의 아이들이 나무의 뿌리를 파지 못하게 하는 것이며 나아가 흙을 북돋우어 나무의 힘을 더욱 강고하게 하는 것으로 되어 있다. 이 글에서는 주인의 각성이 글 서술자의 충고에 의해 일어나는 것으로 되어 있어서 앞의 글에 비해 각성이 비교적 갑작스럽지는 않으나 대신에 지은이의 의도가 전환표현되는 정도가 미약하여 비유의 효과가 감소되었다.

구 시대의 질서를 회복하여 왕권을 강화해야 한다는 주장은 법을 지키지 않는 사람이 없어야 한다는 당위와, 권위에 복종하고 충성하는 질서를 회복해야 한다는 내용으로 형상화되기도 했다. <뎨국신문> 1898년 9월 30일의 논설은 외국의 일화를 워용하여 준법의 필요와 위법에 대한 개탄을 드러내고 있다.

> (가)파사국왕이 사냥을 하다가 시장하여 사냥한 짐승을 익혀 먹으려 한다.
> (나)소금이 준비되지 않아 신하가 마을에 얻으러 가려 한다.
> (다)왕이, 돈을 가지고 가서 사 오라고 명한다.
> (라)신하가, 폐단이 적으니 관계없다고 말한다.
> (마)왕이, 내가 소금을 뺏으면 지방관은 소를 끌어 낼 것이라 말한다.
> (맺음)법률을 맡은 자들이 법을 공평히 적용하여 임금을 받들어야 한다.

이 글을 지은 의도는 당시에 가장 당면한 과제였던 독립협회의 만민공동회 논란과 양위음모사건, 독다진어사건  등에 대한 사법적 처리를 보는 지은이의 의견을 말하려는 것으로 보인다. 그런 가운데 지은이는 자신의 의도가 법의 권위를 회복하고 황제의 존엄을 지키는 데 있다고 말하면서 준법의 예를 외국에서 들어 자신의 주장에 설득력을 부여하면서 탐관의 불법적인 수탈 행위에 대한 비난도 겸하고 있다. 외국의 전거를 드는 관습은 이미 구 시대에 중국의 성현을 들어 자신의 말을 정당화하는 데서 수립된 것으로, 이 시기에는 신 지식층이 자신의 유식을 드러내고 독자와의 구별을 꾀하는 방식으로 외국의 예를 드는 것이 나타났다.

<뎨국신문>은 같은 해 11월 26일자에도 "어리석은 사룸들의 문답"을 실어 황제의 권위를 회복해야 한다는 주장을 대화체로 형상화하였다. 이 글은 "무지옹"과 "관세자"의 문답을 통해 역시 당시의 가장 큰 문제였던 민회(만민공동회)와 부상(보부상 – 황국협회)의 대결과 이 대결을 그치라는 황제의 칙유가 지켜지지 않는 데 대한 개탄을 드러내고 있다. 무지옹은 이 대결의 원인과 진행을 알지 못한 채로 당장의 대결만 위태하게 생각하고 있는 데 반해 관세자는 일방적으로 민회의 편에 서서 부상이 행패를 부리면서 황제의 칙유를 받들지 않는 것을 비난하고 있다. 당시의 대결 양측이 공통적으로 내 세운 명분은 황제의 권위를 지키고 국권을 굳건히 한다는 것이었던만큼 지은이의 의도가 어떠하든 이 글도 황제의 권위와 질서의 회복을 주장하고 있는 것이다.

당시 독립협회와 황국협회의 이 대결은 깊은 반목을 낳아 문학도 이를 어떤 모양으로든 반영할 수밖에 없었던 바, <미일신문>은 1898년 11월 30일과 12월 9일, 1899년 1월 11일자 등에서 이 문제를 전환하여 형상화하였다. 11월 30일자는 그해 11월 26일에 있은 황제의 독립협회, 황국협회 해산 칙유를 비유하여 불교 화엄회에서 부처의 가르침으로 중생이 깨우쳐지는 것처럼 황제의 말씀으로 聖化를 입은 백성이 되기를 축원한다는 내용을 담았다. 불교에서 윤회의 업보를 진 중생이 부처의 말씀에 점화가 되어 윤회로부터 벗어나고 깨달음을 얻는다고 하고 지금 민회와 부상이 분분요요하여 어지러운데 "문득 하늘 우레가 구중 궁궐 속으로붓허 움쟉이샤 일월이 다시 광명ᄒ오시미 만민의 션악 죄과를 일시에 환연 탕척ᄒ오시니" "오날 우리는 일죠에 성화가 골수에 졋져 셩인의 빅셩이 되얏스니 엇지 깃부고 다힝치 안이ᄒ리오"라 하여 지금 백성이 부처의 가르침을 받은 경우와 같음을

말하고 있다. 이 글은 이전에 이 신문이 일방적으로 가졌던 독립협회 편향의 시각으로부터 양편 모두에게 자제와 해산을 촉구하는 내용으로 변모하는 것을 보이고 있다. 이 역시 시각이 어떠하든지 황제의 권위와 말씀의 존엄이 회복되어야 한다는 내용을 담고 있음은 틀림이 없다.

1899년 1월 11일자의 논설은 참으로 국가를 근심하고 지탱할 충신은 나라가 위태할 때 알 수 있다는 내용을 세한연후에 송죽의 시들지 않음을 안다(歲寒然後知松栢之後凋)는 비유 그대로 사건화하여 드러냈다. 관물옹이 온갖 꽃을 심고 가꾸되 가을이 되어 다 시들고 쇠잔하지만 솔과 대가 의연히 푸른 빛을 변치 않고 있는 것을 보고 탄복한다는 것을 말하는 것으로 마치고 있어 교훈을 직접 제시하는 단순한 교훈의 글과는 일정하게 구별되고 있다. 이 글은 글의 비유 내용이 당시의 어떤 것인지를 밝히지 않기도 하였거니와 내용 자체가 관념적이고 일반적인 것이어서 특별할 것은 없지만 왕조의 기본 질서를 존중하고 이를 지키는 충신에 대한 흔한 비유를 다시 한 번 확인하고 이를 허구적 인물의 경험담으로 이야기화한 정도의 의미는 가지고 있다.

1898년 12월 9일자 "잡보"의 내용은 안성군의 마장군이라는 불한당 괴수의 관군에 대한 도전을 안성군수 윤영렬이 효유한 글을 전재한 것이다. 이 글은 사실의 순차적 열거가 있을 뿐 서사적 구성이 없으나, 다만 당시에 읽힌 글의 내용으로 이 글이 소개된 것은 이 글이 가진 극렬한 왕조 수호의 의지와 더불어 주목되는 바 있다. 이 글을 전재한 것은 이 글이 당시의 효유문으로 명문이라는 판단이 선 것인 때문으로 보이며 그 판단의 기준이 이 글의 논리정연한 문장과 황제에 대한 지극한 충성심의 표현 때문으로 보이는 바 이로 보아 이 글도 당시 신문의 왕조 질서 수호의 의지를 드러내는 한 증거로 삼을 수 있을 것이다. 다만 이 글은 당시의 직접적 사실이 전환과정을 거치지 않고 인용되어 있어 지방 수령의 논설은 될 수 있어도 신문 게재자의 창작은 될 수 없다는 한계를 가지고 있다.

<매일신문>의 1899년 1월 26일에서 27일자의 논설은 당시의 조선 형편을 사실적으로 기록 보고하고 이를 개선할 방도로 구 질서의 확고한 수호를 주장하고 있는 점이 주목된다. 이 글은 앞의 1898년 9월 30일자처럼 서양외국의 경우로 예를 전환하여 들면서 이를 당시의 조선 사회에 적용하고 있다.

(가)서양에 재상이 있는데 착하지만 사치하고 첩을 좋아한다.
(나)추운 날 재상이 방 안에서 밖이 따뜻한 줄 알고 빈객에게 그러냐고 물으니 다 그렇다고 한다.
(다)한 사람이 나가서 고드름을 따다가 재상에게 바친다.
(라)재상이 크게 깨달아 그에게 절한다.
(마)재상이 질고도를 그리게 한다.
　1. 여인이 밥을 이고 아이를 업고 밭에 오다가 가시를 밟고 부르짖는 그림
　2. 따가운 여름 김을 매는데 거머리가 다리의 피를 빠는 그림
　3. 벼를 지고 소에 싣고 오다가 소가 넘어지자 돌아보다 실족하는 그림
　4. 겨울에 나무하다가 범을 만나 나무에 올라 피하면서 추위에 떠는 그림
　5. 베틀에서 베를 짜며 졸다가 시누이에게 뺨을 맞고 우는 그림
　6. 젊은 남자가 전장에 나가는데 노부모와 아내를 이별하며 우는 그림
　7. 탐관이 백성을 때려 피가 흐르고 아내는 돈을 바치는 그림

   8. 옥중에 병든 죄수가 병원에 보내 주기를 애원하는 그림
   9. 판수와 곰배팔이 부부가 서로 이끌며 빌어먹는 그림
   10. 도적이 백주 대로에 발검탈재하는 그림
(바)이 그림을 재상이 왕께 바친다.
(사)왕이 크게 깨달아 수년 내에 나라가 부강해진다.
(맺음)우리도 고드름 바치는 문객이나 질고도 올리는 재상이 있어
     야 한다.

위의 글은 당시의 조선 형편을 서양 어느 나라의 일로 바꾸어 표현
하되 그 내용이 조선의 형편으로 인식될 수 있도록 서사의 내용이 꾸
며져 있다. 실제로 위의 내용은 거의가 조선적 풍경이며 조선의 사회
상을 드러내고 있어서 결국 이 글을 통하여 지은이는 왕과 재상이 민
정을 바르게 살피고 선정을 베풀어 국가가 이상적으로 운영되기를 바
라는 의도를 드러낸 것이다.
   이처럼 당시의 사회적 모순으로부터 왕조적 이상 회복을 바라는 내
용의 글 이외에 개화의 성급함을 나무라고 보수적 의지의 준수를 주
장하고 있는 내용을 전환 표현한 것으로는 <皇城新聞> 1899년 2월 8
일자의 논설이 있다.

(도입)청국지사가 외던 것을 번역하였다.
(가)북산노섬은 자손이 창성하고 건장하다고 한다.
(나)남산노섬은 자손이 영성하고 잔약하다고 한다.
(다)남섬이 고법과 예기를 준수하는데도 쇠잔하다고 탄식한다.
(라)북섬이 남섬에게, 자신의 법만 알고 천지의 운세를 모른다고 충
     고한다.
(마)남섬이 깨닫는다.

이 글의 소재를 취택하는 것은 이전 시기 <섬동지전>류와 비슷하다. 물론 두꺼비 이외의 동물이 등장하지 않는 점에서 차이는 있으나 두꺼비를 지혜있는 동물로 의인하고 이들이 인생의 문제를 논의하게 하는 점이 닮은 점이며 양 두꺼비의 나이문답은 이전 시기 쟁년류 와 상사하다. 그러나 이 글은 소재 이외의 부분에서 이전 시기 두꺼비 의인류와 명백히 다르며 이는 앞 부분에서 제시하는 양 두꺼비의 상황에서 이미 나타난다. 곧, 북섬의 왕성한 친족 형세에 비해 남섬의 빈약한 그것이 대비되면서 그 이유를 찾는 문답이 진행되고 있는 것이다.

이 글은 결국 경거망동의 위험함을 말하려는 의도를 가지고 있다. 이 점은 자손이 영성하고 잔약한 남쪽 두꺼비가 깨닫는 장면인 글의 끝 부분에 확연히 드러난다.

> 且子는 近日에 分銅을 愛惜ᄒ야 各國 新聞도 購覽치 아니ᄒᄂ가 未開ᄒ 國의 人民들이 自己國의 積雪堅氷이 凜然不弛홈은 不顧ᄒ고 文明各國에 陽春이 先回ᄒ야 氣像이 活潑홈을 效則ᄒ야 民國利害니 政令得失이니 妄論ᄒ다가 畢竟 禍厄을 酷被ᄒᄂ 것을 見치 못ᄒ엿나 南蟾이 惺然大覺 曰  知之矣로다 知之矣로다 從此로ᄂ 陽春이 回泰ᄒ더리도 深深蟄伏ᄒ야 妄動치 아니ᄒ겟도다

이 부분을 통해 보면 글의 처음과 진행 부분은 전래의 화소에서 소재를 취택했으면서도 이 내용의 해석에 해당하는 글의 끝부분은 당시의 시대적인 문제를 반영하여 창의적인 내용을 담고 있다. 이 점은 이 글이 실린 <황성신문>의 매체적 성격과도 무관하지 않거니와 지은이는 개화세력이 조선의 특수한 사정을 충분히 고려하지 않고 경거

망동하여 마침내 국가와 민족을 위태하고 쇠잔한 지경에 빠뜨리게 된다는 것 을 경고하고 있다.

<대한미일신보> 1905년 12월 8일자 "夢天錄"은 비교적 늦은 시기임에도 확고한 보수적 의지를 보이고 있다. "忠魂訴上帝"라는 부제를 갖고 있는 이 글의 내용단락은 다음과 같다.

> (가)문득 보니 빛 속에 흰 무지개 걸리고 구름이 걷히며 하늘 문이 열린다.
> (나)한 장부가 소장을 들고 피를 흘리며 천문 밖에서 통곡한다.
> (다)옥황이 묻자 민영환이라 하고 일본을 규탄하는 소장을 올린다. (조병세, 홍만식, 김봉학, 이상철이 동행했다.)
> (라)옥황이 비답을 내리고 이들을 대한에 환생하게 한다.
> (마)물러나는데 뇌성이 일어 깨니 꿈이다.

위에서 보듯이 이 글은 몽유록의 제목과 형식을 갖추었다. 다만 전 시기에 비해 몽유록의 입몽과 각몽은 형태만 남아 있을 뿐, 앞뒤에 서술자의 신분이나 가치관이 확실히 나타나지는 않는다. 대신에 몽중의 사실이 비교적 상세히 서술되고 있어 전 시기의 것과 일정하게 구별되는 특징을 가지고 있다. 몽중에는 당시의 현실에서 가장 첨예한 문제였던 일본의 국권침탈 구체적으로는 이른바 을사보호조약의 부당함에 대한 호소가 주조를 이루고 있다. 1905년 11월 17일에 을사보호조약이 조인되고 이어 민영환등이 자결 함으로써 당시 국내는 이 조약의 무효를 주장하는 분개의 분위기와 민영환등을 추모하는 비탄의 여러가지 표현으로 요란했다. 이 글은 이러한 당시의 사실을 직접 몽유화해서 지은이의 의도를 보이고 있는 것이다. 이 글은 당시에 독자에게 전달하고자 하는 의도를 효과적으로 형상화하기 위해 작자와 독자가 공인하는 충신 열사를 소재로 삼았다. 이처럼 충렬의 영웅이 소재가 되는 것은 전래적 가치에 대한 확고한 신뢰를 원용하는 방법이 될 것이다. 을사보호조약으로 침해된 것은 국권 특히 황제의 전제 왕권이었으며 이를 회복하고 보위하는 것이 전 국민의 의무로 자각되고 있는 것이 글의 내용에 반영되어 있다. 이 글이 이상으로 삼고 있는 것은 왕조의 대대적 번창이다.

> 玉音慰諭曰 爾等은 必食其報니 還生韓土ᄒ야 爲 즁興之良相名將하야 柄東洋之覇業權ᄒ야 宏勳大業이 光耀우世界萬國ᄒ고 與聖神文武之主로 共享太平文明之福하라 하시니

여기에 표현된 왕조의 번창은 충렬의 우국지사가 현실에 다시 참여함으로써 가능하다고 하였으므로 이것이 현실적으로 가능하기 위해 이와 같은 우국충렬지사가 다수 나타나야 한다는 소망을 드러낸 것이며, 이로 인해 이루어질 이상적인 국가의 형편은 동양의 패권을 잡고 세계에 빛나는 것으로 되어 있어 당시의 일반적 조류이던 자국우월주의  국가관을 보이고 있다.

이상의 글들은 당시의 조선 형편을 전래적 가치의 약화와 질서의 문란에 원인을 둔 것으로 파악하고 이를 충실히 회복하는 것이 이 위기를 타개하는 첩경임을 주장한 글들이다. 이를 위해 사실과 사물을 단순화하여 전환 표현하기도 하며 사실과 사물의 실제에 가깝게 표현하려는 노력을 보이기도 하였다. 이 시기에 전통지향적 의지가 표출된 것은 전래적 가치관의 설득력이 아직은 무시할 수 없는 힘으로 살아 있는 반증이며 개화파에 의해 야기된 여러 사회 혼란 사건들이 당시의 우국적 지식인들로 하여금 반사적으로 보수회귀하게 하는 기능을 했음을 보이는 것이기도 하다. 당시의 어떤 정치적 행위도 왕조적

이상의 실현을 표방하지 않을 수는 없었으며 이는 그 행위의 정당성을 확보하기 위한 최소한의 기반이 되었다. 당시의 글들은 이런 사정을 반영하여 위와 같은 내용을 담게 된 것이다.

### (2) 개화지향적 가치관의 추구

조선 후기 이후 학문과 사조의 변모는 각 시기별로 당대의 문제를 반영하면서 창의적인 발상방법과 논의 내용으로 전개되었다. 이러한 신 조류는 또한 매 시기마다 보수적 의지로부터 저항과 탄압을 받으면서 결과적으로는 상호 보완적으로 발전해왔다. 개화기에 이르러서도 전통적인 유학자 중에서 개신의 논리를 갖춘 경우와 새로운 이념 지도층으로 등장한 개화파의 경우가 있어서 당시로는 혁신적인 사고 방법과 발전의 전망을 제시하면서 자신들의 주장을 전개하였다.

이러한 주장은 직설적으로 논술되기도 하였지만 때로는 함축하거나 전환하여 표출함으로써 더 효과적인 전달을 꾀하기도 하였다. 여기서는 이 시기에 개화 지향적인 사고를 표현한 글들을 대상으로 이들이 인식한 구 시대적 질서의 모습과 제시하고자 하는 개화의 전망 및 이들의 주장 내용이 서사로 형상화하는 양상을 살피려 한다.

이 부분은 앞에서 논한 바와 일면 중첩되는 바도 있으나 이전의 시기에는 볼 수 없던 새로운 가치를 추구함에 있어 그 생소함을 줄이기 위해 친근한 소재에 친근한 이야기 형식을 이용하여 서술해 나가는 것들에 주목할 가치가 있다. 지난 시대의 부정과 부조리로 인해 조선 사회와 국가는 지금 회복할 수 없는 위기에 처해 있으며 새로운 가치관과 각성에 의하지 않고는 이에서 벗어날 수 없다는 인식을 전달하는 것이 이 글들의 목적이었다. 이들이 전달하고자 하는 인식 내용은 개화의 이념과 과학적 사고, 신 교육의 필요 등이었다. 이 생각

들은 당시로는 낯설기도 하고 일부는 지난 날의 과격한 행동으로 인
해 배척받기도 하던 것이므로 주로 친숙한 표현형태가 요구되었다.

또 이 시기에는 새로운 세계관으로 도입된 기독교가 공식적인 방해
를 받지 않고 선교활동을 할 수 있게 됨으로써 자체의 신문 잡지와
여타 언론을 통해 기독교가 개인과 이 나라를 구할 수 있는 이념임을
전파하였다.

이런 특징을 가진 것으로 정리한 목록은 다음과 같다.

그리스도신문, 코기리와 원숭이의 니야기, 1897.5.7
죠션크리스도인회보, 됴와문답, 1897.5.26
대한크리스도인회보, 샤셜, 1898.3.9
　　　　　　　　부즈문답, 1898.3.30
협성회회보, 일이라 ᄒᆞᄂᆞᆫ 짐싱, 1898.4.2
믹일신문, 아죠 찰 슈구당에셔, 1898.7.1
　　　　론셜, 1898.7.21
　　　　　　1898.7.23
　　　　　　1898.7.25
　　　　　　1898.7.29
독립신문, 시ᄉᆞ문답, 1898.10.28 - 29
　　　　상목지문답, 1898.12.1
뎨국신문, 론셜, 1898.12.24
　　　　　　1899.4.12
대한크리스도인회보, 관음보살, 1899.7.12
　　　　　　　　붉은 거울을 보시오, 1899.10.25
뎨국신문, 론셜, 1900.2.20
대한크리스도인회보, 효ᄌᆞ힝젹, 1900.6.13
　　　　　　　　호랑이꿈, 1900.6.27
뎨국신문, 론셜, 1901.4.16

그리스도신문, 늙은 흑인, 1901.5.16
데국신문, 론셜, 1901.6.11
그리스도신문, 모듸거져가 그 쥬인의게 복종홈, 1902.5.15
대한미일신보, 향긱담화, 1905.10.29 - 11.7
노상문답, 1906.1.4

이 글들은 대부분이 새로운 가치관을 전파하기 위해 전 시대를 완고와 야만의 시대로 인식하고 다수가 이를 비난하는 데서 출발하고 있다. 이 글들은 이러한 문제의식에서 그치지 않고 이를 해소하고 정리할 수 있는 대안을 제시하고 있다.

위의 목록이 보이는 특징 중의 하나는 기독교 계열의 신문에 실린 글이 많다는 점이다. 기독교는 조선에 도입되면서 이미 한 세기 가량 전에 도입된 천주교의 순교적 신앙의 축적 위에 활발한 전도활동을 폈다. 개신 기독교는 신앙전파의 도구적 기능을 가진 것으로 서양의학의 기술을 도입하고 보급하였으며 교육의 발달에도 기여한 바 컸다. 또한 기독교는 그 종교의 성경과 찬송을 번역 보급함으로써 서양식 사고와 상상력을 전달하고 이를 문학적으로 형상화하는 노력도 보였다.

그러나 전래적인 가치관의 입장에서 보면 기독교는 "無君無父之學"임에 틀림이 없으며 사회의 질서를 무시하고 파괴하는 이단 사상과 집단이었다. 조선에 전래된 천주교는 오랜 박해와 순교의 역사 속에서 조선의 전통과 결합하는 노력을 보이고 이를 일정하게 이룰 수 있었으나, 비교적 순조로운 전파가 가능했던 개신 기독교는 이런 노력보다는 전래적 가치에 대한 적대적 태도와 자신들의 신념만이 정당하다는 배타적 주장을 앞장세우는 태도를 보였다. 그러면서 전도의 목적을 달성하기 위해서는 신념의 광범위한 전파가 필요했을 것이며 그 방법으로 많은 신문 잡지 회보 등을 발간하였다.

토착의, 또는 미리 수립된 가치관에 대해 스스로 우월하다는 의식을 가지고 있던 기독교인들이 발행한 기독교 계열의 간행물은 기독교에 대한 일반의 인식이 부정적임을 의식하여 그 논조와 내용을 비교적 과격하지 않게 하고 조선인과 친숙한 내용을 원용하려는 노력을 보이기도 하였으며 당시 조선의 실상을 바르게 인식하고 조선의 발전적인 역사를 위해 함께 노력하는 역할을 자임하기도 하였다.

기독교계 간행물로 종교적 진리를 전파하거나 주장하는 내용을 가진 것으로 먼저 <대한크리스도인회보>1898년 3월 9일자 "샤셜"을 들 수 있다. 이 글은 기독교 교리의 가장 기본적인 것으로 하나님의 존재를 찾는 내용을 가지고 있다.

(가)아세아 서편에 부요하고 인심 순박한 동네가 있다.
(나)사람들이 대주재를 찾아 감사하려 한다.
(다)물이 고마우므로 물을 섬기려 하나 홍수로 큰 해를 입는다.
(라)어떤 사람이 지도하여 언덕을 쌓아 홍수의 해를 막는다.
(마)그 사람을 섬기려 하나 거절하고 하나님을 가르쳐 섬기게 한다.

이 글은 글의 전편이 지은이의 의도를 드러내고 있으므로 따로 글의 말미에 이 글의 비유를 해설하여 드러낼 필요가 없었다. 당시에 도입된 기독교의 입장에서 보면 조선의 인민은 우매하고 무지하여 가르치고 이끌 대상이며 가장 기본적인 창조주나 대주재의 존재도 알지 못하는 불쌍한 사람들이었다. 이들에 대해 기독교는 자신들 방식의 전도를 통해 이들에게 하나님의 존재를 깨우치는 것이 급선무라고 인식한 것이다. 이 글은 이런 인식 아래에서 자연 정령에 대한 동양적이고 범신적인 숭배를 거부하고 기독교의 신인 대주재를 경배하게 되어야 한다고 주장하고 있는 것이다.

같은 신문 3월 30일자에는 "부즈문답"이라는 글이 실려 있어서 위의 글과 비슷한 목적을 다른 서사의 방법으로 표현하고 있다. 이 글은 서국의 한 농부와 그 아들의 문답 형식으로 되어 있는데 아들이 양을 보고 아비에게 묻는 데서 시작하고 있다.

(양)아비를 모른다.
　　차차 자라면 어미도 잊는다.
(사람)처음엔 아무도 모른다.
　　조금 자라면 어미를 안다.
　　더 자라면 아비를 안다.
　　마침내는 대주재를 안다.

이 글 역시 위의 글처럼 사람의 기본적인 인식이 대주재로 표현되는 기독교의 신을 아는 데 있다는 것을 말하고 있다. 이 논리는 기독교를 신봉하는 사람은 사람으로 표현되고 그렇지 않은 사람은 양으로 표현되어 당시에 기독교가 조선에서 받던 인륜을 훼방하는 종교라는 인식에 대한 역설적 해명을 시도하였다. 곧 서양에서 들어온 기독교가 금수의 도인 것이 아니라 대주재를 모르는 동양의 전래적 인식방법이 금수에 가깝다는 역습인 것이다.

<그리스도신문>은 1901년 5월 16일자와 1902년 5월 15일자에 각각 이야기 형식의 글을 실어 기독교의 교리를 전파하려고 하였다. 1901년 5월 16일자에는 "늙은 흑인(무듸션싱)"이라는 제목을 달고 백인 주인과 흑인 하인의 신앙 문답과 깨달음을 서술하였다. 기도를 열심히 하는 하인을 주인이 비웃자 하인이 다음에 사냥할 때에 그 이치를 깨닫게 한다는 내용으로 된 글이다. 곧 주인은 이미 죽은 영혼이므로

마귀가 관심을 갖지 않으나 나는 상한 영혼이므로 마귀가 유혹하는 때가 많아서 불가불 기도할 수밖에 없다는 것을 하인이 주인에게 알린다는 내용이다.

1902년 5월 15일자는 "모듸거져(象名)가 그 쥬인의게 복죵홈"이라는 제목을 달고 인도국 코끼리 모듸거져가 주인인 파락호 듸사에게만 복종하는 일을 이야기로 꾸몄다. 코끼리 주인인 난봉꾼 듸사가 남의 일을 하여 먹고 사는데 술이 먹고 싶어서 주인에게 허락받고 코끼리 부리는 일을 다른 사람에게 맡기고 열흘 기한으로 나갔다가 기한 내에 돌아오지 않자 코끼리가 일을 하지 않았는데 듸사가 돌아오자 일을 하였다는 내용으로 비교적 장형의 짜임새 있는 이야기틀을 갖추었다.

그런데 위의 글들은 서양의 일화를 인용한 것으로 보이며 당시의 조선 정세나 조선인의 정서적 반응에는 관심을 갖지 않고 이미 신앙의 상태에 있는 기독교인을 대상으로 기도가 왜 필요한가나 주인에게만 복종해야 한다는 것을 교훈적으로 알리는 기능을 한 것으로 보여 시대적 의미를 얻을 수는 없었다. 다만 이 시기에 자신의 개화 신문화지향적 사고를 드러내는 방편으로 나타난 여러 서사 형태 중의 하나로 정리될 수 있을 것이다.

기독교가 전래되어 전도하는 과정에서 전통적인 종교나 관습과 갈등을 일으키는 경우는 매우 많았을 것으로 보인다. 처음에 기독교가 전래되는 데에는 무엇보다 유교적 제 관습과의 충돌이 있었을 것으로 보이지만 이 시기의 글 중에서 유교를 비방하거나 부정적으로 서술한 서사형식의 글은 발견되지 않는다. 이는 당시에 일반 민중의 두터운 암묵적 지지를 받고 있던 유교적 사고방식을 적대하고 비방하기에는 아직 기독교가 그 뿌리를 깊이 내리지 못하고 있었기 때문일 것이다. 다만 불교나 무속에 대해서는 명백히 적대적인 태도를 가지고 이를

비방하거나 매도하였다. <대한크리스도인회보> 1899년 7월 12일자의
"관음보살"은 다음과 같은 내용단락을 가지고 있다.

(가)노파가 시주를 청하기에 관음보살의 내력을 묻는다.
(나)노파가 모른다고 하자 설명한다.
　　1. 관음보살은 근본 묘장왕의 딸 묘선인데 음란하였다.
　　2. 묘장왕이 불태워 죽이려 하였는데 불에 타지 않았다.
　　3. 사람들이 기이히 여겨 화상을 그려 복을 빌었다.
(다)노파도 회개하여 하나님을 믿으라고 권한다.
(라)노파가 기가 막혀 떠난다.

이 글은 기독교의  우월함이나 종교적 우위를 교리에 입각하여 논
리적으로 서술하지 않고 타 종교에 대해 타당성이 의심스러운 비방을
펴고 있어서 전래 초기 기독교의 의식수준을 짐작하게 한다. 이런 방
식의 논리는 기독교에 대한 타 종교의 적대감을 반사적으로 부르게
되고 상호비방의 순환을 가져 올 가능성이 있었다.
　　이러한 태도와 교리의 이질감으로 인해 민간에서도 기독교는 비신
자에게 적대와 훼철의 대상이었으며 이를 서사형식으로 보고한 글이
<대한크리스도인회보>1900년 6월 27일자의 "호랑이꿈"이다.

(도입)평안도 용강에 이상한 일이 있었다.
(가)제현동네 사람들은 성황신을 섬겼다.
(나)어떤 아이가 성황당에 똥을 누었다.
(다)배가라는 사람이 예수교인의 짓이라 하여 교인을 욕하고 회당
　　을 부수었다.
(라)교인들이 항의하여 수리비를 반분하기로 하고 수표를 교환하였

다.

(마)며칠 후에 돈을 물지 않겠다 하여 소송이 되었다.

(바)군수 이범석이, 배가 혼자 경비를 내어 수리하라고 명했다.

(사)배가도 예수를 믿겠다고 하면서 회당을 수리하였다.

(맺음)모두 성신의 도움이다.


이 글의 내용은 끝에 보고자로 보이는 "룡강 림형쥬"라는 서명이 붙어 있어 당시에 실제로 있었던 사건인 것이 확실하다. 그러므로 이 글을 통해 기독교인들이 민간의 탄압을 이겨내고 도리어 탄압자를 기독교인으로 전도하는 데 이르고 있음을 볼 수 있고, 기독교인들은 이를 널리 알림으로써 자신들이 가진 신 조류 지향적 사고를 주장할 수 있었던 것이다. 불교나 무속에 대해 이처럼 적대적인 태도를 가진 것은 조선에 전래된 기독교가 미국을 경유한 프로테스탄트파 신앙관습을 추종하였기 때문이며, 그것은 기독교적 발상방법이나 기독교문화의 토착화를 방해하게 되었고 곧 종교적 목적인 전도에도 장해가 되었다.

여기에서 기독교인들은 자신들의 간행물을 통해 기독교 이념을 전파하는 데 배타적이고 서양지향적인 논리만으로는 한계를 느낀 것으로 보인다. 이 점은 이 시기의 글 중에서 기독교계 신문에 실린 글의 내용이 다수 전래적 가치와 기독교 교리와의 결합을 시도하고 있는 점에서 파악된다.

<대한크리스도인회보> 1900년 6월 13일자는 "효즈힝젹"이라는 제목의 글을 실었다. 이 글은 지은이를 "최병헌"으로 명기함으로써 우선 주목된다. 이 점은 일찍이 <독립신문>이 애국가류의 투고를 받아 게재하면서 지은이의 이름을 밝히기 시작한 이래 가끔은 있던 일이지만 아직은 신문의 서사류에서 지은이의 이름이 명기되지는 않고 있던

시기의 것이어서 특이한 예가 되는 것이다. 이는 글 짓는 일에 대한 인식의 일정한 변화 또는 진보라 할 것이며 글 짓기를 통해서 자신의 의도를 드러내는 것이 이전 시기처럼 단순하고 저열한 餘技로 여겨지지는 않고 있다는 사실의 반증이 될 만하다. 최병헌은 <독립신문> 1896년 10월 31일자에 "독립가"를 투고한 사람과 동일인인 것으로 보인다. 그 글에는 "농상공부 쥬스"라고 신분이 밝혀져 있는데 행정기관의 관리이며 기독교의 지도자일 것으로 짐작되는 사람이 서사형식 글의 창작에 관여한 것이 이 시기 서사문학의 성격을 살피는 데 일정한 기여를 하게 될 것이다.

또 이 글은 기존의 효자 화소를 변형 없이 이용하여 지은이의 의도를 드러내는 데 쓰고 있다. 이렇게 이미 대중에 의해 인식되고 광범위하게 지지되는 선행의 서사를 전적으로 응용하는 것은, 당시로는 아직 생소하거나 일면 이질적이어서 일반 민중의 종교로 정착하지 못하고 있던 기독교를 친근한 이야기와 친숙한 가치관의 표방을 통해 일반인에게 접근시키려는 의도로 인한 것이다.

이 글은 앞뒤에 지은이의 개입이 있고 중간에 두개의 일화를 가진 구조로 되어 있다.

(도입)부모에게 불효하는 자는 하나님을 섬길 수 없다.
1-(가)원 복령 땅 왕천의 부친이 병이 들었는데 약이 없어 죽게 되었다.
(나)왕천이 자신의 나이를 감하여 부친을 살려 달라고 하나님께 기도한다.
(다)부친이 죽었다가 깨어 아들의 효성으로 하나님이 나이를 연장했다고 한다.
2-(가)모친이 갈병이 들어 엄동에 외를 먹고싶다고 한다.

(나)왕천이 눈 속에서 울부짖자 외가 있어 모친이 낫는다.
(맺음)하나님의 계명을 지키는 형제들은 부모에게 효도해야 한다.


이 글은 소재의 취택에서 처리에 이르기까지 당시 일반인의 정서에 접근하는 방법으로 효를 강조하는 것을 택하였다. 기독교가 "無君無父之學"으로 매도되고 있는 오해를 풀 수 있는 가장 손쉬운 방법은, 전래의 질서 가운데 가장 접근이 쉽고 공감의 영역이 넓으며 기독교의 계명과도 관련이 확실한 효를 표방하고 장려하는 것이었다. 이 글은 그렇게 하면서도 글 속에 전지자로서 기도와 울부짖음을 듣고 이를 해결하는 전지적 존재로 "하ᄂ님"을 설정해 두고 있다. 이것은 작자의 포교적 목적과 초월적 존재에 대한 동양 전래적 믿음을 결합하려는 노력으로 볼 수 있다. 이 경우에 효를 강조하는 것은 전래적 가치를 지향하는 것으로 정리될 수 있지만 이를 통해 기독교적 가치를 전파하겠다는 의도를 드러내고 있어 개화 신문물 지향적 작품으로 정리되는 것이다.

교리를 전파하고 전도를 꾀하는 경우는 물론이거니와 기독교계 신문들은 기독교의 교리를 전파하는 경우가 아닐 때라도 비교적 혁신적인 가치관을 드러내는 경우가 많았다. <그리스도신문> 1897년 5월 7일자는 "코기리와 원숭이의 니야기"라는 제목으로 인간에 대한 새로운 인식의 필요를 서술하였다.


(가)코끼리와 원숭이가 능함을 자랑한다.
　　코끼리:몸이 크고 힘이 세다.
　　원숭이:몸이 매끄럽고 빠르다.
(나)부엉새가 물을 건너 실과를 따 오라 한다.
　　코끼리가 원숭이를 업고 건넌다.

원숭이가 나무에 올라 실과를 딴다.
(다)부엉새가 각각 능이 있다고 결처한다.


이를 보면 인간은 각각 누구나 능한 점이 있으니 인간을 한 가지 능력의 유무로 판단하거나 차별할 수 없다는 점을 보이고 있다. 이 글이 씌어지던 시기는 이미 신분제도의 철폐가 공식화 된 뒤이기는 해도 일반인의 심정적 태도가 이를 모두 수긍하고 있는 것은 아니었으며 그로부터도 오랜 시간 신분제도는 비공식적으로 존재하였다. 기독교는 교리 자체가 인간을 차별하지 않는 것이기도 하거니와 조선에 도입된 미국 연원의 기독교는 더욱 인간평등의 성격을 강하게 지니고 있었다. 이 점에서 이 글은 당시의 사회 현상에 대해 기독교다운 인간이해를 보이고 있는 것이다.

<죠션크리스도인회보> 1897년 5월 26일자의 "됴와문답"은 고루한 문견을 버리고 넓은 안목으로 신 지식을 쌓자는 내용을 담고 있다. 견문이 고루하고 고법에만 머물러 있는 개구리를 물새가 깨우치려다가 실패한다는 내용을 가진 이 글은 고루한 생각을 표현하는 부분이 상세하여 사실적 효과를 얻고 있다. 개구리는 자신의 현 의식상태가 조금도 부족하다고 여기지 않는다는 것을 다음과 같이 말하고 있다.


긱의 말슴이 허황ᄒ고 오활ᄒ도다 우리 조샹으로브터 여러 셰디롤 이곳에 사라 력력도 만히 ᄒ고 풍샹도 격거시되 일직이 텬디가 광활홈을 듯지 못ᄒ엿시며 당쟝에도 보거니와 하늘이 뎌럿타시 격거놀 긱은 엇지ᄒ여 허튼ᄒ 말슴으로 인심을 요동케 ᄒᄂ뇨 나는 ᄌᄌ손손이 이곳에 싱장ᄒ여 션조의 긔업과 명현의 률법을 직히여 문견도 넉넉ᄒ고 힝락이 ᄌ족ᄒ니 긱의 말슴을 드를 리도 업고 밋을 것도 업노라 (중략)

너ᄂ 이방에 무지ᄒ 오랑캐로 놈의 디방에 공연히 드러와 허튼ᄒ

말과 괴이흔 슐법으로 사롬을 유인ᄒᆞ여 조샹의 셰젼ᄒᆞ든 례법을 곳치
게 ᄒᆞ고 빅셩의 어리셕은 ᄆᆞ음을 고혹게 ᄒᆞ니 진실노 내 집의 원슈요
ᄉᆞ문의 죄인이라

이렇게 인식된 조선인은 무지하고 어리석은 집단일 뿐이어서 기독
교적 세계관의 입장에서 안타까운 교화의 대상이었다. 이를 이 글은
본문의 끝에서 "무식흔 부녀들과 어리셕은 ᄋᆞ희들"이라고 표시하고
이들을 깨우치기 위해 이 글이 지어졌음을 말하고 있다. 이 글은 기
독교 계열의 간행물에 실린 글이면서도 당시의 조선 사회에서 시급히
요구되던 문제를 다루고 있고 소재를 전래적인 것에서 취하고 있어서
기독교가 교리전파 이외에 시대적 사명을 한다는 긍정적 인식을 심으
려고 하였다.

이상에서 당시의 기독교 계열 간행물에 게재된 서사문학에 대해 살
펴본 바, 이 글들은 기독교의 교리를 전파하는 데 앞장섰을 뿐더러
시대적 기능도 가지고 있음을 볼 수 있었다. 여기에서 본 글들은 반
드시 교리가 아니더라도 당시로는 개화지향적인 사고를 표현하려는
의도를 가지고 있었음도 함께 알 수 있었다.

기독교 계열 이외의 간행물에서 개화지향적 서사를 실은 경우도 물
론 다수 나타난다. 이미 논한 것들이 대체로 개화파에 의해 간행된
지면에 게재된 것이어서 발행인들의 의도를 일정하게 드러내고 있었
던 것이 사실이기는 하나 이 부분에서는 그 중 전적으로 개화 신교육
의 필요를 주장하고 있는 글들을 살피려는 것이다.

<협성회회보> 1898년 4월 2일자는 협성회의 성격을 우회적으로 드
러내는 내용을 동물의 경우로 빗대어 표현하였다. 이 글은 이리가 개
별적으로는 몸도 약하고 발톱도 날카롭지 못하지만 단결하여 곰과 범
에게 대항하면 이들을 제압할 수도 있다는 것을 이야기하였다. 이 글

은 조선인이 단결의 이로움을 알지 못하고 개인적인 이해에만 관심을 가지고 있는 것이 남에게 해를 입는 근본 원인임을 지적함과 동시에 이런 피해를 방지하는 방안은 단결하는 데 있음을 말하여 조선인 내부에서 분열과 차별의 생각이 없어지고 한 뜻으로 뭉쳐야 한다는 것을 말하였다.

<미일신문> 1898년 7월 1일자는 앞에서 논의한 바와 같이 비교적 정돈되지 않은 논리로 개화의 이로움을 주장하는 대화를 실었다. 한 노인이 역질이 돌아 걱정이라고 하는 데 대해 개화한 젊은이가 우두를 넣으라고 말하다가 벌어진 논쟁이다.노인은 생사가 명에 있으니 우두하여 무엇하겠는가고 말하고 젊은이는 그렇다면 약도 쓸 필요가 없지 않은가고 논박한다. 노인이 이에 조상 전래의 방법이니 쓴다고 하자 젊은이가 조상이 징역하면 당신 아들 손자 다 징역하겠느냐고 면박한다. 노인의 말이 논리에 맞지는 않으나 젊은이의 논박은 더욱 논리를 벗어난 억지임을 볼 수 있다. 이처럼 당시에 개화에 편향된 시각은 전래의 사고에 대해 거의 적대적이라 할 전면 부정을 보이면서 자신들의 주장을 펴 나갔다. 이 글은 이러한 내용을 실으면서 글이 전체적으로 대화체를 사용하고 있어서 자신의 주장이 생생한 현실감으로 독자에게 전달되기를 바라고 있다.

같은 신문의 7월 21일자와 이를 이어서 발전시킨 <뎨국신문> 1901년 6월 11일자의 논설은 개화와 각성의 시급함을 말하면서 지금이 비록 늦었으나 남은 시간 중에서는 지금이 가장 빠른 시간임을 이야기하고 있다.


(미일신문, 뎨국신문 공통부분)
(가)한 노인이 유복하고 부지런하다.
(나)한 소년이 찾아가니 손수 열심히 나무를 심고 있다.

(다)노인이 지금 나무를 심어 언제 재미를 보겠느냐고 한다.

(라)사람이 노는 것이 합당치 아니하므로 일한다고 한다.

(마)노인의 세째 손자 관례에 소년이 초대된다.

(바)노인이 배를 권하며 그때 심은 나무의 것이라 하여 소년이 깨
  닫는다.

(맺음)노력이 중요하다.

(뎨국신문에만 덧붙은 부분)

(맺음)지금 당장의 노력이 중요하다.


두 글 모두 "병든 지 일곱히에 삼년 묵은 쑥을 구ᄒ기 어려옴을 탄
식ᄒ지 마시오"라는 표현을 가지고 있으며 동일한 의도를 드러내려
하고 있다. 다만 <미일신문>의 경우에는 이 서사가 가진 의도가 충
분히 해설되지 않았다고 판단되었으므로 그 신문의 발행인 등이 다시
모여 발행한 신문인 <뎨국신문>에서 같은 내용의 서사를 싣고 해설
부분을 상세화한 것으로 보인다. 후자에 덧붙여진 부분은 전자에서
언급 없이 지나간 말을 풀어놓은 것이다.

> 지금은 말ᄒ기를 이제 시작ᄒ야 언으 셰월에 효험볼가 ᄒ되 몽즁갓
> 치 삼소오년 얼는 간면 그쩌 가셔는 후회ᄒ기를 년젼 아모히에 아모일
> 을 시작ᄒ얏더면 그시에 효험을 보앗슬 것을 그시에 허송셰월ᄒ 것이
> 분ᄒ다 ᄒ면셔 쏘 ᄒᄂ 밀이 이졔는 참 ᄂ져셔 홀 슈 업다 ᄒ고 여젼
> 이 지니다가 쏘 다시 후회ᄒᄂ 것은 시속 사롬의 힝습이어니

이 부분에서 보듯이 지은이는 당시의 조선 사람들이 현실적인 어려
움을 타개할 방도를 찾지 아니하고 시일만 천연하고 있는 데 대해 개
탄하면서 당장 개선의 길에 나서야 할 것을 주장하고 있다. 이와 비

슷한 내용은 <미일신문> 1898년 7월 23일자와 25일자의 논설에도 나타나는 바, 전자는 종기는 아파하면서도 고황은 치료할 생각을 않는 데 대해 개탄하고 있으며 후자는 심산의 나무가 쇠잔하다가 생기를 되찾는 내용으로 개화의 현실적 당위를 말하고 있다. 이 글들은 앞에서 논한 바 있거니와 후자의 맺음 부분에 지은이의 의도가 직설적으로 부연되어 있다.

> 지금 쩌가 양춘은 도라왓스니 지극히 바라건대 젼국 우리 동포 이천만 형졔들은 정신을 도져히 찰혀 아모죠록 국기를 공고ᄒ고 부강을 힘써서 외국이 엿보고 침노ᄒᄂᆫ 거슬 막아 볼 도리를 ᄒ야봅시다 다만 말노만 그리 ᄒ쟈ᄒ면 쓸더가 업ᄂᆫ지라 그 확실ᄒᆫ 목적은 두가지니 ᄒᄂᆫ혼 게으른 거슬 아조 바리고 ᄒᄂᆫ혼 녯 버릇슬 일졀 바리고 시로 죠혼 거슬 본 밧는 밧게 업ᄂᆫ지라

이 글에서 발견되는 것은 개화파의 과장된 낙관론이다. 인용에서 보듯이 그들은 당시 개화의 기운이 대두되는 것을 양춘이 돌아 온 것으로 파악하고 있으며 이런 인식상태로 보아 쇠잔하던 나무가 일거에 소생한다는 서사의 내용도 개화만 하면 모든 문제가 해결될 것으로 보고 있는 긍정적 전망과 무관하지 않을 것이다. 앞에서 논한 바 있듯이 당시에 개화지향이든 보수지향이든 상호 완전 부정의 관계에 있었으며 자신의 논리만이 현상을 타개할 힘이 있다고 주장하고 또 그 타개가 현저하고 완전한 것이라고 주장하는 태도를 가지고 있었다. 이런 이유로 이 시기의 글들 중 개화지향적인 의도를 드러낸 글들이 낙관적이고 개화만능적 사고를 보인 것이다.

<미일신문> 1898년 7월 29일자의 논설은 대화체의 생동감을 가지면서 개화와 수구의 대립 및 개화의 우월성을 주장한 글이다. 이 글

은 구완식이라는 사람과 신진학이라는 사람의 논쟁으로 되어 있다. 이 인상적인 명명 이외에도 이 글은 이들 인물에 대한 설명에서 논쟁의 내용과 관계없이 승부가 결정되도록 하여 놓고 있다. 신진학은 부지런하고 총민하며 배우기를 좋아하고 힘이 세며 가산이 넉넉하다고 하고, 구완식은 "본리 명문 거족인더 ᄎᄎ 침쳬ᄒᆞ야 이 사름에 니르러는 일 초시도 못 엇어ᄒᆞ고 가셰가 빈한ᄒᆞ야 노복이 다 다라나고 말이 못되얏는더 그 사름 되음이 의젓ᄒᆞ고 졈쟌ᄒᆞ며 례법을 슝샹ᄒᆞ고 고집이 대단ᄒᆞ야 이쳐로 곤궁ᄒᆞ야도 조곰도 변통샹이 업"다고 하여 이들이 앞으로 벌일 논쟁의 결과가 예견되도록 해 놓았다. 이 점은 이 글의 지은이가 글 이전에 이미 자신의 편향적인 의사를 드러내고 있는 것으로 볼 수 있다.

이 글에서 구완식의 살림 형편은 "집 대문 짝은 쟝부가 썩어 잣바지고 울타리는 삭어서 문허지고 부억에는 기고리가 회산을 ᄒᆞ고 방안에셔 하늘이 보히"는 지경인데도 신진학이 사업이나 취리를 하라고 권하는 데 대해 크게 노하여 거절한다. 그 이유는 양반의 자식이 아무리 죽게 되었기로 장사가 당한 일이냐는 것이다. 이런 내용의 글을 지으면서 지은이는 고루한 사고의 비생산성을 과장된 어투로 지적하고 새로운 시대에는 생산적인 사고로 실업에 종사해야 할 것을 주장하였다.

그리니 이 글도 마지막은 상호 완전 부정에 의한 파국적 결말로 맺어져 있다.

나는 다만 글 ᄒᆞ나만 알지 다른 것은 모로는 터이니 그러ᄒᆞᆫ 말은 내 압헤셔 다시 말나 ᄒᆞ고 로긔가 등등ᄒᆞ야 다시 칙을 향ᄒᆞ야 고셩랑독ᄒᆞᆫ지라 신씨가 긔가 막혀 아모 말도 아니 ᄒᆞ고 이러셔 도라와 다시는 구씨를 아니 찻고 흥샹 사름을 디ᄒᆞ야 말ᄒᆞ기를 썩은 나무는 삭

일 수가 업다고 ᄒ더라

개화주의자의 입장에서 보면 당시의 유교적 사고방식에 머물러 있
는 보수적 인사들은 개선의 여지가 없는 사고의 소유자였으며 이들을
설득하여 개화를 지향하게 하는 것은 불가능한 것으로 여겨진 듯하
다. 개화파는 자신들의 지향을 선달할 대상을 신세대 피교육자나 미
자각층 또는 신흥 식자층으로 두고 이들에게 개화의 이로움이나 보수
적 사고의 완고함을 전파하는 데 역점을 두었던 것으로 보인다. 그러
면서도 당시에 권력을 가지고 있거나 여론을 이끌 수 있는 인사에 대
해서는 일반적으로 "례긔를 랑독"하는 사람들보다 덜 보수적인 쪽으
로 이해하고 이들을 설득하려는 노력은 포기하지 않고 있음을 보이고
있다. 이 시기의 일부 정부관료는 그 전 시기에 비해 임용과정에서
秀越性이 점검되지 않은 경우가 있어서  사고의 경직성이 비관료 학
자에 비해 상대적으로 덜한 것으로 파악된 것이다.
　이 시기 개화주의자들의 중요한 언론을 담당하던 <독립신문>이 이
런 노력의 예를 보이고 있다. 이 신문 1898년 10월 28일 ─ 29일자의
"시ᄉ문답"에는 이 신문에 자주 나타나는 상목자가 등장하여 대신과
의 문답을 통해 대신의 각성을 촉구하고 있다.

　(가)상목자가 대신에게 문안하고 독립협회를 구경하러 왔다고 한다.
　(나)대신이, 독립협회가 상천 청소년이 모여 흉악한 무리라고 한다.
　(다)상목자가, 대신이 협회의 탄핵을 받아 내쫓기니 민망하다고 한
　　　다.
　(라)독립협회가 흉악한 강도와 같으니 도리 없다고 한다.
　(마)설치할 방도를 알려주마고 말하고 상목자가 설명한다.
　　　대신이 못가지고 협회가 가진 것이 "츙익"두 글자이다.

백성이 협회를 지지하는 것이 이 두 글자 때문이다.
대신이 이 두 글자를 빼앗아 가지면 설치할 수 있다.
협회의 충애보다 대신의 충애는 더 잘 빛날 것이다.


이 글은 대신을 만난 상목자가 대신에게 백성과 왕의 지지를 얻는 방법이 忠愛에 있다고 말하는데, 일반 상민 천민의 지지를 받는 것이 권력 유지를 위해 필수적이고 왕의 신임을 받는 길이라고 설득함으로써 지은이의 개화지향적 사고를 드러내고 있다. 여기서 협회의 정당성이나 권력의 정당성이 모두 충군 애국의 견지에서 확보된다는 것을, "대뎌 독립협회란 것이 무비 년쇼흔 샹쳔이오나 뎌의 목적인 즉 분명흔 츙군 이국이요 다른 스건이 업는지라 츙이 두 글자를 견집흠으로 비록 뎌 년쇼흔 샹한이오나 릉히 전국 동포로 향응케 흐며 정부 대신으로 퇴츌케 흐엿슨 즉 암아도 세샹에 뎨― 감복흐고 임위 흐염 즉흔 물건은 츙이 두 글즈쑨"이라고 말하고 있다. 이로써 당시에 독립협회가 당하고 있던 탄압과 오해를 풀고 대신들에게 각성을 촉구하여 국가의 융성을 도모하려는 의도를 이야기로 서술한 것이다. 독립협회는 도회지 일반 민중을 결집하여 공식적인 정부기관을 대상으로 하여 개혁을 요구했을 뿐, 향촌 지식층 또는 유림 지배하의 대다수 백성을 대상으로 하지는 않았으므로 의식개혁보다는 정책개혁에 더 집착하고 있었나. 이 졈이 이 글처럼 대신에게 충고하는 내용으로 나타나게 된 것이다.

<독립신문> 1898년 12월 1일의 "상목지문답"은 당시에 조선인이 가졌던 네 가지 못난 점을 지적하고 이를 개선하는 예를 보임으로써 개화의 길로 나아가야 할 것을 역설하고 있다. 이 글에서 상목자가 지적한 조선인의 네 가지 해로운 성품은 "범스를 알고져 흐지 안는 셩품", "몰으고도 비호고져 흐지 안는 셩품", "알면셔도 힝코져 흐지

안는 셩품", "붓그러워 뭇지 안는 셩품"이다. 이에 대해 상목자는 이를 극복할 계기가 마련되었다고 기뻐하고 있다. 그 계기는 "황셩 북셔 찬양회에셔 계쳔 경졀에 경축ᄒᄂᆞᆫ 례식을 비호랴고 독립협회에다 편지를 보내여 찬셩원을 구졍"하였다는 것이다. 이 내용은 당시에 실제로 있었던 일을 서사적으로 서술한 것으로 보인다. 지은이는 이 사건이 자신의 개화지향적 의사와 일치하는 바가 많으므로 이를 서사적 흥미가 있도록 재구성하여 독자에게 전달한 것이다. 이에서는 당시의 글 지은이들이 실제의 사건을 허구화하여 의도를 전달하는 데 이용하기도 했음을 볼 수 있다.

위의 글에서도 나타나듯이 당시의 개화주의자들이 가장 급한 일로 생각한 것이 조선인의 대대적 각성이었으며 이를 위해 할 일로 시급한 것이 교육이었던 것으로 보인다. 이 시기의  글들 중 다수가 교육의 필요와 교육 내용에 관심을 두고 있으며 이 발상방법의 시작은 견문을 넓힘에 있다. <뎨국신문>1898년 12월 24일자 논설은 이런 발상 아래 인간을 동물에 비유하면서 견문이 넓은 사람을 기다리는 내용을 가지고 있다.

(도입)우리나라 사람에 대해 서로 수작한 내용이다.

(가)개구리 같다. - 문견이 고루함

(나)새 같다. - 재잘거리나 생각이 없고 겁이 많음

(다)까마귀 같다.- 여우의 꾐으로 노래하다 고기를 잃음, 칭찬을 좋아함

(라)여우 같다.- 호가호위함

(마)딱다구리 같다.- 제 집이 무너질 줄 모르고 나무를 쪼음

(바)파리 같다.- 먹을 것에 모임

(사)좋은 사람은 물새 같다.- 물도 알고 들도 아니 견문이 넓음

(맺음)물새가 없다고 통곡하고 돌아갔다.

위의 글은 의인 문학으로는 비교적 의인이 완결되지 않은 채로 비유 내용과 비유 대상의 관계가 직접적으로 드러나 있다. 처음부터 동물이 사람의 행동을 하거나 사람의 사고를 가지거나 하지 않으며 동물의 특정한 행동이나 특성이 사람의 어떤 행동이나 특성과 유사하므로 사람을 그 동물에 비유할 수 있다는 서술 형태이다. 이는 이 글이 완결된 의인 양식이라기보다 의인의 초기 발상 방법을 보이고 있는 것이라고 보게 하는 점이다. 또 이 글은 도입과 맺음의 형식단락이 짧고 비교적 불충분한 상태에 있다. 곧, 글의 앞뒤에 지은이의 신분이나 사고방식이 서술되어 있지 않은 것이다. 이것은 위의 단락 (사)에서 물새를 제시하여 지은이의 의도를 전달하는 데에 이르렀으므로 달리 서술형식이 필요하지 않게 된 것일 터이다. 이 부분을 통하여 지은이는 당시의 사회와 국가를 현실적 질곡으로부터 구할 수 있는 이념으로 溫故知新의 인물형을 설정해 두고 있는 것이다. 특히 (가)에서 (바)에 이르기까지 비판되고 풍자된 내용으로 보아 (사)에서 제시된 인물의 덕목 중 강조된 것은 새로운 지식을 많이 쌓는다는 점이다. 이 글은 새로운 가치로 신교육과 신문물에 대한 견문을 강조한 것이다. 앞에서 본 바와 같이 이 글은 조선인을 개구리, 새, 까마귀, 여우, 딱다구리, 피리 따위로 비유한 뒤 이상적인 인물형으로 물새를 제시하였다.

달관흔 사롬들은 물새와 갓데 륙디에서 싱쟝흔 즘싱들은 다만 산과 들이 잇는 것만 보고 물에 잇는 고기들은 다만 물속에 잇는 것만 알거니와 물시라 흐는 즘싱은 물에도 드러가고 들에도 드니면셔 본 것도 만커니와 지죠도 신통흔데 두 사롬이 말을 맛치지 못흐야 압길에 셕양

이 빗긴지라 혼탄ᄒ여 굴ᄋ디 기고리도 만히 잇고 탁목됴도 만컨마는 물시는 어디 잇노 분운ᄒ 이 셰샹에 승평일월 언제 볼쪼 일쟝을 통곡 ᄒ고 각각 도라 갓다더라

이것이 이 글의 끝 부분으로 이로 보아 지은이는 아직 조선의 개화 상태가 대단히 불충분하여 현재로는 이상적 인간이 없다는 부정적 인식을 가지고 있다. 일반적으로 조선인에게 있어 시대의 영웅을 대망하는 것은 통념화한 정서이며 특히 시대가 위기라고 인식되었을 때 이러한 영웅대망은 다양하고 풍부하게 나타났다. 이 글에서 물새처럼 견문이 넓은 이상형을 제시한 것은 조선인이 일반적으로 가지고 있는 영웅대망의 정서와 시대적 위기감을 이용하여 지은이의 의도를 전달하려는 목적으로 인한 것이다. 이 시기 개화주의자들은 견문이 넓고 국가의 장래를 개척할 수 있는 인재는 교육에 의해 길러질 수 있다는 생각을 가지고 있었다. 이로 인해 이 시기에는 교육의 중요성을 강조하는 글이 다수 나타나게 되었다.

<뎨국신문> 1899년 4월 12일자의 논설은 교육이 없는 상태의 우매함과 교육을 받은 상태의 편리하고 부요함을 대비하는 이야기를 실었다.

(가)첩첩 산중 외딴집의 아이가 견문이 없어 효도와 편리를 알지 못한다.

(나)그 부모가 걱정하여 소금장수에게 세상을 가르쳐 달라고 부탁한다.

(다)아이가 따라 다니면서 배워, 돌아와 효도하면서 열심히 벌어 잘 산다.

(맺음)"이 말이 속담이나 보면 감동홈이 잇슬 쯧ᄒ오"

아이는 견문이 없으므로 아비가 꾸짖으면 저도 마주 꾸짖고 어미가 때리면 마주 때리는 지경이었다. 이 글은 이를 교육이 없는 상태의 우매함으로 보고 이 경우의 사는 형편을, "집은 수 삼간 토실이 뎨일 됴흔 줄만 알고 의복은 석새 뵈옷시 웃듬인 줄 알고"라 하였다. 그러다가 소금장수를 따라 견문을 넓힌 후에는, "그 부모의 감즈 먹던 것과 뵈옷 닙던 것슬 곳쳐 고량신미와 릉라쥬의로 펀케 ᄒ고 토실에 잇던 거슬 고대광실에 뫼서서 즈식 도리를 다 ᄒ엿다"고 하여 개화 견문만이 개선의 길이며 개화는 만사의 해결책임을 주장하였다.

교육의 문제에 대해 서사적으로 접근하는 다양한 방법으로 위의 경우는 교육이 없는 상태를 첩첩산중의 외딴집으로 설정하여 견문을 넓혀야 한다고 형상화하였거니와, 같은 신문 1901년 4월 16일자 논설은 교육의 내용이 잘못되었음과 바른 교육으로 가야 할 것에 대해 서술하고 있다. 이 글은 산리(山理)를 믿고 조상의 산소를 이장하는 폐습으로 힘을 낭비하는 데 대해 비난하고 이를 그만 두고 자식을 교육하는 것이 옳다고 설득하는 내용으로 되어 있다.

(가)한 선비가 명당을 얻으려다 가산을 탕진하고 송사에 휘말린다.
(나)친구가, 山理는 근거없는 허황한 짓이라고 말한다.
(다)주인이 몇가지 책의 이름을 댄다.
(라)친구가, 그 책들의 허황함을 조목지어 말한다.
(마)자식을 교육하라고 설득한다.
(맺음)산리를 숭상하다가 문제가 많이 생기니 유심하자.

조선인에게 있어 조상의 산소를 명당에 모시는 일은 대단히 중요한 일로 인식되었고 명당을 찾는 일을 평생 계속하고 명당이 발견되면

길일을 가려 이장하는 풍습이 있었다.95) 조상이 명당에 모셔졌다는 것은 곧 자손에 발복할 일이며 현실적인 투자로도 손색이 없는 일로 여겨졌던 것이다. 이 글에도 주인의 생각에, "비록 지금은 곤궁ᄒ나 만일 산운이 도라와 발복을 ᄒ면 일죠에 집안이 챵셩ᄒ야 도리혀 옥관ᄌ롤 붓칠 지샹이 몃빅명이 될 거시오 도리옥관ᄌ롤 붓칠 지샹이 몃쳔명이 날 거시니 이런 대리가 셰샹에 어더 잇스리오"라는 계산이 되어 있다. 이는 당시 조선인에게 없는 일이 아니었을 것이며 이를 형상화한 문학작품도 많거니와96) 이로 인한 분쟁과 송사가 또한 빈번하였다.97) 이에 대해 깨우치는 역할을 하는 친구는, "무고히 부모의 빅골을 파셔 여러번 이쟝ᄒ니 이는 제가 망녕되게 부귀롤 탐ᄒ야 부모 빅골을 여긔뎌긔 옴기니 부모롤 위홈이 아니요 제 욕심을 익이지 못홈이니 불효롤 면치 못홀 거시오"라고 비난하고 있다. 이러한 비판적 견해는 지은이의 인식을 대변하는 것일 터이며, 이러한 인식 위에서, "로형은 이런 허무ᄒ 말을 밋지 말고 금일 이후로는 더욱 학문을 힘쓰며 ᄌ질들을 ᄀᄅ쳐 집과 나라히 다 유익ᄒ기롤 내가 ᄇ라노라"라는 개화지향적 의도제시가 가능할 수 있었다.

이 시기에 개화주의자에 의해 제시된 교육의 내용과 형식의 준거는 서양교육이었다.98) 개화 지식인들에게 있어 서양은 문명의 세계이며 부강과 인간존중의 이상적 공간이었다. 이들은 서양이 이렇게 될 수 있었던 이유가 교육이었다고 보았으며 이 경우 조선에서 전래적으로 행해지던 교육은 무시되었다. 그리하여 이 시기에 교육을 주장한 글들 중 다수가 외국에 유학하는 것을 소위 교육이라고 인식하고 있었

---

95) 村山智順(崔吉城 역), 朝鮮의 風水, 민음사, 1990. 제2부 제3장 묘지풍수신앙
96) 李海朝의 <驅魔劍>, 이인직의 <貧鮮郎의 日美人> 등이 대표적이다.
97) 村山智順, 위의 책, 제2부 제4장 "묘지풍수신앙의 영향"
98) 이만규, 조선교육사 2, 거름, 1988, p.60.

고 직접 외국 유학을 주장하는 글들도 나타나고 있다. 다만 위에서 교육의 필요성을 말하는 경우와 마찬가지로 이들의 주장도 관념적이고 이상적이어서 구체적인 설득력은 없는 채로 그 필요성만 강조되고 있다.

이런 경우의 글로 〈뎨국신문〉 1900년 2월 20일자 논설은 외국 유학의 필요성을 서사적으로 형상화하였다.

 

  (가)훌륭한 재상이 자식이 없어 근심한다.

  (나)친구는 아들이 많으므로 무슨 적선인지 알고자 밤중에 찾아간다.

  (다)친구가 맞이하는데 병풍 뒤에 인적이 있어서 재상이 의심한다.

  (라)친구가 가난한 친척 소년을 데리고 자다가 비키게 한 것이라고 한다.

  (마)누추한 아이가 나와 인사하니 재상이 크게 탄복하고 깨닫는다.

  (맺음)우리도 우리가 남보다 약한 이유를 알기 위해 남의 나라에 가서 배워야한다.

 

이 글의 서사부분은 비교적 잘 짜인 구성을 하고 있다. 재상이 아들 없음을 탄식하는 장면은 비교적 사실적이며 밤중에 가서 배우려고 하는 부분도 필연성이 갖추어져 있다. 재상이 밤중에 탄식이 깊어 문득 자식복이 있는 친구의 집을 찾는다는 내용은 친구가 친척 소년을 병풍 뒤에 감추게 하는 필연을 낳고 이는 서사적 긴장을 야기하고 지속시키는 효과를 얻게 하였다. 외국에 유학해야 한다는 주장을 말하기 위해 이런 내용의 서사를 동원한 것은 독자로 하여금 지은이가 주려는 교훈적 의도에 대해 부담을 느끼지 않게 하려는 배려로서 주장에 설득력을 부여하는 기능을 하였다. 이 글은 맺음 부분에 지은이의 해설이 비교적 장황하게 덧붙어 있는데 이는 지은이가 자신의 의도가 서사의 내용에 외형적으로 드러나지 않는다고 본 때문이다. 곧, 이 글의 내용은 진심으로 남을 돕고 측은히 여기는 것이 복을 받는 길이라고 되어 있는데, 지은이는 남에게 배우기를 게을리 하지 말아야 한다는 주장을 드러내는 데 이 글을 사용했으므로 글의 문면에만 의존해서는 지은이의 뜻을 이해하지 못할 가능성이 있었기 때문이다.

위에서 본 글들은 당시의 시대에 대한 신 지식인의 선각적 인식 위에 조선인으로 하여금 개화의 이로움을 알고 개화지향적인 사고를 갖도록 하는 데 목표를 두고 지어진 것들이다. 당시의 개화 풍조가 기독교의 도입과 전파에 영향을 받은 것이 많았던 만큼 기독교계열 간행물에서는 그 종교의 교리를 전파하는 것도 있었으며 때로는 그 교리에 대한 당시 조선인의 거부감을 의식하여 의도적으로 친근한 서사의 내용을 원용하여 전래적인 감정과의 비교적 자연스러운 결합을 시도하기도 하였다. 이런 방식은 일반 신문의 글에도 영향을 미쳐서 개화지향적 사고를 표현하는 경우에도 최대한 전통적인 질서감각과 충돌하지 않으려는 노력을 보이기도 하였다. 그러면서도 개화의 이로움이나 신교육의 필요를 주장하기 위해서는 구시대적 사고와 행동의 불합리함을 지적할 필요도 있었으므로 다양한 표현방법을 모색하게 되었다. 대체로 의견의 직접 대립이 표현되어야 할 경우에는 일반적인 서술보다 의인에 의한 전환표현을 시도하거나 대화에 의한 장면제시를 이용한 것 등이 이러한 모색의 노력을 보여주는 것이다.

# Ⅴ. 개화기 단형서사문학의 문학사적 특성

## 1. 문학 내용의 당대화

### (1) 창작 당시 현실을 표현하는 문학으로의 이행

조선 시대 소설문학의 전통은 일단 그것이 전래적 서사의 양태인 설화에 뿌리를 두고 있다는 점과 함께 다른 면으로는 중국의 서사물이 미친 영향 아래서 발생했을 수도 있다는 개연성에 대한 이해를 요구하고 있다. 주지하는 바와 같이 중국의 서사문학은 조선에서 설화시대가 소설시대로 전환하기 훨씬 전에 다양한 양식으로 발전하고 있었다. 이러한 중국문학적 축적이 조선으로 전래되고 일부 식자들이 이를 읽고 영향받음으로써[99] 이들 중국 작품의 성격이 조선 소설작품의 그것에 일정하게 참여하는 결과를 낳게 되었다. 그러므로 조선의 구 소설들이 적어도 조선으로서는 현실적 직접성이 없는 배경과 내용을 다루어 소설에 설정된 세계가 관념화하고 이로 인하여 소설이 현

---

99) 金起東, 李朝時代小說論, 이우출판사, 1980, p.14. "2.형성과정"

실을 반영하거나 그것에 영향을 미치는 전통이 확립되기가 어려웠다. 이러한 현상은 상당 기간 지속되었고 조선조의 후기에 이르러 소설이 다양한 발전을 이루면서부터 비로소 새로운 양상으로 전개되었다.

조선 시대 후기의 소설은 그 시대의 성격이 다양한 모습을 보임과 더불어 다양해졌다. 우선 이미 이루어져 있던 소설의 계승발전이 이루어져서 다수의 작품이 나타나게 되었다. 그것들은 전과 같이 전적인 허구에 의해 지은이의 상상력을 形象化하고 지은이가 작품 이전에 가진 의심없는 가치관을 표출하는 도구로 사용되었다. 이들에게 이른바 권선징악은 불변의 가치였으며 이를 표현하는 소재의 창의성이 있을 뿐이었다.

그러나 조선 후기를 이끌어 내는 역사의 격동[100]은 문학의 사고영역을 확대하고 간섭하여, 당시에 국가가 당하고 있던 역사적 고통을 문학이 위무하고, 자칫 혼란될 수도 있는 가치관을 재정비하는 기능으로 역사적 사건을 허구화하는 소설들이 등장하여 읽히기도 하였다. 이 경우는 위의 경우와 달리 조선에서 실제로 있었던 전쟁을 다루고 실재했던 인물을 등장시키는 등으로 창작 당시의 현실에 기초를 둔 문학[101]이 행해지는 단서를 이룰 수 있었다. 그리하여 대체로 군담의 형식을 빌어 민간에 과장된 채로 전파되어 있는 당시 영웅의 무용담을 엮은 이 글들은 그 역사적 기능과 함께 소설이 창작 당시의 현실을 반영할 수 있는 길을 여는 기능도 할 수 있게 된 것이다. 그러나 이들도 역사적 사실의 허구화를 통해 일정한 교훈을 주겠다는 창작의

---

100) 조선왕조의 위기를 이끌어낸 사건으로는 임진(1592), 병자(1636)의 양난을, 가치의 정당성을 훼손한 것으로는 권력의 전횡을 들 수 있다.(조선정치사, 1990)

101) 조선 후기 소설이 당시의 역사적 격변을 형상화하고 있는 것으로 임진록, 박씨전, 임경업전 등이 있으며 이들은 "傳奇的이고 幻想的"인 성격을 가지고 있었다.(金起東, 앞의 책, p.227.)

도로 인해 의식 자체의 다양성에까지 이를 수는 없었다.

시기가 더욱 진행하여 한문 독서층에 의해 기명으로 창작된 소설이 나타났던 바,102) 이들의 경우에는 이전 또는 당대의 무기명 한글소설보다 더 자유로운 발상방법과 소재취택으로 다양하고 생동하는 삶의 모습을 드러낼 수 있었다. 이들은 발상방법의 이런 차이 이외에 형식에 있어서도 한글류가 비교적 장형인 데 비해 단형이어서 삶의 총체적 모습을 보이기보다 발랄한 삶의 장면 또는 단면을 드러내기에 적합하였다. 또 이들은 삶의 다양한 모습을 통해 가치관의 문제를 드러내는 데 관심을 가지고 있었으며 이를 통해 지은이의 의도를 직설적으로 드러내기보다 서사형식으로 드러내는 것이 효과적임을 인식하고 있었다. 그러나 이들도 전반적인 문학현상으로서의 의미를 가진 것은 아니었으며 비교적 국한된 계층이 창작 향유한 것이어서 다음 시기의 문학이 발달하기 위한 기반으로서의 의미가 더 큰 것이었다고 할 수 있다. 또 이들은 창작당시의 국가적 문제 또는 민족적 문제를 형상화하고 그 타개책을 모색하는 기능보다 지은이의 관념적인 세계관을 서사의 방식으로 형상화하는 것일 수가 많아서 그것이 과연 창작 당시의 현실을 직접 수렴하느냐의 문제는 재론될 여지가 있다.

이처럼 구소설의 내용은 창작 독서 당시의 제 문제를 사실적으로 반영하고 해결 방안을 모색하는 것이 아니어서 비교적 이상적인 성격을 가지고 있었다. 앞에서 본 것처럼 조선조 후기의 소설 일부가 비교적 현실적인 문제를 다루고 있기는 하였으나 삶의 구체성을 획득했다고 보기에는 아직 미흡한 바가 있어서 관념적인 내용과 해결책을 가지고 있었다.

대중의 의식과 결합된 것으로 보이는 한글 문학 또는 구어 문학의

---

102) 허균, 박지원, 이옥, 안석경 등이 기명으로 한문단편을 창작하였다.(앞의, 李朝後期漢文學의 再照明 소재 논문 참조)

경우에도 당시 대중이 가지고 있던 理想이어서 문학이 반영해야 했던 내용이, 주인공의 통쾌한 현달이나 현저한 신분상승일 수가 많아서 현실적인 사회나 국가의 문제점을 적시하고 해결책을 모색하기에는 확연한 한계를 보이고 있었다. 실제로 조선 사회는 개인이 신분상의 현저한 이동을 하기에는 지나치게 경직되어 있었으며 특히 상승이라 면 거의 불가능하다고 할 정도로 보수지향적이었다. 그런데 문학은 그 작자나 독자의 흥미와 욕구에 의해 이런 내용을 가지게 되고 그러므로 비현실적 내용이거나 조선에서는 실현될 수 없는 배경과 시대가 설정된 것이다. 이로 인해 당시의 문학은 주인물의 傳奇적 능력이나 謫降의 배경을 자주 그리고 있었으며, 창작 당시가 아닌 시기에 조선 이 아닌 곳에서 일어나는 이야기를 다루게 되었다.

이런 내용은 창작 향유대중의 이상일 수는 있어도 현실은 아니었으며 심지어 조선에 실재했던 인물의 실제 사건을 허구화한 경우라 해도 지은이의 관념적 태도로 인해 그 사실의 직접성에서 멀리 떨어진 내용으로 전환되는 경우가 많았다.

또한 구소설의 시기까지는 현실적으로 국가나 사회의 기존 가치관과 질서를 명백히 거부하거나 혼란시킬 사건은 일어나지 않아서 문학이 위기를 인식하고 보수적이든 진보적이든 태도를 표명할 필요를 느낄 수 없었다. 이미 오래 젖어 온 왕조수호적 가치관은 도전을 용납하지 않았고 사회현상의 일부로 도전적 기운이 나타나는 경우가 있다 해도 이를 문학적으로 반영하는 경우는 없었다. 그러므로 당시로선 비교적 개혁의 기운을 내포한 문학이라 하여도 체제 내부의 제 문제를 해소하는 대책을 모색하는 정도에 그쳤을 뿐 근본적인 의문이나 체제도전적인 사고는 표현하지 못했다.

그러나 개화기가 되면서 이런 사정은 크게 달라지게 되었다. 이 시기의 현실은 전 시기의 경우처럼 관념적인 논쟁에 의해 결말이 날 수 있을만큼 단순한 것이 아니었고 조선을 둘러 싼 문제세력들도 의리나 대의명분에 의해 해석될 수 있는 이상적 집단이 아니었다. 개화기가 되면서 나타난 현실의 여러 문제들은 직접적으로 국가의 운명에 영향을 줄 수 있었고 이로 인해 조선이 안주해 온 사회와 질서에 위기가 오게 되었다. 더욱이 이 시기에는 전 시기에 비해 언론의 역할이 커지게 되고 서양식 언론관의 유입으로 현실적 문제점에 대한 정보가 대중에게 거의 진실 그대로 전달되면서 이에 대한 문학의 태도 표명이 요구되게 되었다. 이에 문학은 이 전 시기까지 현실에 직접 간여하지 않던 태도를 버리고 현실을 직접 반영하는 내용으로 변모하게 되었다.

문학이 이상적이고 관념적인 善을 표현하는 데서 현실적인 문제를 다루는 데로 변모하는 과정에서 이런 현실에 대한 지은이의 의도를 교훈적으로 직접 드러낼 것인가 드러내지 않을 것인가에 대해서는 문학의 독자적 기능 인식의 문제로 살필 수 있을 것이다. 이 시기의 글들은 전 시기의 글들이 후기로 오면서 지은이의 자연스러운 감정의 서술로 변모해 가던 것에서 회귀하여 지은이가 작품외적으로 선이라고 설정한 의도를 긍정하는 도구로 인식되고 사용된 경우가 많았다. 이미 조선의 전기에 정명의 미학이 존중되고 창작의 원리로 작용하고 있었던 것에서부터 후기에는 천기 또는 천진의 문학관이 대두되어 창작자의 개인의식이 문학의 대상이 될 수도 있었고, 글을 짓고 이를 다른 사람에게 전파하는 것이 글로써 세상을 희롱한다는 과상된 태도의 표현103)에까지 이르기도 하였다. 많은 논쟁과 시비 속에서도 이런 문학행위는 유무언 간에 전파되어 식자의 경우에는 문학의식으로, 일반 민중의 경우에는 즐기기 위한 이야기의 창작과 전승으로 나타나게

---

103) 박지원의 "以文爲戲"가 그 대표적인 예가 된다. (答南直閣公轍書)

되었다.

그러나 개화기의 경우는 이와 달라 실현할 관념적 질서의 내용만을
바꾼 재도문학의 실천으로 보기에 적합한 모양으로 변모하고 있다.
이러한 문학의식으로 창작이 이루어진 것은 창작이 이루어지는 당시
의 사회적 상황이 신박한 점과, 문학의 공리적 역할을 긍정하고 강조
하는 일본 개화기의 문학관이 유입되고, 청의 말기에 사회적 위기를
인식하고 이에 대처하는 문학을 건설해야 한다는 문학관이 수립되고
전파된 영향이 컸던 것으로 보인다. 그 밖에도 당시의 작자층이 독자
에 대해 심정적 우위에서 현실에 대한 앞선 인식을 제시하고 교훈을
전달하고자 하는 의도를 가지고 있던 데서도 기인한다고 할 수 있다.
  이 시기의 글들 중에서 현실을 드러내는 것들은 직접적으로 현실의
일들을 서사화하여 보이는 경우와 옛 이야기나 동물우화 또는 특이한
상황의 대화 등으로 전환하는 경우가 나타난다. 현실의 문제 이외에
본질적으로 독자에게 서사적 쾌락이나 감동을 주는 것만을 목적으로
삼은 경우는 발견되지 않는다. 다만 단형이 아닌 연재된 장형의 서사
로 비교적 시기가 늦은 것으로는 <대한일보>의 "灌頂醍醐錄"
(1904.12), "龍含玉"(1906.2), "女英雄"(1904.4), "返魂香"(1906.4), "斬魔
劍"(1906.4)과 <대한민일신보>의 "젹션여경녹"(1905.8), "西江錄"
(1905.9), "靑樓義女傳"(1906.2) 및 <뎨국신문>의 "正己及人, 報應昭
昭, 犬馬忠義, 殺身成仁"(1906.10 - 11) 등이 있으나 창작 당시의 문제
를 직접 다루고 있지 않으므로 특별한 시대적 의미를 가지지는 않으
며 교훈적 의도를 담고 있어서 전 시기의 구소설과 유사하다. 그 밖
에 <대한민일신보>의 "향로방문의싱이라"(1905.2), "쇼경과 안즘방
이 문답"(1905.11), <대한일보>의 "一捻紅"(1906.1) 등은 직접적으로
당시의 현실을 문제 삼으면서 지은이의 의도를 드러내는 것을 목적으

로 삼고 있다. 이중 "향로방문의싱이라"와 "쇼경과 안즘방이문답"의 경우는 장형으로 연재되었으며 "일넘홍"은 완결된 서사양식을 지니고 있어 본고의 논의 목적과 다른 성격을 가지고 있다.

이 연구에서 논의한 단형 서사형식의 글 중에서 현실을 표현하는 기능으로 전환한 것들은 현실에 대한 태도의 면에서 크게 보아 가치가 무너지는 부정적 시기로 본 것과 새로운 시대가 도래하는 긍정적 시기로 본 것으로 나뉠 수 있다. 이러한 인식으로 인해 현실을 표현하되 내용에 있어 기존의 질서를 수호해야 할 보수적 시기로 나타내는가와 새로운 질서를 수립해야 할 진보의 시기로 나타내는가의 구별이 생긴다고 할 수 있다. 이런 사고의 차이가 창작상에 작용하여 "뎌긔 빅로 왓쇼, 이 방츅에는 게도 업나"의 경우라면 현재의 위기를 정확하게 인식하고 이에 대처하기를 촉구하고 있는 것이며, "陽春이 回泰ᄒ더리도 深深蟄伏ᄒ야 妄動치 아니ᄒ깃도다"의 경우라면 외세의 꾐에 빠져 경거망동하지 않을 것을 촉구하고 있는 것이라고 할 수 있다. 결국 앞에서 논의한 바, 현실에 대한 경각심의 표현이나 시대적 모순의 형상화 등 개화지향적 사고의 표현이나 왕조질서 수호의 의지나 국권회복의 의지의 표출로 나뉜 것은 이러한 현실관의 차이를 보인 것이며 이들은 모두 창작 당시의 현실을 문학의 대상으로 삼는다는 공통된 성격을 가지고 있다.

이 시기의 글들이 창작 당시의 현실을 표현하는 데 있어 그 방법은 현실의 일을  직접 서사로 허구화하여 표현하는 경우와 선환하여 표현하는 경우로 나눌 수도 있다. 직접 허구화하는 경우는 지은이가 겪은 일을 보고하는 형식을 쓰거나 견문한 일을 대화체 등으로 보고하는 방법을 쓴 것이며, 전환하여 표현하는 경우는 국가를 한 가정이나 나무에 비유하든가 몽유록 또는 의인 방법을 쓰는 경우였다. 이 중에서 몽유록 및 의인문학의 경우에는 전대와 후대의 계기관계를 검토할 필요가 있으므로 절을 달리하여 논의하기로 한다.

창작 당시의 일을 직접 서사화하여 표현하는 것으로 가장 기본적인 것은 당시의 일을 사실적으로 보고하는 형식을 가진 것이었다. <미일신문> 1899년 1월 26일 - 27일자의 내용이 이 경우의 구체적인 예가 될 것이다. 이 글은 당시의 민간 질고를 모르고 있는 대신과 임금이 이를 정확히 알아야 한다는 깃을 주장하는 방법으로 민간의 질고 열 가지를 그림으로 그려 바친다는 내용을 싣고 있다. 그 그림의 내용을 설명하고 묘사하는 장면에서 당시의 일을 사실적으로 보이겠다는 태도가 분명히 나타나 있는 것이다. 물론 이 글의 처음은 "녯적에 셔양 어늬 나라에 지샹 흔 분이 잇는딕"로 시작하고 있지만 이야기가 진행되는 배경이나 질고도의 내용이 조선의 당시인 것이 분명하므로, 당시의 일이지만 이를 허구화한다는 태도는 확실히 하고 있다.

<뎨국신문> 1900년 6월 19일과 7월 11일의 논설도 그와 같은 성격을 가지고 있다. 이 두 글은 모두 견문을 보고하는 형식을 갖추고 있는데 전자는 서술자가 한 여인으로부터 시골의 토호가 관리의 비호 아래 탐민하는 참상을 듣고 이야기하는 내용이다. 이 글은 분명히 창작 당시의 조선 일임이 밝혀져 있다. 또 이 글에서 주목되는 것은 당시에 무식한 백성이 시대적 문제에 대해 인식하는 정도가 직접 드러나 있다는 점이다. 여인이 작중 화자에게 개화의 폐단에 대해 말하고 있는 것이 그것이다. 이 글에서 보인 토호의 탐학이든 개화의 불철저함으로 인한 폐단이든 당시의 조선이 당면한 현실적 과제였으며 이 글은 이를 문학의 대상으로 삼은 것이다.

후자는 서술자가 시골에 사는 친구를 만나 농사 형편을 들은 것을 기록하는 형식이다. 시골은 지금 가뭄이 심하여 어찌할 줄을 모르는데 관리의 탐욕과 너무 많이 임용된 관리의 토색, 과중한 세금과 이로 인해 각박해지는 인심 등이 나타나 있다. 이 밖에도 당시의 조선

현실을 직접적으로 알리고 문학행위의 대상으로 삼은 것은 많거니와 위의 것들이 서술 형식에 의해 당시의 현실을 이야기하고 있다면 그 밖에 대화형식에 의해 표현한 것들도 다수 발견되고 있다. 이 경우 대화체의 장면제시적 효과가 당시의 현실을 현장감 있게 표출하는 기능을 할 수 있었으며 이처럼 생동감 있는 현실표현의 방법인 대화체는 이 시기의 글들이 창작 당시의 직접적인 현실을 문학적으로 형상화한다는 성격으로 인해 더 활발하게 시도되고 후대의 문학에서 문체 전체의 구어화에도 기여할 수 있었다.

또 다른 방식의 것은 현실을 직접 대상으로 삼되 이를 비유나 고담의 형식으로 전환하여 표현한 것이다. 이들 중 당시의 조선을 나무나 숲, 물고기, 배(船), 가정 등으로 비유한 것들이 자주 보이는 바, 우선 <미일신문> 1898년 7월 25일자의 것과 11월 9일자의 것이 나무로 비유한 것이다. 전자는 양춘이 돌아와 쇠잔하던 나무가 소생하고 있다는 내용이고 후자는 오래 전당잡혔던 나무를 되찾아 놓고 보니 뿌리가 드러나고 가지가 꺾어져 있는데 사방에서 나무가 거꾸러지기만 기다리고 있다는 내용이다. 이 글들에서 나무로 비유되고 있는 것이 당시 조선의 현실이며 이를 잘 드러내는 방법을 찾는 것이 이 당시 글의 특징이며 문학사적 사명이었을 것으로 보인다. 국가와 국민의 관계를 못과 물고기의 관계로 설정하고 이를 통하여 당시의 현실을 드러내는 것으로는 <독립신문> 1898년 2월 5일자와 <미일신문>1898년 12월 29일자 등에 보인다. 이 경우에는 못의 성쇠와 고기의 운명이 함께 하고 있음을 보이고 이어 고기들을 노리는 어부 초동 등으로 표현된 외세와 이 외세를 빙자하여 고기를 더 위태하게 하는 백로 등이 서사적 사건 속에 형상화되어 있다.

국가를 배로 비유한 것은 <뎨국신문> 1903년 6월 5일자의 것 등이, 가정으로 비유한 것은 같은 신문 1900년 3월 31일자의 것 등이 보이며 그 밖에도 탐관오리를 보고한 것이나 풍자한 것, 고집불통의 노인을 풍자하거나 설득하는 것 등이 다수 나타나서 이 시기 문학이 형상화해야 했던 시대의 성격을 드러내면서 동시에 문학사적으로 다양한 기법의 계승과 시도라는 역할을 담당하고 있었다.

이 시기의 글이 전대의 것들에 비해 창작 당시의 직접적 현실을 문제 삼고 이를 소망스런 방향으로 이끌려고 했던 데에는 이 시기 글지은이들의 자기인식이 근저에 깔려 있다. 이 시기의 지식인들은 자신들이 가지고 있던 선각자적인 현실인식을 독자에게 전달하여 독자의 현실인식을 자신들의 그것에까지 이끌어 올려야 할 역사적 책무를 스스로 느끼고 있었다. 이런 태도는 이들이 지은 글에 명시적으로든 암시적으로든 나타나며 이는 이 시기 글들의 성격을 규정하는 중요한 성격이 된다.

개화기의 단형 서사는 현실을 직접 표현하는 선례를 이룸으로써 후속되는 한국문학이 단순히 말하거나 듣고 즐기는 선을 넘어 현실에 대해 문제를 제기하고 이를 해결하는 전망을 제시하는 기능을 하게 하는 주목할만한 발판을 이루었다. 이 점은 이전 시기 문학이 창작 당시의 현실과 동떨어진 배경과 내용으로 지은이의 관념적인 의도를 표현하여 독자에게 기존의 질서를 확인하게 하거나 단순히 희학의 재료로만 제공되던 데서 벗어난 성격이 된다. 문학이 창작 당시의 현실을 표현의 대상으로 할 수 있다는 인식은 당시까지 행해지던 문학의 입장에서 보면 문학 대상의 현저한 확대였을 것이며 이는 앞으로의 문학을 창조적이고 생동감있는 상상력의 차원으로 이끄는 기능을 하게 될 것이다.

이 시기 문학에 인식된 현실이 대체로 부정적인 것은 이 시기의 지은이들이 당시의 현실적 위기를 과거의 전통과 전래적 가치의 비현실성에서 초래된 것으로 인식하고 이를 개선하여 개화세상으로 나아갈 것을 주장하는 태도에서 기인된 것이거니와 이런 점은 다음 시기의 문학에도 영향을 주어 이 시기 이전의 사회를 전적인 부정의 대상으로 보거나 청산해야 할 과거의 부담으로 인식하게 하는 기능을 하였다. 전래적인 가치를 완전 부정하는 전통은 이후의 문학에서 내용이 된 것만이 아니라 문학을 연구하는 태도에도 영향을 미치게 된 바 있다.

### (2) 몽유록 및 의인문학 내용의 당대적 변용

몽유록은 현실세계에서 갈등의 해결이 불가능하거나 어려울 때 시간적으로나 공간적으로 현저한 거리가 있는 상황, 또는 현실과 비현실로 나뉘어진 상황으로 독자를 인도하여 갈등해결을 경험하게 하는 방법이다. 대체로 성격상 몽유록은 교훈적 의도로 사용되는 경우가 많았고 이런 교훈적 몽유록은 현실의 문제에 대해 독자보다 심정적으로 앞선 인식상태에 있는 작자가 그 인식을 교훈적으로 전달하기 위해 사용한 전래적 방법이다. 이 경우 의도를 전달하는 것이 현실적인 이야기로는 불충분하거나 효과가 부족하다고 여길 때에 비현실적인 대상이나 초월적 존재를 통하여 말하게 하는 것이므로 전래적인 저승왕래담과 발상방법상 유사성이 있다. 그러므로 몽유록은 저승왕래담과 결합되어 있는 경우가 많아서 지난 시기의 위인이나 저승의 판단자가 현실에 대한 삭사의 교훈을 대신 말하는 형식을 취하게 되었다. 이럴 때에 그 위인이나 판단자의 견해는 의심이 불가능한 진리로 믿어지고 이로써 지은이의 의도는 강한 설득력으로 전달되는 것이다.

개화기에도 몽유록은 생산적으로 계승되고 창작되었다. 또 이 시기 몽유록에 대한 연구나 언급도 적지 않다. 다만 이 시기 몽유록에 대한 기왕의 연구는 대상이 비교적 한정되어서 "禽獸會議錄"(1908), "夢見諸葛亮"(1908), "夢拜金太祖"(1911), "꿈하늘"(1916) 등을 대상으로 하고 있었다. 그러나 이런 작품들이 나타나게 된 선행 형태로서의 개화기 단형 몽유록에 대해서 고려하지 않았고 이 글들의 지은이가 개화기의 대표적 지식인 또는 우국지사여서 연구자들이 일말의 선입견에 이끌렸을 가능성을 지울 수 없는 형편이다. 이보다 앞선 개화기의 단형 몽유록은 작품의 수에 있어서나 짜임과 의도에 있어서나 주목할 만한 글들이었으며 그 문학사적 가치도 적은 것이 아니었다.

몽유록은 이미 전시기에 전래되는 가치관으로 확립되어 있던 조상에 대한 존경과 숭배를 문학적으로 이용하는 기법으로 저승왕래담을 가진 경우가 많았다. 앞에서 말했듯이 몽유록에서 저승에 있는 이의 판단은 의문이 불가능한 설득력을 가지고 있어서 이런 설정은 효과적이었다. 처음에는 직접 가계의 조상을 저승에서 만나고 오는 방식[104]이었으나 후대로 오면서 전 시대의 의심할 바 없는 위인이나 초월적 판단자를 만나 그 말씀을 듣고 온다는 내용을 가진 경우[105]가 많았고 이는 후대의 몽유록에까지 영향을 미치게 되었다.

이 시기의 이 글들은 몽유록의 전래적 수법을 이어받았으면서도 내용에 있어서는 당대적 변화를 일으켜서 전대의 것들과 현저한 차별성을 가지고 있다. 곧, 전대의 몽유록이 관념적인 애정물이거나 도덕의 전달에 관심을 가졌던 데 비해 이 시기의 몽유록은 창작된 당시의 직접적 현실에 대한 대처를 문제삼고 있으며 등장하는 인물도 당시의 구체적 인물인 경우가 나타나고 있다.

이 시기의 몽유록이 전래적인 몽유록의 전통을 당대적으로 변용하

---

104) <미일신문> 1898년 3월 26일자의 경우

105) <皇城新聞> 1905년 9월 5일자,
　　<대한미일신보> 1905년 11월 5일자, 12월 8일자의 경우

는 방법은 단순히 몽유록적 사고방법을 사용하는 경우와 나아가 전시기 몽유록의 화소를 당대적으로 변형하여 활용하는 경우까지 나타나고 있다. 우선 저승왕래담의 경우는 교훈의 설득력과 더불어 상상력의 자유로움으로 인해 다수 창작되었던 바, 왕래한 사람을 지은이의 의도에 따라 자유롭게 설정하여 저승의 모습을 임의로 편성할 수 있는 특징이 있었다. 이 시기의 저승왕래담은 <미일신문> 1898년 3월 26일자와 1899년 3월 2일자, <皇城新聞> 1905년 9월 5일자와 <대한미일신보> 1905년 12월 8일자 등이 발견된다. 이들은 모두 앞뒤가 갖추어진 액자형 몽유록으로 이들 각각이 발견한 저승의 구체적인 모습은 각기 다르다. 그러면서도 당시의 문제를 초월적 설득력에 의해 표현하려는 의도는 같은 것을 볼 수 있다.

1898년 3월 26일자는 최여몽이라는 이가 잘못 죽어 저승에 갔다가 되돌아오면서 역사적인 현인들을 만나 그들이 후손에게 보내는 교훈을 가지고 왔다는 내용이다. 송우암, 허미수, 이율곡 등으로 나타나는 조상들은 자신들의 후손이 조상의 이름만 팔아 놓고 먹으니 저승에서 조상들이 근심하여 초최하다고 전해 줄 것을 부탁한다. 이 글은 조상의 名號가 구체적으로 거명되고 있어 효과가 클 것인데 이 글의 몽유자가 실존인물이 아닐 것은 그 최여몽이라는 명명에서 드러난다. 그렇다면 이 글은 실제 저승환생을 경험한 이나 최소한 이를 들은 이가 기록한 것이 아니고 지은이가 의도를 전환 표현하기 위해 임의로 지어 낸 이야기일 것이 분명하다. 이 글이 사실도 아닌 저승 왕래담을 통해 일견 타인의 조상에 대한 모욕에 가까운 서사를 꾸민 것은 몽유록의 당대적 기능에 대한 인식을 볼 수 있게 하는 역할을 한다. 지은이는 이런 형식의 글이 심각한 효과를 드러낼 수 있다고 보고, 그 내용을 조상이 하는 후손에 대한 꾸지람으로 채운 것이다.

1899년 3월 2일자는 역시 저승왕래담을 통해 탐관오리에 대한 경고의 기능을 행하고 있다. 저승에 생시의 선악에 대한 심판의 과정이 있다는 것은 시대와 민족을 불문하고 긍정되어 있다. 이 글은 저승의 심판기능에 대한 전통적인 신뢰를 이용하여 현실의 행위에 대한 반성을 촉구하고 인과응보의 초월적 질서를 당대에 적용하고 있다. 이 글에는 잘못 죽어서 저승에 온 몽유자에게 저승의 관리가, 지금 여기 있는 이의 열에 아홉은 관장의 잔학행위로 죽은 원혼이라고 설명하고 관장이 죽어서 받는 참혹한 형벌장면을 보여준다. 이 글은 탐관오리의 죄악에 대한 경고의 의도로 지어진 것이므로 이런 내용을 가지고 있지만 1905년 9월 5일자의 글은 당시 조선의 일반적 죄악에 대해 다양하게 경고의 기능을 수행하고 있다. 이 글에도 잘못 죽어 저승에 간 늙은 귀머거리가 저승에서 고통받고 있는 김판서 이정승 민대신 조협판과 유명한 갈보를 만나 그들의 부탁을 듣고 돌아온다는 내용이다. 이들의 죄상은 자신들의 입을 통해 양반 행악과 전답늑탈, 負國害民에 뇌물을 탐한 것, 부호자제를 망친 것 등이다. 이들은 모두 자신의 자제 후예에게 같은 잘못을 범하지 않도록 전해 줄 것을 부탁하고 있는데 이런 내용이 나올 수 있는 데에는 당시의 조선 질서가 현실적으로 이런 행위를 제약하는 기능을 충분히 수행하지 못하고 있다는 지은이의 비판적 인식이 기저에 깔려 있다. 이 때문에 초월적인 인과응보의 개념으로 경고할 필요를 느낀 것으로 이 글을 통해 몽유록이 당대의 문제점에 대해 지적하고 개선하는 기능으로 확대된 것을 볼 수 있다.

　1905년 12월 8일자의 글은 "夢天錄"이라는 제목에 "忠魂訴上帝"라는 부제를 가지고 秋鶴山人이라는 지은이를 밝히면서 민영환 등의 충신이 옥황상제에게 자신들의 죽음이 헛되지 않게 해 달라고 통곡 상소한다는 내용을 가지고 있다. 이 글은 잘못 죽어 저승에 간다는 몽유록의 도입은 불분명한 채 몽유에서 깨어나는 부분은 명확하게 보이고 있다. 옥황은 민영환과 동행한 인원들인 조병세, 홍만식, 김봉학, 이상철 등 모두를 대한에 환생하게 하여 이들이 새로이 영광스런 국가를 이루게 한다. 이런 내용은 창작 당시 조선에서 가장 민간의 관심을 크게 끌고 있던 민영환 등의 죽음을 서사적으로 허구화하여 몽유자의 몽유를 거치게 함으로써 이들의 죽음이 가진 당대적 교훈을 구체화하는 성과를 이루었다. 당시의 사람들에게 이들의 죽음이 의심할 바 없는 충혼의 발현이었으므로 이에 대한 옥황의 처분은 가장 소망스러운 것이었고 이 몽유록을 통해 당시의 독자에게 지은이는 자신의 의도와 소망을 효과적으로 전달할 수 있었던 것이다. 이 점에서 몽유록형식의 저승왕래담은 당대적 효용을 가지고 다수 창작된 것이다.

또 당시에 지은이가 독자에게 자신의 관념적이고 교훈적인 의도를 효과적으로 알리기 위해서는 자신과 독자의 공통체험 영역만으로는 부족한 부분이 있을 수 있었다. 이 경우 지은이는 몽유록을 통해 독자에게 낯선 장소나 시간으로 배경을 설정하여 설득력을 높일 수 있었다. 이미 몽유록임을 글의 짜임새에서 밝힌 것이므로 글의 내용이 사실성을 가져야 한다는 부담으로부터 자유로웠고, 그래서 이 형식은 열린 상상력을 통해 당대의 문제를 드러내고 논의하는 데에 효과적일 수 있었다.

다만 이 시기의 몽유록이 당시의 현장으로부터 현저히 떨어진 시간과 장소를 다루고 있다고 하여도 몽유록의 창작 의도상 글의 대상이 된 상황은 당대의 문제를 전환한 것이라는 점에서 벗어나지는 않았다. 이 경우 현실로부터 먼 상황을 설정한 것은 현실을 말하는 데에 효과적이라고 판단한 때문일 뿐 내용의 관심은 당대적 변용을 입은 것이었다. <皇城新聞> 1899년 1월 16일자의 글이 그런 성격을 잘 드러내고 있다. 이 글은 몽유자가 꿈에 "江南千里를 片時에 行"하여 길가에 선 장승을 만나 대화를 나눈 것으로 되어 있다. 이 글에서도 몽유의 내용은 조선의 일임이 잘 드러나 있는 것이다. 이 글에서 몽유자의 말로 나타나는 "我ㅣ 近日에 各地方隊尉官들을 見홈이 職所를 擅離ᄒ야 或 二三朔式 上京逗留ᄒ며 或 幾個月式 潛行歸家ᄒ되 軍部에셔 施罰홈이 無홀뿐더러 上京逗留ᄒᄂ 暇에 權門에 出入ᄒ야 陞差ᄒᄂ 者ㅣ 居多ᄒ니"의 문제점은 당시의 신문이나 기록106)을 통해 보건대 당대 조선의 일임이 분명하다. 이 글은 의인수법을 사용하면서 몽유록의 특장인 자유로운 상상력을 살려 당대의 일을 문제삼았다.

당시에 서양의 사정을 들고 이에 견주어 국내의 일을 이야기하는 것이 이를 경험하지 못한 대부분의 독자에게 있어 강한 설득력을 가지고 있었을 것임은 앞에서 논의한 바 있거니와, 몽유록 형식의 글에서도 서양의 사실을 몽유로 보임으로써 같은 효과를 꾀하였다. 이 경우는 서양의 사실을 단순한 보고형식으로 알리는 것보다 사실의 신빙성에 대한 제약이 적으므로 더욱 지은이의 의도가 잘 드러날 수 있었다. <독립신문> 1899년 7월 7일자의 "일쟝츈몽"이 그런 예이다. 이 글은 몽유록의 입몽과 각몽의 형식요소와 꿈에 서양에 다녀 왔다는 내용을 가지고 있다. 이 글은 앞 부분에 "보로사, 법란셔, 비사믹, 라파륜, 너리손, 론돈" 등의 내용을 가진 견문을 보고하고 있는데 이 부분까지는 견문의 사실성에서 그리 멀지 않다. 그러나 이어지는 내용에서 "貪천, 啞천, 風혈" 등의 허구적 견문을 말하고 있어서 지은이의 의도가 드러나게 해 두었다. 탐천의 물을 마시면 사람들이 탐욕스러워지므로 그 나라에서는 이를 덮어 엄금하고 있다고 하며, 아천의 물을 마시면 간언하는 신하가 벙어리가 되므로 또한 금하고 있고, 풍혈의 바람을 쐬면 곡식이 마르므로 구멍을 단단히 막아두었다고 하였

---

106) 黃玹, 앞의 책, p.63 기타

다. 여기에서 보이는 사실적 견문은 독자로 하여금 견문을 넓게 하는
효과가 있기는 하나 이 글의 주된 의도가 아니며 허구적 견문이 지은
이가 실제로 뜻했던 의도를 드러내는 것이다. 이를 통해 지은이는 당
시에 조선에서 겪던 탐욕과 아부와 가난의 문제를 다루고 있으면서
이를 봉하고 틀어막아야 한다는 의도를 말하고 있는 것이다. 이 글은
몽유록이 가진 광범한 상상의 가능성을 활용하여 당대의 문제점을 지
적하고 지은이의 교훈적 의도를 표출한 것이며 서양의 사실을 든 것
은 의도의 설득력을 높이려는 것이다.

배경을 특별히 정하지 않고 효과적 표현을 위해 몽유의 방법을 사
용한 것들도 당대의 문제를 다루고 있는 점에서는 위의 것들과 공통
된 성격을 가지고 있다. <뎨국신문> 1903년 6월 5일자의 글은 지은
이가 설정한 비유의 설득력을 높이기 위해 몽유의 방법을 사용한 것
이다. 이 글에서 지은이는 국가가 배(船)이며 국민은 선인이라는 비유
를 해놓고 이를 잘 드러내기 위해 몽유의 방법을 쓰고 있다. <대한미
일신보>의 1905년 11월 5일자 "山人說夢"은 조선인이 일본을 환영했
던 어리석음을 산신이 현몽하여 알려 준다는 내용을 몽유의 방법으로
형상화하고 있다. 이 글의 경우라면 당대의 문제에 대한 지은이의 인
식은 이미 확정된 상태에 있으나 이를 직접적인 설득으로 표현하는
것 이외에 몽유의 방식으로 전환표현하는 것이 효과적이라는 인식으
로 인해 나타난 형태라 하겠다. 여기서도 이 시기 몽유록이 당대의
현실을 표현하는 기능으로 전환된 것을 볼 수 있다.

이 시기의 몽유록은 이미 전 시기에 있던 이야기를 당대의 문제에
적합하게 변형하여 재해석하는 창의성을 보이고 있기도 하다. <뎨국
신문> 1900년 6월 28일자의 논설은 전래의 나뭇꾼과 사슴 이야기를
특이하게 변형하여 지은이가 말하려는 내용을 드러내는 도구로 삼았
다. 나뭇꾼이 나무를 하고 있는데 사슴이 사냥꾼에게 쫓겨 와 살려

달라고 부탁하는 것이나 나뭇꾼이 나무더미에 숨겨 준다는 내용은 전래의 이야기와 같다. 다만 이 글은 사냥꾼이 왔을 때 나뭇꾼이 입으로는 모른다고 하면서 손으로는 사슴을 숨긴 나무더미를 가리킨다는 내용에서부터 전과 달라진다. 사냥꾼이 나뭇꾼의 손짓을 알아차리지 못하고 가자 사슴이 나와서 인사 없이 그냥 가려 한다. 이에 대해 나뭇꾼이 배은망덕하다고 나무라자 사슴이 나뭇꾼의 표리부동함을 꾸짖는다는 내용을 가지고 있다. 이를 본 몽유자가 탄식하다가 잠을 깬다고 하면서 계속하여 탄식과 경고를 말하고 있다. 당연히 이 글은 세상이 모두 이익을 위해 서로 속이는 세상으로 바뀌었다는 개탄을 실은 것인데 이 글의 어조는 그 개탄과 더불어 속지 말아야 한다는 경고의 흐름도 가지고 있다. 여기에서 전 시기의 이야기가 당대적 변용을 입는 대표적인 예를 보게 되며 이러한 변용의 결과물을 몽유록의 내용으로 편입함으로써 의인된 내용이 서술자와 직접 결합되는 데 용이하게 하였다.

이 시기의 몽유록은 위에서 본 바와 같이 이미 형성되어 있는 형식요소와 발상방법의 축적 위에 당대의 문제를 내용으로 결합함으로써 시대적 의미를 가질 수 있었다. 또한 이처럼 창작 당시의 현실이 몽유록의 내용으로 받아들여지는 선례를 남김으로써 이어지는 문학에서 창작자들이 현실인식을 몽유화하는 데 기여하게 되었다. 그리하여 이후에 安國善, 朴殷植, 劉元杓, 申采浩 등 비교적 명료한 현실인식을 가지고 있던 창작자들이 이 형식을 당대화하게 된 것이다.

의인문학은 전 시기에 인간의 행위에 대한 작자의 풍자적 의도를 전환 표현하는 도구로 발생하고 발달하였던 것인 바, 이 시기에는 풍자할 인간의 행위에 대한 인식이 진전함에 따라 더욱 생산적이고 효과적인 방식으로 창작되었다. 전 시기에는 풍자할 인간의 행동이 지배적 가치관으로부터 일탈한 정도가 적었으므로 풍자의 범위가 한정적이었으나 이 시기에는 그 정도가 크고 심각하여 풍자할 내용의 범위도 넓고 내용도 다양할 수 있었다. 특히 신 시대의 가치관을 가지고 바라본 조선의 전통 사회는 완고하고 야만적인 사회라고 인식되었으므로 동물의인 방식이 활발하게 나타날 가능성이 높아진 것이다. 이처럼 조선의 구 사회가 완고하고 동물적인 사회로 인식된 것은 이 시기에 개화 지식인을 중심으로 조선의 구 사회를 바라보는 시선이 비판적 성향으로 바뀐 것이며 이로 인해 의인방식에 의한 문학 창작도 다양한 내용과 기법을 가지게 되었다.

이미 의인문학의 소재취택 방법은 다양해져 있었다. 조선의 후기에 이르기까지 동물의인의 우화적 방법만이 아니라 신체의인, 심성의인도 나타나고 있었던 것이다. 그러므로 이 시기에 의인의 방법 자체가 창의적으로 발전하거나 의인적 발상의 새로운 영역을 발견할 수는 없었다. 이 시기의 의인문학은 기존의 의인수법을 가지고 창작 당시의 현실적 문제를 형상화하는 시대적 또는 문학사적 가치 쪽에서 더 의미있게 고찰될 수 있다.

우선 이 시기에 창의적으로 비유한 의인의 내용을 가진 것은 <협성회회보> 1898년 2월 26일, <皇城新聞> 1899년 1월 16일, 1900년 11월 10일, <독립신문>1899년 2월 25일자의 내용이 있다. 1898년 2월 26일자의 것은 특별한 갈등구조나 지은이의 의도가 나타나지 않은 채로 사자는 의뭉하고 여우는 약은 짐승이라는 것만 말하고 있나. 이 글은 서술되는 어조로 보아 사자의 의뭉한 수법에 속지 말자는 것을 은연중에 보이고 있는데 이 사자는 늙고 병든 것이라 하여 당시에 조선을 자신의 영향권 아래 두기를 원하기는 하지만 현실적으로 역량을 가지지는 못하고 있던 중국을 의인한 것인 듯하다.

1899년 1월 16일자는 몽유록과 결합되어 있으며 앞에 살핀 바와 같이 당대의 문제를 의인한다는 의도를 분명히 밝히고 있다. 이 글에는 천하대장군이라고 쓰인 장승이 의인되어 직책을 철저히 수행하는 관리 특히 군인의 모범을 형상화하고 있다. 당시의 군인들이 자신의 직무에 충실하지 않아서 국가에 위기가 온다는 생각과 그들이 장승처럼 자신의 직책을 수행하기를 바라는 지은이의 의도가 실려 있는 것이다.

1900년 11월 10일자의 글은 개의 재주에도 귀천의 구분이 있다는 역설적인 제목을 붙여 놓고 사람을 능력이나 성실성에 의하지 않고 그 배경에 의해 평가하고 임용하는 세태를 풍자하였다. 쌍둥이 강아지였는데도 부자의 집에서 기른 것은 게으르고 겁이 많은데 가난한 집에서 기른 것은 용감하고 부지런하여 둘에게 사냥하게 하니 수확에 큰 차이가 났다. 그래도 부자의 개이므로 잡은 새를 나누어 주게 되고 결국은 부자의 개가 칭찬을 듣는다는 내용을 표현하였다. 이 글은 배경을 서역 천축국으로 하여 상상력이 발휘되기가 쉽게 해 놓고 풍자의 주된 방법은 비유를 사용하여 창작 당시의 문제를 형상화하였다.

위의 것들이 창의적인 이야기를 사용한 데 비해 전래의 비유나 이야기를 이용하되 변형이나 재해석의 방법을 쓴 것들도 자주 보인다. 변형이나 재해석이 거의 없이 전래의 비유를 전래의 해석 그대로 쓰되 표현에만 가필한 것이 <죠션크리스도인회보>1897년 5월 26일자의 "됴와문답"이다. 이 글은 전통적으로 견문이 좁은 사람을 말하는 개구리 비유를 사용하면서 이를 구체적 서사로 형상화하여 흥미를 높여 놓았다. 개구리가 고루한 견문에 집착하고 있는 모습을 조선의 고루한 선비와 동일시되도록 묘사한 것이나 물새가 견문을 넓힐 것을 강조하는 데 대해 개구리가 화를 내며 배척하는 장면에서 조선 선비들의 말투를 사용하도록 한 것 등이 그것이다. 이로써 이 글은 의인수법의 당대화를 이루는 계기가 된 것으로 보인다.

<그리스도신문> 1897년 5월 7일자의 "코기리와 원숭이의 니야기"는 전래의 황새결송류를 원용한 듯이 보이나 결송자가 있다는 정도의 유사성이 발견되고 있을 뿐, 쟁송자가 코끼리와 원숭이이며 결송자가 부엉새라는 점에서부터 전래의 것과 차이가 나타나고 결송자의 기능에 있어서는 전적인 전환이 이루어져 있다. 전래의 이야기들에서는 결송자가 이익을 얻고 쟁송자는 아무 이익이나 깨달음이 없는 데 비해 이 글에서는 결송자의 이익이 없고 쟁송자에게 교훈을 주는 것으로 되어 있다. 이 점을 두고 보면 이 글은 쟁송과 결송의 흥미로운 요소를 차용하여 모든 사람이 각각 나름의 가치있는 재능을 가지고 있다는 당대적 인간의식을 전달하려는 의도를 가지고 있었던 것으로 보인다.

<독립신문> 1898년 2월 5일자의 글은 황새임금님의 이야기틀에 당대적 의미를 부가하여 놓은 것이다. 개구리들이 임금을 원한다는 것이 이 글에서는 물고기의 위기에 구원자로 가장한 백로가 나타난다는 것으로 전환되어 있으나 역시 새는 자기 욕심을 위해 남을 속이는 자로 설정되어 있다. 다만 이 글에서는 이 이야기의 내용이 당대의 역사적 위기에 대처할 민족적 인식의 필요를 역설하는 것으로 재해석되어 있는 것이다. 이 글의 의도는 이 글의 맺음부분에서 지은이가 개입하여 백로가 왔다고 외치는 것으로, 이 글이 의인문학 내용을 창작 당시의 시대적 의미로 이용하는 것을 보이고 있는 것이다.

<皇城新聞> 1899년 2월 8일의 글은 두꺼비 쟁년류의 화소가 차용되어 있으나 이 부분은 가볍게 언급되어 있다. 이 글에서 중시된 것은 현재 양 두꺼비가 가진 형세의 원인에 대한 논쟁 부분이다. 긴 논란 끝에 남쪽 두꺼비가 이제는 날씨가 조금 따뜻해지더라도 경거망동하지 않겠다고 깨달아 말하는 것으로 끝을 맺었다. 이 글 역시 전래

의 지혜로운 두꺼비 화소에 현실에 대한 논쟁을 결합하여 당대적 의미로의 변형을 꾀한 것이다.

<뎨국신문> 1900년 3월 30일자의 글은 구토지설을 변형없이 인용하고 나서 이에 대한 당대적 해석을 가해 놓았다. 구토지설을 인용하는 데에는 김춘추가 고구려에 가는 데서 출발하여 역사적 기록을 전면적으로 이용하였으며 구토지설 부분도 삼국사기의 내용을 번역하는 데 그쳤다. 그 뒤에 이에 대한 논평을 곁들이면서 고구려의 간신 선도해가 뇌물을 받고 적국의 장수에게 살아날 거짓말을 가르쳐 주어 결국 나라가 망하게 되었다고 나무라는 말을 실었다. 이로 보면 이 글에서 구토지설 부분은 지은이의 의도를 말하는 데서 보조적 자료의 일부일 뿐이며 지은이가 당대적 의미로 재해석할 것은 선도해의 행위 부분이다. 그런데도 구토지설의 내용을 장황하게 번역하고 있는 것은 지은이가 이 내용이 흥미롭다고 판단하여 독자의 관심을 지속시키기 위해 쓴 기법인 것으로 보인다. 구토지설이나 그것이 포함되어 있는 선도해 이야기나 전래의 것이며 지은이는 이를 당대적 의미로 재해석하여 이용한 것이다.

의인수법 중에 조선 시대에 창의적으로 발생하고 발전한 것이 심성의인류이다. 이들은 모두 인간의 내면을 한 국가로 설정하고 이 국가에서 일어나는 반란과 혼란이 극복되는 과정을 다룬 것으로 조선의 통치이념이었던 성리학의 인간파악방법을 형상화하는 철학적 기반을 가진 것이었다. 신라시대에 창작된 <花王戒>나 고려시대에 창작된 가전류의 전통을 이은 심성의인류는 그 상상력의 자유로움으로 인해 창작방법으로서의 매력을 가지고 있었고 당대의 지배적 철학이 비유적 사고의 전개에 의해 비교적 평이하게 전달될 수 있다는 점 때문에 다수의 작자가 창작에 참여하였다. 개화기에도 이러한 의인수법을 사용한 것으로 <독립신문> 1899년 2월 25일자의 "역적 세 놈"이 창작

되었다. 조선의 심성의인류가 대체로 왕조적 상상력으로 서사적 구성
이 일대기형식이나 한 사건의 시종으로 완결되어 있는 데 비해 이글
은 불완전한 서사이며 심성의 세 가지 불합리한 점을 의인하는 데서
그치고 있을 뿐이다. 이 점은 일단 이 글이 미완결된 것이며 서사적
진행이 없다는 점에서 미비한 글로 지적되게 한다. 그러나 이런 발상
방법은 전래적인 기법을 이은 것이며 전래의 것이 관념적이고 비현실
적인 데 비해 이것은 당대의 현실에 대한 직접적 구체성을 가지고 있
어서 주목되는 것이다. 조선 시대의 것이 심성의 나태함, 방탕함, 탐
욕 등을 의인했던 것에 비해 이 글이 눈을 끔적거림이나 귀에 소곤거
림이나 협방에 살짝 들어가 협잡함 등을 의인한 것은 이 기법에 당대
적 의미를 부여하는 것이 된다.

　의인문학은 이 시기로부터 다음 시기에 이르기까지 광범하게 창작
되고 독서되었다. 이 시기의 글들은 다음 시기의 것들이 나타나게 되
는 한 동인의 역할을 하면서 의인기법의 당대적 활용에 한 모범을 보
여 풍자의 기능을 하는 데 기여하고 상상력의 확대를 이루어 낼 수
있었다.

## 2. 표현의 현실화와 언어의 구어화

　이 시기의 문학은 전 시기와 구별되는 내용적 특성에 있어서만이
아니라 형식적 요소인 특이한 표현이나 문체에 있어서도 변모를 일으
킨 점이 주목된다. 일찍이 "축생도, 카니벌리즘"107)이라고 논의되기까
지 한 이 시기 표현의 과격성과 전 시기에 비해 현저히 구어에 가까

---

107) 이재선, 1980, 제3장 신소설의 범죄와 폭력의 차원

워진 문체는 이 시기 문학을 연구함에 있어 간과할 수 없는 중요성을 가지고 있다.

이 시기 문학에서 볼 수 있는 표현의 특징은 문학의 제 요소들이 구체적이고 현실적인 모습으로 변모하고 있다는 점일 것이다.전 시기의 소설이 표현하던 인물은 비교적 상투적이거나 과장되어 있어서 현실감을 주지 못한 채로 독자자신의 현실적 무능력에 대한 代償효과를 노리고 있었다. 고전 소설이 광범하게 창작되고 읽힌 이유 중의 하나가 바로 이러한 이상적 인물의 비현실적 영달에 있을 것이기 때문이다. 고전 시기의 인물은 그 출생에서부터 삶의 전 과정과 죽음 또는 승천에 이르기까지 철저히 당시 사람들의 현실적이고 구체적인 삶으로부터 괴리되어 있었다. 그들은 신성하거나 고귀한 혈통을 배경으로 하고 있으며 출생은 신비에 싸여 있고 비범한 능력을 가지고 있어서 독자의 현실생활에 대한 좌절을 심리적으로 보상받게 하는 효과를 노리고 있었다.

이에 반해 이 시기의 인물은 독자와 심정적인 거리가 좁아서 현실적으로 자신의 행동을 반성하게 하거나 특정한 의식 및 행동을 유발하기에 용이하였다. 이미 전 시기의 소설에서 설정되었던 인물은 독자와의 동일시에 한계를 보이고 있었고 이 시기의 지은이들이 독자에 대해 가졌던 교훈적 의도자체가 현실적 사건에 대한 특정한 의견의 성격을 띠고 있었으므로 인물의 현실화가 요청된 것이다.

> "남대문밧 네거리에셔 ᄋ히 둘이 싸호ᄂᆞ디 ᄒ ᄋ히ᄂᆞ 나이 만코 힘도 만하 ᄂᆞᆷ 보기에 업ᄂᆞ 심슐이 잇ᄂᆞ 듯ᄒᆞ고 ᄒ ᄋ히ᄂᆞ 나이 어리고 힘도 약ᄒᆞ여 ᄂᆞᆷ 보기에 ᄂᆞᆷ과 말ᄒᆞ기를 슬혀ᄒᆞᄂᆞ 모양인데"(협성회회보, 1898.4.2)
>
> "월봉만 가지고 거긔셔 지낼 슈 잇든가.그럭크에 자네드러 말일세만

은 싱각다 못허여 촌민들의게 호포와 결젼 밧는데 좀 더물니려 들엇더니 이 무지흔 것들이 들고 이러나셔 법률 밧겟 일이니 아니 물겟다고 야단을 치데그려. 그리셔 홀 수 업기에 쏘박쏘박 월봉만 먹고 잇다 갈녀 올나온즉 싀원하에"(미일신문, 1898.6.13)

허 제 명이 마마에 죽을 터이면 우두를 너셔 살니기로셔니 얼마 산다던가 다 제 명에 달녓너니 우리나라 사룸은 달나셔 죽드리도 마마를 싁혀야 흐너니(미일신문, 1898.7.1)

이젼에 흔 노인이 도량이 너그럽고 지식이 광활흔 즁 직산도 유여흐고 즈녀손이 션션흐되 나히 칠십이 되도록 부지런흐야 줌시라도 흔가히 노지 아니흐는지라(미일신문, 1898.7.21)

南蟾曰 不然不然하다 吾家가 世讀禮記하야 從月令 順時序하는 節次에 毫釐不差하미 曆書를 隨하야 驚蟄에 始振하고 秋分에 塞戶하고 霜降에 咸俯호디(皇城新聞, 1899.2.8)

목끔젹이론 놈은 눈을 끔젹끔젹흔다는 뜻이요 직어론 놈은 손으로 남을 쑤욱 찍어 가지고 협방으로 들어가는 낮이요 이소곤이론 놈은 귀에다 입을 디고 소곤소곤흔다는 뜻이로다(독립신문, 1899.2.25)


이 밖에도 이 시기의 인물이 지은이에 의해 형상화된 것은 무수히 발견되거니와 모든 경우에 인물을 드러내는 방법이 현실적이며 설정된 인물이 당시에 실존하거나 실존할 것으로 보이는 인물이어서 이들이 보이는 행위가 현실적으로 독자에게 작용할 가능성이 높은 것이다. 이들을 형상함에 있어 지은이의 의도를 잘 드러내려는 의도가 지나치게 작용하여 일부는 인물묘사가 과장된 성격을 드러내고 있기도 하였으며 때로는 구소설에서 인물의 성격을 과장하는 데 쓰던 방법을 원용하는 경우도 있었다. 이들의 경우에는 상대적인 사고를 가진 인물이 설정되어야 효과적이었을 터이며 이 대조는 현저할수록 의도가 잘 드러난다는 생각을 가지고 있었던 것으로 보인다. 이 경우의 예로는 <미일신문> 1898년 7월 29일자 논설의 내용과 <뎨국신문> 1899

년 3월 15일자의 것이 현저하다.

1898년 7월 29일자의 깃은 신진학과 구완식으로 명명된 인물의 논쟁을 보이면서 이 두 인물의 성격을 대조적으로 보이되 과장된 내용을 가지고 있다.

> 신진학이라 ᄒᆞᄂᆞᆫ 사ᄅᆞᆷ은 본ᄅᆡ 미쳔ᄒᆞᆫ 사ᄅᆞᆷ인ᄃᆡ 텬픔이 ᄎᆞᆼ민ᄒᆞ고 긔우가 헌앙ᄒᆞ며 미사에 부지런ᄒᆞ고 학문상에 대단히 유지ᄒᆞ야 놉흔 션ᄉᆡᆼ이 잇다ᄒᆞ면 불원쳔리ᄒᆞ고 차자 가셔 뭇고 비ᄒᆞ며 됴흔 셔쵝을 보면 즁가를 앗기지 아니ᄒᆞ고 주고 사셔 닐그며 손 지됴가 잇셔 무슴 물건이던지 믄들면 다 졍교ᄒᆞ고 려력이 과인ᄒᆞ야 두 팔에 쳔근지력이 잇고 가산이 유여ᄒᆞ야 량젼 슈만 경이 잇ᄂᆞᆫ지라 고ᄃᆡ광실에 금의 옥식으로 셰월을 보내ᄂᆞᆫᄃᆡ
>
> 그 친구 ᄒᆞ나이 잇스니 셩명은 구완식이라 본ᄅᆡ 명문거죡인ᄃᆡ ᄎᆞᄎᆞ 침쳬ᄒᆞ야 이 사ᄅᆞᆷ에 니르러는 일 초시도 못 엇어 ᄒᆞ고 가셰가 빈한ᄒᆞ야 노복이 다 다라나고 말이 못 되엿ᄂᆞᆫᄃᆡ 그 사ᄅᆞᆷ 되음이 의졋ᄒᆞ고 졈잔ᄒᆞ며 례법을 슝상ᄒᆞ고 고집이 대단ᄒᆞ야 이쳐로 곤궁ᄒᆞ야도 조곰도 변통샹이 업ᄂᆞᆫ지라

이 글에서 신진학의 인물묘사부분은 당시의 개화지식인이 가진 이상적인 인물형을 드러내는 것으로 현실적으로 생동하는 인물의 모습과 거리가 있을만큼 과장되어 있다. 이것은 당시의 지은이가 개화지식의 유용함을 드러내기 위해 과장되게 인물의 성격을 형상화한 결과라 할 수 있다.

이에 비해 1899년 3월 15일자의 것은 이런 과장의 의도가 지나치게 작용하여 인물묘사를 구소설의 인물묘사에 가깝게 하고 있다.

> 반가군 상인쵼이라 ᄒᆞᄂᆞᆫ ᄯᅡ에 ᄒᆞᆫ 빅발 로인이 잇스니 셩은 고요 일

홈은 집이오 즈는 불통이라 위인이 견문이 고루ᄒ고 지식이 별노 업셔 칠십 당년이 되도록 글 닑을 ᄆ움과 롱ᄉ 질 싱각과 장ᄉᄒ 욕심은 남보다 만ᄒ나 힝ᄉ가 즈긔 몸 밧긔 업고 소견이 즈긔 집에 지나지 못ᄒ고 츌립이 즈긔 동리 쑨이라 그런고로 혹시 밤에 좀 업슬 째 홀노 안져 셰샹 만사 마련ᄒ되 집의 셔칙 써러지면 다시 ᄉ기 어려오니 리션싱네 통감 엇어 어린 손즈 가르칠 제 니웃 ᄋ희 다 오거던 건성으로 닐녀주고 츌렴시나 만히 밧아 지픱묵에 봇히 쓰고 문젼옥답 분깃ᄒ 후 일년 계량 부죡ᄒ니 김춍각네 논을 쩨여 맛아들이 더 붓칠 제 동리 사름 일 오거던 당일 품갑 주지 말고 삼ᄉ삭을 식리ᄒ여 롱긔 연장 갈녀 놋코 만물방에 됴흔 물건 헐갑즈로 도고ᄒ야 쟝부즈와 동ᄉᄒ 제 친구들이 ᄉ러 와도 ᄒᆫ 푼 외샹 놋치 안코 삼동갑식 부가 밧아 금은 보픠 쏘 ᄉ랴고 이리뎌리 샹량하며 방안에서 활긔치고 눔의 싱각 못ᄒ다가

이 부분의 글은 4.4조 4음보의 흥겨운 발화방식과 구소설의 인물 중 놀부의 심사표현 장면과 유사한 느낌을 줄 정도의 묘사로 과장되어 있다. 이런 표현이 나온 것은 당시의 개화주의자들이 보수적 사고를 가진 사람들에 대해 가졌던 전적인 부정의 사고로 인한 것이며 이런 인물묘사를 통해 완고한 노인을 희화화함으로써 독자로 하여금 개화사고의 정당함을 인식하게 하려는 의도를 간접적으로 드러낸 것이다. 또 위와 같이 과장되고 희화화한 인물들에 독자들이 현실의 특정한 인물을 대치하여 보도록 함으로써 그들의 유용함이나 무용함을 알게 하려는 의도를 가진 것이기도 하다.

결국 이 시기의 글들이 표현한 인물들은 전 시기에 비해 현저히 현실화한 성격을 가지고 창작 당시의 현실적 사건과 사고방식을 대변하여 지은이의 의도를 보이는 데 기여하였다. 이들은 당시의 독자들이 자신의 모습을 보는 느낌을 갖게 하여 반성하게 하거나 부정 또는 긍정될 인물로 대치하여 볼 수 있게 하여 인식을 새롭게 할 수 있도록

하였다. 이 경우 인물의 성격은 당시의 현실을 보이려는 의도로 인하여 사건의 내용에 적당한 전형적인 인물일 경우가 대부분이었다. 그들은 수탈-피수탈, 완고-개화, 무식-신지식, 유력-무력 등으로 대비되어 나타나서 당시 지은이들이 현실을 대립구조로 파악하고 있음을 드러내고 있다.

이러한 인물들이 보이는 사건도 당시의 현실적인 상황과 관련되어 있다. 이들은 완고히 보수적인 의지를 견지하는 데 대해 신지식의 유용함을 극력 주장하는 갈등을 보이기도 하고 유력한 자가 힘을 믿고 핍박해 오는 데 대해 무력하나 단결하여 대항하기도 하는 등 당시에 현실적으로 나타나거나 요구되는 행동을 사건화하여 드러내기도 한다. 당시의 현실이 그러하기도 하였을 테지만 이 시기의 글들은 갈등이 해결되는 구도를 갖지 못하고 미해결된 갈등이 지속되는 상태에서 작품이 종결되는 경우가 많았다.

1897년 5월 7일 <죠션크리스도인회보>의 "됴와문답"에서는 개구리를 설득하다 못한 물새는 날아갔는데 개구리는 여전히 고루함을 면하지 못하고 있으며, <협성회회보> 1898년 2월 26일자의 글에서 사자와 여우는 서로 속이거나 피하는 관계에만 있을 뿐이다. <미일신문> 1898년 6월 13일의 잡보에 실린 글은 고을 원으로 갔다가 돌아 온 친구는 여전히 전 시대의 사고에서 벗어나지 못하고 있으며, <미일신문> 1898년 7월 1일자의 대화는 젊은이의 논박으로 감정이 격한 상태에서 끝이 나고 있다. 그 밖에도 위에서 논의한 1898년 7월 29일자의 글은 신씨와 구씨가 다시 상종하지 않는 것으로 끝을 맺었고 1899년 3월 15일의 글은 "디답은 못ᄒ나 속 ᄆᆞᆷ으로 혐의ᄂᆞᆫ 대단히 ᄒ더라"로 끝이 났다. 이런 예들 이외에도 이 시기의 글들은 대부분이 미해결된 갈등으로 결말이 이루어져 있고 이들은 상호 완전 부정의 사회적 분위기를 반영하고 있었다. 당시는  조선 사회의 현황에 대한 진단과 나아갈 길에 대한 전망의 면에서 첨예한 대립의 시기였으므로 이런 결말을 가진 사건이 형상화되었을 것으로 보이는 것이다.

이와 달리 이 시기의 글 중에서 화해나 깨달음의 결말을 가진 것들은 대체로 미개화한 인물이 개화한 인물의 설득을 받아들여 각성에 이르는 내용을 가진 것들이거나 비유로 제시된 소재에서 깨달음을 얻는 것들이었다. 비유되는 소재는 나무나 개구리, 가정이나 배 등으로 다양하였으며 이들로 비유된 이야기는 당시의 조선 현실과 결합된 구체적인 내용을 가지고 있었다. 또한 이들은 조선의 현실을 비유한 서사의 내용을 제시한 뒤에 지은이의 말로 개입하여 그 이야기로부터 이끌어낼 수 있는 당대적 교훈이 제시되기도 했다.

지은이가 개입하여 일정한 의도를 직접 제시하는 경우에는 서사의 내용이 비교적 사실적인 내용을 갖출 부담이 적었으나 지은이가 개입하지 않고 서사만을 제시하는 경우에는 내용 자체가 설득력 있는 전달의 기능을 하고 있을 필요가 있었다. 이런 때 이 시기의 서사는 다양하고 창의적인 형식과 내용을 요구하게 되고 이것이 이 시기의 글이 문학사적 가치를 획득하는 한 요인이 될 수 있게 하였다. 글의 도입이나 맺음이 없는 경우에도 지은이의 의도가 오해없이 전달되기 위해서는 사건이 흥미로워야 할 뿐 아니라 진술방법도 흥미를 유지할 수 있는 것으로 선택되어야 했으며, 이 시기의 글은 의인이나 몽유를 사용한 전환, 대화체의 생동감 이용, 압축되고 과장된 사건의 제시 등으로 다양한 노력을 하게 되었다.

이 시기의 글에서는 대체로 갈등하는 의지의 성격이 첨예한 대조를 이루고 있으므로 사건은 유형적으로 나타나며 지은이의 의지에 따라 복잡한 구성단계를 거치지 않고 바로 주제 강조로 가는 경우가 많았다. 작중에서 화자는 대개 지은이의 주장과 같은 사고를 가져서 창작 의도를 대변하는 경우가 많았지만 특이한 경우에는 지은이의 의도를 부정하는 화자를 내세워 반어적으로 주장하게 함으로써 깨달음에 이르게 하는 경우도 있었다. 작중의 인물이 지은이의 의도를 반어적으로 말함으로써 지은이의 의도가 강조되도록 한 글의 대표적 예가 <독립신문> 1899년 1월 23일자의 "힝셰문답"이다. 시골에서 올라 와 求仕하는 사람이 행세하고 싶다고 하자 서울에 사는 이가 방법을 일러 준다고 하면서 주고 받는 대화인데 고변을 하든지 망명죄인을 잡든지 상소를 하든지 공동회수죄를 하든지 하라고 한다. 여기에서 고변의 내용은 누가 대통령 누가 부통령 하고 꾸미면 되는 것이고, 망명죄인을 잡는다고 하고 벼슬한 뒤 못잡아도 그만이다. 상소는 세력을 보아 유세한 이는 충신이고 미움받는 사람은 역적이라고 하면 되고, 공동회는 수그러졌으니 몇가지 생각하여 죄를 꾸며대면 되는 것이다. 이 글에서 지은이의 의도는 터무니없는 말을 꾸며 벼슬하기 좋아하는 당시의 관변 인사의 행태를 풍자하고 비난하려는 것이다. 그러면서 문면에 지은이는 전혀 그런 의도를 내비치지 않고 대화의 앞뒤에 지은이의 개입도 없어서 반어적으로 생각을 드러내는 효과적인 방법을 이룩하였다.

　작품의 배경은 대체로 창작 당시의 현실적 시간이나 공간인 경우가 많아서 앞 절에서 본 바와 같이 현실을 표현하는 문학으로의 이행을 보이고 있다. 이 시기의 글은 다수가 글의 구체적인 배경을 말하고 있는 바, 특별한 시간적 표시를 하지 않은 경우는 시간적 배경이 대개 창작 당시이며 장소도 "대한, 셔울, 창의문밧, 안성군, 한강, 毋岳峴山麓, 남산아리" 따위의 말을 통해 구체적인 국내의 장소임을 말하고 있다. 이처럼 배경이 현실화하고 그것도 당시의 국내로 나타나는 것은 작품이 드러내려고 하는 내용이 현실적인 것이고 현실에 대한 지은이의 의도를 전하려는 것이 작품의 목적이었기 때문이다. 이 시기에 이미 글은 작자나 독자의 비현실적 이상을 표현하는 기능으로부터 현실적 사건에 의도를 가지고 개입하는 것으로 변모하고 있으므로 국내의 구체적 장소와 시간이 요청된 것이다.

일반적으로 창작 당시의 일들에 대한 지은이의 의도를 드러내는 데 있어 그것이 독자의 인식수준과 현저한 차이가 있거나 독자의 가치관과 다를 때에는 시간적으로 옛날을 상정하거나 공간적으로 비교적 멀리 떨어진 곳을 설정하여 설득력을 높이는 경우가 있었다. 이것은 독자가 글의 내용에 공감하는 데 있어 글을 읽기 이전에 이미 심정적으로 긍정하고 있는 시간이나 공간을 제공함으로써 독자가 공감을 일으키는 데 장애가 적도록 하려는 의도인 것이다. 이 시기에는 현실이 아닌 경우 시간적으로는 단순히 "옛날, 옛적, 이전" 등으로 관념적인 시간을 상정하는 경우가 많았고 <뎨국신문> 1900년 3월 30일자의 경우는 이미 구토지설의 시간적 배경이 삼국시대이니만큼 이를 그대로 원용하였다.

공간적으로 중국을 서사의 배경으로 삼는 것은 한국문학이 이미 오랫동안 해 오고 있는 것이었다. 다만 이 시기의 글로 중국을 배경으로 삼은 것들은 전 시기의 것들처럼 형산, 숭산, 태산 식의 관념적인 배경을 상정하는 것이 아니라 비교적 구체적인 배경을 가지고 있고 <대한크리스도인회보> 1900년 6월 13일자의 "효ᄌ힝젹"의 경우에만 효자 왕천의 사적이라고 전제하였으므로 "녯적 원나라"라고 했을 뿐 그 밖의 것들은 "청국"으로 설정하고 있어 당시의 시대와 그리 멀지 않은 시대이며 구체적 장소로 인식되도록 해 두었다.

이 시기의 글은 중국을 배경으로 한 것이 전보다 적은 데 비해 조선으로서는 비교적 낯선 다른 외국을 배경으로 한 것들이 나타나는 특징을 가지고 있다. 이 점은 앞에서 논한 바 있듯이 지은이가 자신의 의도를 설득하되 이미 자신이 독자에 비해 심정적으로 우월한 위치에 있으므로 배경의 설정에서도 이를 명확히 드러냄으로써 하향적 설득 및 교훈의 목적을 달성하려는 데서 비롯된 것으로 보인다.

　　이젼 파사국(뎨국신문, 1898.9.30)
　　녯적에 셔양 어늬 나라에(미일신문, 1899.1.26)
　　어느 긔명흔 나라 사롬이(뎨국신문, 1899.3.6)
　　녯적 셔양 어느 나라(뎨국신문, 1901.5.23)
　　인도국에(그리스도신문, 1902.5.15)

등이 당시로는 낯선 외국을 배경으로 한 것으로 이들은 국내를 배경
으로 한 것에 비해 이야기의 설득력이 높다고 판단되었을 것이다. 이
는 이 글들의 내용이 반드시 서양을 배경으로 해야 되는 것이 아닌
데서도 알 수 있고 1899년 1월 26일자는 서양의 일이라고 했으면서
그 글의 내용에 나오는 질고도는 당시에 조선에서 볼 수 있는 사실을
그린 것이어서 서양이라고 설정한 배경이 임의적이고 편의적인 것임
을 알 수 있다. 1902년 5월 15일자를 제외하면 배경을 외국으로 함으
로써 얻는 효과를 기대한 것일 뿐 실제 외국의 일이라고 볼 이유가
없는 허구적 내용으로 되어 있는 것이다.
　위에서 보듯이 이 시기의 글들은 시간 또는 공간적 배경에서 대부
분이 현실화하여 있었다. 그러나 모두 그와 같은 것은 아니며 외국의
경우를 들거나 옛날 또는 비확정의 시간을 드는 경우도 있었다. 특히
이 시기에는 외국을 배경으로 한 이야기가 나타나서 전 시기에 비해
상상력의 폭이 넓어진 것을 들 수 있는 바, 이는 당시의 지배 이데올
로기가 내부적 모순에 부딪혀 내부적으로는 활로를 찾을 수 없을 때
그 모순을 극복하는 교훈의 공간을 넓혀 두려는 것이거나, 새로운 사
고를 전달하는 데에 내부적 적용례를 찾기 어려워 교훈적 의도를 전
달하기가 불편할 때 외국에 대한 견문을 내세움으로써 작자가 독자에

비해 우위에 서서 그 의도를 전달하는 것이 용이하다고 인식된 때문인 것으로 보인다.

　개화기의 문체에 대해서는 선행의 연구가 다수 있다.108) 다만 이 경우 표기수단의 변화에 지나친 비중을 둔 점은 지적되어야 할 것이다. 개화기의 문체는 무엇보다 구어화에 중점을 두고 검토되어야 할 것이다. 당시에 아직 완전히 언문일치의 정도에 이를 수는 없었으나 현실적으로 실현되는 언어를 문학의 도구로 사용하려는 시도는 이루어지고 있었다. 물론 이것은 표현 수단으로 볼 때 한글로 된 것이기도 했지만 국한문이 혼용된 경우에도 대화의 생동감을 살리려는 표현 등은 언어의 구어화와 맥을 같이 하는 것이며, 이를 전반적으로 지칭하기에는 구어화의 방향이 적당할 것이다. 곧, 글의 내용이 당시의 문제를 직접 다룬 것이므로 문체 역시 표기 수단과 함께 당시에 실현되고 있던 구어를 중심으로 변화해간 것이다. 특히 이 점은 대화체 표현 수법을 사용한 글에서 두드러지는 바, 이는 전달의 효과를 높이려는 의도의 표현이며 이미 국문으로 표기수단이 중심을 이동한 바에 구태여 한문투의 문어를 사용하는 것이 효과적이라고는 인식되지 않은 때문이기도 할 것이다. 각 간행물은 거의가 자신들이 사용하는 문자 또는 문체에 대한 해명성의 주장을 싣고 있으며109) 이 점은 개화기 문자 또는 문체의식의 정확한 드러냄으로 보아도 무리가 없을 것

---

108) 權寧珉, "開化期小說의 文體 硏究", 서울대학교 석사학위논문, 1975.
　　朴鍾哲, "개화기소설의 언어와 문체"(開化期文學論, 형설출판사, 1979. 소재)
　기타
109) 독립신문, 1896.4.7
　"모도 언문으로 쓰기는 남녀 상하귀천으로 모도 보게 홈이요"
　皇城新聞, 1898.9.5
　"特히 箕聖의 遺傳하신 文字와 先王의 創造하신 文字를 並行"
　이상 최준, 앞의 책에서 재인용

이다. 이것이 그 간행물에 게재된 문학작품에 이르면 독자에 대한 영향의 입장에서나 쾌락을 주어서 전달한다는 입장에서 한 표기방법과 표현 특징을 선택하게 된 것으로 보인다. 대체로 한글 표현으로 가는 경향은 있으나 의도에 따라서는 한문이나 한주국종의 수단 또는 문체[110]가 선택되는 경우도 있어 반드시 한 경향만을 가지지는 않았다.

물론 게재된 간행물의 성격에 영향받는 것이기는 하지만 한글로 표현된 것들은 대체로 표현하려는 의도가 광범위한 독자에게 평이한 방법으로 알리려는 내용을 가지고 있으며 한문이나 한주국종으로 표현된 글들은 비교적 보수적인 독서층을 독자로 상정하고 지어진 글들일 수가 많았다.

이 시기의 글로 구어에 가까와지는 것은 주로 대화의 기법을 사용한 글에서 자주 볼 수 있다. 대화는 그 본질상 장면의 생동하는 모습을 제시하여야 하므로 대화하는 兩方의 실제 발언에 가깝게 표현하게 되고 이것이 이 시기의 문체를 구어체로 진행하게 한 것이다.

어 그러면 원으로 가셔 별노히 잼이 업섯갯네그려(미일신문, 1898. 6.13)

그시 긔운 엇덥시오(미일신문, 1898.7.1)

우리나라 빅셩은 새굿데(데국신문, 1898.12.24)

앗다 그 사룸 말은 시원이 흐네 그러흐지마는 우리끼리 말이지 자네 식히는디로 홀 터이니 계칙을 좀 일너주게(독립신문, 1899.1.23)

예 그럿쇼 우리가 죠션 말 비오기 미오 어렵쇼 흐가지 말이 여러 말이오 나라 일홈도 한 죠션 대한 고려 이럿케 여러 말이오(독립신문, 1899.1.31)

且子는 近日에 分銅을 愛惜ᄒ야 各國新聞도 購覽치 아니ᄒ는가(皇城新聞, 1899.2.8)

---

110) 이 문체의 의미에 대해서는 김윤식, 1990, p.192 참조

등은 당시에 실제 사용되는 언어에 가깝게 표현된 예가 된다. 앞에 서도 말한 바 있듯이 전적인 구어화는 이루어지지 않았으나 그것은 의도가 없거나 미흡한 것이 아니며 당시에 표현방식이 발전한 정도가 여기에 이르러 있기 때문일 것이다. 한문을 섞어 쓴 경우도 일반적으로 한문표현이 가지는 성격에 비해 현실언어가 단지 표기수단을 달리한 정도로 나타나고 있다.

대화로 표현된 것이 아닌 경우에도 서술의 지문이 전 시기의 것에 비해 실용언어에 현저히 가까워진 성격을 보이고 있다. 이것은 이 시기의 글들이 창작 당시의 현실을 직접 드러낸다는 성격과도 무관하지 않을 것이다. 곧, 당시로부터 관념적으로 멀게 설정된 시간의 경우라면 언어 자체가 관념화할 수 있었을 것이지만 당시의 사실들을 서술하는 경우이므로 당시의 언어가 사용되어야 했을 것이며 그래야 작중의 사건이 사실성을 얻을 수 있었을 것이다.

이 시기에 아직 운율적인 문체가 완전히 극복되어 있지는 않아서 일정한 자수나 구절 수가 반복되는 율문의 잔형이 나타나고는 있다. 그러나 대부분의 글은 이미 율문과 산문의 구별이 이루어져 있고 문장의 길이도 단형화하는 경향에 있었다. 율문의 잔형을 가진 글들은 대체로 주관적이거나 과장적인 풍자의 글이어서 당시의 현실적 상황을 율문으로 정확히 나타내는 것이 어려워졌음을 보이고 있다. 이 시기의 서사적 성격을 가진 글 중에서 전반적으로 율문의 성격을 가진 글은 <뎨국신문> 1903년 5월 19일자의 논설이다. 이 글은 논설란에 실려 있으면서 "무릉도원발견됨"이라는 특이한 부제를 달고 있다. 이 글에서 무릉도원은 자신의 직무에는 관심이 적고 안일한 생활에만 젖어 있는 대신들의 나태함을 풍자한 것이다. 여기서 나태한 대신들에 대한 풍자는 3.4 또는 4.4조의 4음보 율격을 반복하면서 야유하는 데서 잘 이루어진다. 이 시기의 일반적인 시가의 경우와 이 글이 다른

것은 이 글이 가진 서사적 내용일 것인데 시가가 가진 풍자와 야유의
기능을 이용하면서 이야기를 서술하는 것이 이 글의 특징이다. 대신
들이 잠을 깨지 못하고 있는데 어부들이 충고하지만 듣지 않는다. 그
러자 "어부, 구경군, ᄋ희, 잠놈, 초동, 이놈 저놈"등이 무릉도원을 휘
저어 못쓰게 한다. 이 글의 끝은 "년젼에는 감을다가 금년에는 쟝마
지니 일흔일셔 슌환일시 이젼구습 좀바리고 텬하대셰 슌히ᄒ야 비암
향명 ᄒ여보세 슈화즁에 ᄲ진젹즈 바라나니 졍부관인 졍부대신 꿈ᄭᅵ
기를 밤낮으로 츅원이오"라고 되어 있다. 이로 보듯 이 글은 운문투
의 풍자적 기능을 살려 현실의 문제에 대한 지은이의 의도를 알리는
기능을 하고 있는 것을 볼 수 있다.

   대화의 방법이 생산적으로 사용되었다는 것은 이 시기의 글들이 가
진 특징 중 하나이다. 대화의 방법이 사용된 것은 당시의 현실이 급
변하고 있어서 지은이가 이를 동태로 파악하고 드러내기 위해 생동하
는 장면을 제시하는 수단으로 발달하였다. 대화의 기법은 비교적 서
사의 진행이 느리고  의견의 대립이 현저할 때 논쟁의 형식으로 사용
되었다. 이 점은 당시의 지은이들이 일치하지 않는 당시의 현실인식
을 대립의 관계로 파악하고 이 대립의 어느 한 쪽에 분명히 서는 태
도를 가지고 있는 것을 보이는 것이다. 또한 이 경우 지은이가 파악
한 현실에 비해 독자가 가진 인식이 부족하다고 판단한 작자의 의식
적 설정과도 무관하지 않다. 지은이는 대화의 한 쪽과 같은 생각을
가지고 있고 대화에서는 그쪽이 앞서 있는 데 독자가 그런 인식을 가
지지 못하고 있으니 생동하는 장면을 제시함으로써 인식을 깨우치겠
다는 태도인 것이다.

   이런 사실과 관련하여 이 시기의 글들이 나타내는 표현상의 특징
중 하나는 앞에서 본 바와 같이 과격하다는 점이다. 당시의 현실을
인식하거나 장래의 행동방식을 택함에 있어 한 쪽을 지지하는 작자는

있었다. 개화기의 문학관에 대한 기존의 연구는 대다수 이해조를 중심으로 한 신소설 작자의 글 중에서 평론적 성격을 가진 것에 대해 논의하거나 신채호를 중심으로 한 이른바 우국전기류 소설 작자의 문학관을 중심으로 전개되어 왔다.112) 그러나 이들은 이 시기 작품에 비해 시간적으로 뒤에 나타난 것이어서 이 시기 작품의 성격을 당시에 보이는 것이라기보다 이 시기의 작품이 설명없이 행한 창작의 태도를 설명으로 정립하고 실천한 것으로 파악될 수 있다.

이 시기를 논의하기 위해서는 조선조의 문학관이나 문학현상에서 출발하는 것이 합당할 수 있다. 조선 시대의 후기에 이룬 문학적 성과와 문학담당자의 태도가 개화기의 문학에서 일으키는 변모나 영향을 살피는 것이 더 효과적이겠기 때문이다.

조선 시대에 비교적 현실적인 문학행위로서의 시문(時文)과 고전적 모범으로서의 고문(古文) 사이에서 일어난 논쟁과 갈등은 후기로 오면서 현실적인 문학행위가 중시되는 경향으로 기울어갔다. 그리하여 매 시기의 문학은 고문을 따르지 않았다는 당대의 비난 속에서도 새로운 사고와 기법에 의한 창작이 이루어졌으며 이러한 경향은 조선 후기에 이르러 개성적인 발상과 쾌락적인 목적으로 문학이 창작되기도 하는 데 도달하였다.

그러나 이러한 변모는 전래적 가치관에 큰 위기가 오기 이전의 것이었으며 전래적이고 확고한 가치관에 혼란과 위기가 왔을 때 문학은 보수적 성격으로 회귀하는 경향을 갖게 되었다. 개화기의 문학은 조선조 후기에 왜곡되었던 왕조 지배질서를 이상적인 상태로 돌려놓으려는 의도를 강하게 드러내고 있었으며 그 방법으로 구 질서의 이상적 보수이든 신 사고에 의한 자강이든의 내용을 포괄하게 되었다.

---

112) 문학관과 연구사 정리는 宋賢鎬, "韓國近代小說論硏究", 서울대학교 박사학위논문 참조

이러한 내용을 발표하는 매체는 전대에 비해 현격한 발달을 보이고 있었고 이처럼 확대된 창작기회로 인해 전대에 볼 수 없던 표현방법의 발달이 이루어졌다. 문체는 구어체로 변화하고 있었으며 의인과 몽유록의 전래적 수법이 생산적인 계승을 이루었다. 서양의 문물과 함께 전래된 사고방식은 상상력의 확대를 낳아 전 시기에 없던 화소를 한국문학에 부가하는 기능을 하기도 했다.

이처럼 전 시기의 문학적 전통을 발전적으로 계승한 개화기 단형서사 문학은 그 시기의 문학적 축적을 다음 시기에 전달하고 계승시키는 도입으로서의 기능을 담당하게 되었다. 이 시기의 많은 화소가 다음 시기의 비교적 장형화되고 완결된 서사문학에 채용되고 이 시기에 이룬 표현기법의 수련이 다음 시기의 문학에 원용되는 경우가 많았다. 그것은 이 시기의 문학이 창작 당시의 일을 문학의 대상으로 하고 현실적 언어를 사용하는 선례를 남긴 점도 있고 이 시기의 이야기가 발전하여 다음 시기의 이야기 내용으로 채택되는 경우도 많았다. 특히 <그리스도신문> 1902년 3월 20일자의 "몽경세려"의 경우에는 전대문학과 후대문학의 사이에서 이 시기문학이 담당할 수 있었던 문학사적 기능을 대표적으로 보이고 있다.

(가)옛날 형극셩(荊棘城)에 원세려(元世慮)라는 자가 술장사를 하였다.

(나)봄날에 졸고 있는데 한 노인이 들어와 쉰다.

(다)세 사람이 와서 길을 묻고 노인이 위험하다고 하는데도 그냥 가고 노인도 떠나 간다.

(라)잠시후 한 사람이 술을 사 간 뒤 소식이 없어 가 보니 셋이 다 죽어 있다.

　(금덩이를 하나 두고 하나는 피를 쏟고 죽었으며 둘은 상처 없

이 죽었다.)
(마)아까의 노인이 나타나 그들이 죽은 까닭을 알린다.
(바)세려도 탐심이 있어 위험했음을 알리고 세상을 벗어나라 한다.
(사)놀라 깨니 꿈이다.

이 글에서 주인공의 이름은 원세려라고 하였거니와 탐심으로 인해 죽은 세 사람의 이름은 김힝득(金幸得), 긔계득(奇計得), 함병득(咸竝得)이라 하였으며 세려로 하여금 방경셩(方警醒)이라 개명하고 비셰촌(背世村)에 살 것을 권장한다고 한다. 이 글에서 초월적 능력으로 교훈을 주는 인물은 쳥심강변(淸心江邊)에 사는 렴심량(廉心良)이라 한다.

이 글은 내용의 성격상 공안류에 사용되기에 적당한 것인데 이런 유형의 이야기는 조선시대에 명관설화의 성격으로 널리 유포되었을 것으로 보이며 이 시기 이후 신소설에도 거의 이 형태대로 이용되어 있다.113) 이 점에서 이 시기의 글이 이전 시기의 것들과 이후의 것들 사이에서 문학사적 기능을 가지는 구체적 예를 볼 수 있었다. 이처럼 명확히 줄거리와 표현을 답습한 것만이 아니라 다른 요소를 원용하고 발상방법을 계승한 글들이 이 시기의 후에 다수 나타난 것도 이 시기 글의 문학사적 가치와 관련있을 것이다.

이 시기의 문학은 조선 후기 문학이 이룬 성과를 계승하고 발전시킨 것일 터인 바 그것은 무엇보다 조선 후기 대중에 의해 창작되고 읽힌 소설들이 가졌던 생동하는 현실감과 그 시기 식자들에 의해 창

---

113) 李海朝, 鴛鴦圖, 普及書館, 1911.에 이 화소가 거의 이 모습대로 사용되고 있는데 원앙도에 사용된 이 화소는 공안으로 바뀌어 있으며 죽은 사람의 숫자도 네명으로 되어 있다. 또 그 글에서는 도적 셋 죽은 이야기가 혼사장애류 신소설에서 주인공의 능력을 보이는 앞부분에 편입되어 있다.

작된 단편소설들이 이룩한 생략과 압축을 이 시기에 적용하는 데 있었다. 주지하는 대로 조선 후기 한문단편들의 표현은 이미 그 이전에 확립된 일대기의 도식적 완결성으로부터 벗어나 삶의 생동성을 표현하는 단면만을 대상으로 하는 경우가 많았다. 이전 시기에 일대기가 보여주던 느슨한 구성으로부터, 단면에서 삶의 모습을 보여야 하는 단편에 이른 때에, 구성의 방식은 조밀하면서도 과감하게 생략되고 요약되며 과장되기까지에 이른 것이다.

이런 조선 후기 단편의 문학사적 축적이 이 시기에 이르러 단형 서사에 받아들여져서 일대기의 부담을 완전히 벗어나는 단면 제시적 이야기에 이를 수 있게 하였다. 다만 단편들은 줄거리를 가진 사건과 인물, 배경을 가지고 동태적으로 전개되는 이야기인 데 비해 단형 서사들은 소설의 일반적인 요소들을 과감히 생략하고 압축한 점이 특이했다. 이 점에서 이 시기의 단형 서사물은 한 문학양식으로 완전히 자리잡힌 것은 아니었다고 보아야 한다. 다만 이들은 단편들이 가졌던 관념적 주제의 잔재로부터 벗어나 창작 당시의 현실과 직접성이 있는 내용으로 전환할 수는 있었다.

다음 시기의 문학은 지은이의 태도에서 이른바 신소설과 우국계몽소설로 대별되어 발전한다. 이 두 성격의 문학활동은 전 시기에 이룬, 문학에 대한 역할인식의 성과를 이어서 독자에 대한 훈도 또는 특정한 의견 전달의 기능을 가지고 있었다. 이러한 교훈적 문학의 한 시기를 겪은 뒤 한국문학은 조선 후기에 이르렀던 쾌락적 문학의 성격을 겸하게 될 것으로 보인다. 독자에 대한 훈도를 문학이 표면적으로든 내면적으로든 의도하고 있는 것은 이 시기의 글로부터 다음 시기의 문학에까지 지속되어 각 시기 문학사의 중요한 성격을 이루면서 오랜 논쟁의 중심이 되어 왔다.

주인물의 일대를 서술하는 전통으로부터 벗어난 것은 다음 시기의 문학을 위해 중요한 기여를 할 수 있었다. 문학이 중심갈등의 해소 뒤에 후일담을 서술해야 한다는 부담에서 벗어난 것은 상상력의 광범한 확대를 가능하게 했으며 긴장이 유지된 상태에서 깨끗하게 마무리하는 결말은 사실적 사건 제시를 가능하게 하여 이어지는 문학에서 단편소설의 사건제시태도를 발전하게 하였다. 이것은 전 시기의 한문단편이 이룩한 문학적 성과를 이 시기의 단형서사가 발전시켜 후대의 단편소설에 전해 준 것으로 단형 서사문학의 문학사적 의미는 여기에도 있다 할 것이다.

이렇게 볼 때 이 시기의 문학은 비교적 형태적으로 완결되어 있지 못하고 단형이어서 불완전한 문학의 성격을 가지고 있지만 한 시기의 문학적 역할을 담당한 것으로 다양한 시도와 전 시기 문학의 계승 및 다음 시기 문학의 발전 기반으로서의 기능을 가진 것이었다.

# VI. 결 론

　개화기의 문학활동 중에서 1906년 이전의 문학작품이 연구의 대상에서 소외된 것이 타당한가에 대한 의문으로부터 자료의 검토를 통해 이 연구를 진행하였다. 이 시기는 역사적으로 격변의 시기이기만 한 것이 아니라, 다른 분야에도 그와 같은 변화가 있었을 것이며 문학이 본질적으로 역사로부터 괴리된 것이 아니라는 점 때문에도 이 시기의 문학은 반드시 고찰되어야 할 것이다. 이 시기의 문학은 다음 시기인 이른바 신소설 시대의 선행단계로서의 의미도 가졌을 것이므로 이를 간과한 문학연구는 연속성을 결할 위험도 있었다.

　이 시기에 조선의 구 질서가 내부적 모순을 극복하는 과정으로서의 고민을 겪고 있는 와중에 외세의 강권적인 수교요구가 있었다. 왕조적 질서의 이완으로 인한 가치의 혼란은 외세에 의한 개국 압력으로 인해 가중되고 있었다. 일반적인 조선인은 대체로 구 질서에 대해 긍정적인 태도를 가지고 있었다. 이는 개화파의 경솔한 개혁운동이 실패함으로써 그들에 대한 분노가 확산되어 개화지향적 가치관에 대한 부정으로 전환된 것이면서, 오랜 기간 피압박 상태에 있던 민중에게 있어서 변화는 곧 고난을 의미하던 역사적 체험의 결과이기도 했다.

　사상적으로 조선 후기에 화이론을 극복하고 실사구시의 가치관을 수립하는 데 이른 유학사상은 보수지향적 학맥을 중심으로 위정척사의 한 흐름을 형성하고 현실에 대한 관심을 가진 유파는 개화자강의 논리를 세울 수 있었다. 또, 구 실학파 중 실천론자의 후예를 중심으로 개화행동주의자가 분파하여 이 시기의 한 축을 이루고 있었다. 문학사적으로는 조선 후기부터 한문단편을 중심으로 이루어진 문학의 현실화와 사실적 태도가 이 시기의 역사적 격변 앞에서 교훈적 태도로 회귀하는 경향이 있었다. 작자는 독자에 대해 우월한 위치에서 교훈을 주려 하였고 독자의 독서내용은 구소설에 대한 집착에서 벗어나지 않았다.

　이 시기의 단형 서사문학은 형식적으로 다양한 시도를 보였다. 그것은 이 글들이 독자에게 작자의 일정한 의식을 전달해야 한다는 사명을 가지고 있었고, 이것은 구소설에서 흥미를 경험한 독자에게 매력 있기가 어려웠을 것이므로 흥미를 유발하고 지속시키는 기능이 필요했기 때문일 것이다. 개화기 단형서사문학은 작자의 의도를 직설적으로 표현하는 경우와 전환하여 표현하는 경우의 둘로 대별되며 그들은 다시 다음과 같은 형식으로 나뉠 수 있었다.

　우선, 논설적 형식으로 표현된 경우는 의도를 직접 드러내는 경우와 그렇지 않은 경우로 나뉠 수 있는데, 후자의 경우가 작자 개입 없이 의도를 전달해야 하므로 형식적으로 다양한 시도를 보이고 있었다. 이들은 이미 조선인에 의해 긍정되고 있던 전래적 가치관이나 이야기를 원용함으로써 의도표현을 용이하게 하였다. 대화체는 표현의 생동감으로 인해 이 시기에 자주 사용되었고 이는 대화의 구어화에 힘입어 문체 전체의 구어화에도 기여하였다.

　또한, 몽유록은 작자의 의도가 정당성과 설득력을 확보하는 방법으로 자주 사용된 바, 이전 시기 몽유록의 경우와 달리 이 시기에는 서사적인 짜임새는 긴밀하지 않은 채 현실적인 상황에서 교훈이 될 것을 경험하는 몽유자를 설정하였다. 입몽과 각몽은 실제로 경험이 가능한 상황을 설정하였고 저승왕래담은 저승에서 겪는 일들이 현실과 연결되는 것을 설정하였다.

한편 의인문학 형식도 이전 시기의 것들이 이룬 성과를 원용하였으며 서술자를 현실적 인물로 설정하였다. 사물을 의인한 가전체의 경우는 나타나지 않으며 동물의인이나 심성의인이 나타났다. 동물의인의 경우는 동물의 행위나 성격을 통해 인간의 그것을 직접 연상하도록 하였다.


개화기 단형서사문학의 내용적 특징은 우선 현실 문제에 대응하는 태도의 표현이라는 점이 지적될 수 있다. 이 시기에 독자의 흥미를 끄는 것만을 목적으로 하는 글은 발견되지 않는다. 이 연구에서 검토한 글은 모두 작자의 의도를 대신 표현하되 그것은 현실에 대한 경각심을 표현하거나 사회적 모순을 형상화하는 것이었으며, 작자의 전통지향적 의지나 개화지향적 가치관을 드러내는 것이기도 하였다. 이들 각각을 정리한 내용은 다음과 같다.

먼저, 개화기 단형서사문학의 작자는 당시의 현실에 대한 나름대로의 분명한 인식을 가지고 이를 독자에게 문학적 형상화를 통해 전달하려 하였다. 이 경우에는 문제에 대한 해결책을 제시하지는 못한 가운데 조선이 당하고 있던 위기와 그 원인을 드러내려 하였다. 외세의 침탈은 박두한 형편인데 조선인은 완고하고 무지하며 이 위기를 깨닫지 못한 형편에 있다고 표현되었다. 조선이 당한 위기의 원인은 박두하는 외세와 조선인의 무자각, 관리의 전횡 등으로 나타나는데 이들의 원인은 인식되어 있는데 대응방법은 구체적으로 제시되고 있지 않다.

또, 심화된 원인인식으로 파악된 조선인의 모순된 행동은 주로 왕의 위임을 받은 관리들이 책임을 다하지 않고 탐학한 점과 조선인의 성격이 시대의 문제를 감당해 나가기에는 부족하다는 점이 지적되어 있다. 한편으로는 개화의 진의가 충분히 구현되지 않아서 백성들은 살기가 더 불편해지고 있다는 점도 지적되어 있고 개화파의 경거망동이 국운의 쇠약을 부른다는 내용도 나타나고 있다.

현실에 대응하는 방법을 표현하는 경우에는 먼저, 시대의 격동이 당시의 지식인 작자들에게 위기의식으로 전환되어 그 타개책으로 전통적인 충이나 효 또는 기존 권위에 대한 복종의 회복 등이 형상화되었다. 그리하여 왕권의 약화와 관리의 부패가 국가의 위기를 낳았으므로 왕의 권위가 회복되고 국가의 질서가 바로잡힘으로써 전통적인 이상국을 이룰 것을 소망하는 글들이 다수 나타났다.

이와는 달리 이 시기의 새로운 지식층을 이루고 있던 개화지식인들은 자신들의 개화지향적 가치관을 표방함으로써 조선의 미래에 대한 전망을 제시하고자 하기도 하였다. 이들은 자신의 주장에 대해 확신하고 있었으며, 기독교계열의 간행물도 이런 생각의 전파에 기여하였다. 이들은 자신들의 주장이 지지받기가 어려운 점을 인식하고 전래의 이야기나 가치를 원용하기도 하고 다양한 형식적 시도를 보이기도 하였다.


개화기 단형서사문학은 그것이 자리잡은 시대를 반영하는 문학사적 가치를 가지고 있다. 무엇보다 이들은 문학이 가진 관심이 당대를 지향하고 있다는 점과 전래의 형식일지라도 당대적 내용으로 변용시켜 응용하고 있다는 점이 주목된다. 또 이들은 서사의 구성요소들이 현실화하고 표현언어가 구어화하는 방향으로 진전되었다는 점도 찾아 볼 수 있었다. 개화기 단형서사문학의 문학사적 성격은 다음과 같이 요약될 수 있다.

먼저, 지난 시기의 문학이 창작 당시의 현실과는 거리가 있는 관념적인 주제와 사건을 가지고 있었던 데 비해 이들은 창작 당시의 현실문제를 문학의 관심사로 받아들이고 이를 문학적으로 형상화하는 모범을 보였다. 작자는 현실에 대해 독자보다 앞선 판단자로서 자신이 파악한 현실을 전달하는 방법을 모색하고 이를 다양한 방법으로 형상화한 것이다. 이 시기에 전 시기의 의인문학이나 몽유록의 형식을 원용했으면서도 그 내용을 당시의 문제에 적용시키는 발전을 보인 것도 문학 내용의 당대화에 포함할 수 있다.

다음으로, 이 글들의 등장인물은 독자와 심정적인 거리가 좁아서 독자가 직접적인 당시의 조선인들과 대응시킬 수가 있었고 사건이나 배경도 구체적인 것이어서 이전 시기의 글들과 차이를 보이고 있다. 그것을 표현하는 언어는 실제 사용되던 언어에 가깝게 변모하였고 이는 특히 대화체의 생산적인 창작과 발전을 이룰 수 있게 하였다.

개화기 단형서사문학은 한 시기를 담당한 문학활동으로서 전래적인 가치관의 혼란과 시대적 격동에 대한 현실반영과 방향제시의 기능을 수행하였다. 이 글들은 이전 시기 문학의 형식적, 내용적 축적을 생산적으로 계승하여 다음 시기의 문학을 태동시키는 형식적, 내용적 모색을 보였다.

조선 후기의 소설이 이룬 문학 내용의 대중화에 이 시기의 글은 현실적 문제에 대한 관심을 보태 다음 시기 문학이 현실적 문제를 대중적인 방법으로 표현할 수 있게 하였으며, 주인물의 일대기를 서술하는 전통에서 벗어날 수 있는 모범을 보임으로써 허구적 내용의 사실적 표현에 가까이 갈 수 있었다. 이 시기의 단형서사문학은 이전 시기 한문단편이 이룬 다양한 인식방법의 문학적 성과를 압축된 형식으로 계승하여 다양한 기법을 시도함으로써 다음 시기의 단편소설이 형성되는 데 기여하였다. 또한 이들은 서사의 중심갈등이 제시된 뒤에 후일담을 서술해야 한다는 부담을 벗을 수 있었으므로 단편소설의 사건 제시 태도를 발전시킬 수 있었다.

이 시기의 단형서사문학은 형식적으로 완결된 소설적 구성을 하고 있지는 않았다. 그것은 근대적 의미의 단편 개념이 확립되지 않은 가운데, 서사를 창작한다는 의식이 부족한 채로 지어진 글이기 때문일 것이다. 그러나 서사문학의 작자가 근대적 개념의 소설을 창작한다는 인식을 갖지 않고 창작한 글이라고 해서 문학사적 가치가 감해지는 것은 아닐 것이다. 이 글들은 구소설의 문학적 성과를 계승하여 신소설 및 근대 단편소설의 발흥을 선도한 문학사적 가치를 가지고 있다.

# 참 고 문 헌

## 1. 資 料


漢城旬報, 관훈클럽신영연구기금, 1983.

漢城週報, 관훈클럽신영연구기금, 1983.

독립신문, 독립신문영인간행위원회, 갑을출판사, 1987.

뎨국신문(帝國新聞), 한국학문헌연구소, 아세아문화사, 1986.

時事叢報, 영남대학교출판부, 1973.

皇城新聞, 경인문화사, 1982.

大韓每日申報, 관훈클럽신영연구기금, 1982.

미일신문, 협성회회보, 그리스도신문, 죠션크리스도인회보, 대한크리스도인
　　　회보

한국근대문학연구자료집에서　재인용

韓國近代文學硏究資料集(개화기신문편), 삼문사, 1988.

新小說,飜案(譯)小說, 아세아문화사, 1978.

歷史,傳記小說, 아세아문화사, 1979.

韓國現代小說理論資料集, 한국학진흥원, 1985.

舊韓末 日帝 侵略史料叢書 14.사회편, 아세아문화사, 1985.

金根洙 편, 韓國開化期詩歌集, 태학사, 1985.

康有爲 梁啓超. 중국사상대계 9, 신화사, 1983.

梁啓超(한무희 역), 飮氷室文集, 삼성출판사, 1977.

韓國雜紙槪觀 및 號別目次集, 한국학연구소, 1988.

동아일보사, 開港 100년 年表.資料集, 신동아 1976년 1월호 별책

朴殷植(김정기・이현배 역), 韓國獨立運動之血史, 일우문고, 1973.

黃玹(李章熙 역), 梅泉野錄, 대양서적, 1980.

韓國現代史 1, 試鍊에 선 王朝, 신구문화사, 1969.

韓國現代史 2, 列强의 侵略, 신구문화사, 1969.

韓國現代史 9, 年表로 보는 現代史, 신구문화사, 1969.

國史大辭典, 대영출판사, 1976.

大韓民國 國會圖書館, 韓國新聞.雜誌 總目錄(1883 - 1945), 1966.


## 2. 論 著

**(國內論著)**


姜萬吉, 韓國現代史, 창작과비평사, 5판, 1985.

姜仁秀, 韓國文學과 東學思想, 지평, 초판, 1989.

姜在彦, 韓國의 近代思想, 한길사, 4판, 1988.

강재언 외 편, 한국근대사회와 사상, 중원문화사, 초판, 1984.

高光植. 琴章泰, 續 儒學近百年, 여강출판사, 초판, 1989.

琴章泰, 韓國近代의 儒敎思想, 서울대학교출판부, 초판, 1990.

金光淳, 韓國擬人小說硏究, 새문사, 초판, 1987.

김교봉. 설성경, 근대전환기소설연구, 국학자료원, 초판, 1991.

金起東, 李朝時代小說論, 이우출판사, 초판, 1980.

김병민, 신채호문학연구, 아침, 초판, 1988.

金秉喆, 韓國近代飜譯文學史硏究, 을유문화사, 초판, 1975.

金庠基, 東學과 東學亂, 한국일보사, 2판, 1975.

김용욱, 韓國開港史, 서문당, 3쇄, 1982.

김우종, 한국현대소설사, 성문각, 초판, 1978.

김윤식, 한국근대문학양식논고, 아세아문화사, 재판, 1990.

金允植 편저, 文學批評用語事典, 일지사, 2쇄, 1978.

金一烈, 朝鮮朝小說의 構造와 意味, 형설출판사, 수정쇄, 1991.

金昌龍 편, 韓國假傳文學選, 정음사, 초판, 1985.

김태준, 비교문학산고, 민족문화문고간행회, 초판, 1985.

金台俊(박희병 교주), 증보 朝鮮小說史, 한길사, 초판, 1990.

金學成 외, 韓國 近代文學史의 爭點, 창작과 비평사, 초판, 1990.

金鎬城, 韓末義兵運動史研究, 고려원, 초판, 1987.

金弘一, 韓國近代民族主義運動研究, 금문당, 초판, 1987.

丹齋 申采浩先生 紀念事業會, 丹齋 申采浩와 民族史觀, 형설출판사, 재판,
        1986.

柳基龍, 韓國記錄文學研究, 형설출판사, 초판, 1978.

柳敏榮, 韓國現代戲曲史, 초판, 1982.

______, 韓國演劇散考, 문예비평사, 초판, 1978.

柳永烈, 開化期의 尹致昊 研究, 한길사, 초판, 1985.

閔斗基 편, 中國現代史의 構造, 청람, 초판, 1983.

閔丙秀. 趙東一. 李在銑, 開化期의 憂國文學, 신구문화사, 초판, 1979.

민현기, 한국근대소설과 민족현실, 문학과 지성사, 초판, 1989.

白  鐵, 韓國新文學發達史, 박영사, 3쇄, 1978.

蘇在英 편, 韓國諷刺小說選, 정음사, 중판, 1978.

孫仁銖, 韓國開化敎育研究, 일지사, 2쇄, 1981.

宋敏鎬, 韓國開化期小說의 史的 研究, 일지사, 3쇄, 1980.

宋載邵 외, 李朝後期 漢文學의 再照明, 창작과 비평사, 3판, 1988.

송재소 편, 꿈하늘(신채호소설선), 동광출판사, 초판, 1990.

성현자, 新小說에 미친 晚淸小說의 影響, 정음사, 초판, 1985.

愼鏞廈, 韓國近代民族主義의 形成과 展開, 서울대학교 출판부, 초판3쇄,
        1989.

______, 韓國現代社會思想, 지식산업사, 초판, 1984.

신춘자, 開化期小說研究, 인문당, 초판, 1990.

安秉直 외, 變革時代의 韓國史, 동평사, 재판, 1979.

安自山(崔元植 역), 朝鮮文學史, 을유문화사, 초판, 1984.

楊尙弦, 韓國近代政治史研究, 사계절출판사, 초판, 1985.

葉乾坤, 梁啓超와 舊韓末 文學, 법전출판사, 초판, 1980.

吳世榮 외, 韓國文學硏究方法論, 민족문화사, 초판, 1983.

월남이상재선생동상건립위원회, 月南李商在硏究, 로출판, 초판, 1986.

유광렬 엮음, 抗日宣言.倡義文集, 서문당, 3쇄, 1981.

兪東濬, 兪吉濬傳, 일조각, 중판, 1987.

尹明求, 開化期小說의 理解, 인하대학교출판부, 초판, 1986.

李光麟, 開化派와 開化思想 硏究, 일조각, 초판, 1989.

______, 韓國開化史硏究, 일조각, 중판, 1985.

李圭虎, 開化期變體漢詩硏究, 형설출판사, 초판, 1986.

이만규, 조선교육사 2, 거름, 초판, 1988.

李敏子, 開化期文學과 基督敎思想 硏究, 집문당, 초판, 1989.

李完宰, 初期開化思想硏究, 민족문화사, 초판, 1989.

이이화, 韓國近代人物의 解明, 학민사, 초판, 1985.

______, 한국의 파벌, 여강출판사, 초판, 1991.

李仁福, 韓國文學과 基督敎思想, 우신사, 초판, 1987.

李在銑, 韓國開化期小說硏究, 일조각, 중판, 1975.

______, 韓國短篇小說硏究, 일조각, 중판, 1981.

______, 한국현대소설사, 홍성사, 4판, 1981.

______, 韓末의 新聞小說, 한국일보사, 초판, 1975.

李在銑 외, 開化期文學論, 형설출판사, 초판, 1980.

이정식, 서재필, 정음사, 재판, 1986.

林熒澤.崔元植 편, 韓國近代文學史論, 한길사, 7판, 1988.

張德順 외, 口碑文學槪說, 일조각, 중판, 1981.

張德順 편, 토끼傳 두껍傳 장끼傳 鼠同知傳, 희망출판사, 초판, 1978.

全光鏞 해설, 新文學과 시대의식, 새문사, 초판, 1981.

全光鏞, 新小說硏究, 새문사, 초판, 1986.

鄭奭鍾, 朝鮮後期社會變動硏究, 일조각, 초판, 1984.

曺己燮.李康彦.金榮喆, 文學의 理論, 형설출판사, 4쇄, 1991.

曺南鉉, 小說原論, 고려원, 중판, 1985.

______, 韓國現代小說硏究, 민음사, 초판, 1987.

趙東一, 新小說의 文學史的 性格, 서울대학교 출판부, 4쇄, 1986.

______, 韓國文學思想史試論, 지식산업사, 4판, 1978.

______, 한국문학통사 4, 지식산업사, 초판, 1986.

______, 韓國小說의 理論, 지식출판사, 재판, 1979.

趙演鉉, 韓國新文學考, 을유문화사, 초판, 1977.

崔元植, 韓國近代小說史論, 창작사, 초판, 1986.

崔　埈, 韓國新聞史, 일조각, 중판, 1982.

최창규 편역, 韓末憂國名上疏文集, 서문당, 2쇄, 1975.

최호진, 近代韓國經濟史, 서문당, 4판, 1979.

河東鎬, 韓國近代文學散考, 백록출판사, 초판, 1976.

한국고전문학연구회 편저, 近代文學의 形成過程, 문학과 지성사, 초판, 1983.

한국민족운동사연구회 편, 義兵戰爭硏究(上), 지식산업사, 초판, 1990.

韓國史學會 편, 韓國現代史論, 을유문화사, 초판, 1986.

한국역사연구회, 조선정치사 상, 청년사, 초판, 1990.

____________, 조선정치사 하, 청년사, 초판, 1990.

洪一植, 韓國開化期의 文學思想 硏究, 열화당, 초판, 1980.

黃浿江 외 편, 韓國文學硏究入門, 지식산업사, 초판7쇄, 1992.


**(外書 및 飜譯書)**


Avison,O.R.,(에비슨기념사업회 역), 舊韓末 秘錄 상하, 대구대학교출판부,
      1984.

Brooks,C..Warren,R.P.,Understanding                      Fiction,2nd
      ed.,Appleton-Century-Croft
      New York,1959.

Carr,E.H., What is History(길현모 역), 역사란 무엇인가, 탐구당, 1976.

Cohen,R. ed., New Directions in Literary History, Routledge and Kegan
      Paul, London, 1974.

Darling,F.C.,The Westernization of Asia(이안범 역), 아시아의 近代化, 도
      서출판 문경, 1982.

Davis,J.M., Farce(홍기창 역), 笑劇, 서울대학교출판부, 1985.

Dawson,S.W., Drama and Dramatic(천승걸 역), 劇과 劇的 要素, 서울대학
      교출판부, 1984.

Girard,R., Mensonge romantique et verite romanesque(김윤식 역), 小說의 理
論, 삼영사, 1977.
Goldmann,L., Pour une sociologie du roman, (조경숙 역), 소설사회학을 위하
여, 청하, 1987.
Hauser,A.,(황지우 역), 藝術史의 철학, 돌베개, 1983.
Hawkes,T., Structuralism and Semiotics(오원교 역), 구조주의와 기호학, 신아
사, 1982.
Hernadi,P., Beyond Genre(김준오 역), 장르論, 문장, 1983.
Kayser,W., Das Sprachliche Kunstwerk(김윤섭 역), 言語藝術作品論, 대방
출판사, 1984.
Kendall,C.W., The Truth about Korea(신복룡 역), 韓國獨立運動의 眞相,
평민사, 1986.
Lukacs,G., Der Historishe Roman(이영욱 역), 역사소설론, 거름, 1987.
________, Die Theorie des Romans(반성완 역), 소설의 이론, 심설당,
1985.
McKenzie,F.A., Korea's Fight for Freedom(신복룡 역), 韓國의 獨立運動,
평민
사, 1986.
____________, The Tragedy of Korea(신복룡 역), 大韓帝國의 悲劇, 탐구
당, 1975.
Mendilow,A.A., Time and the Novel(최상규 역), 時間과 小說, 대방출판사,
1983.
Pollard,A., Satire(송낙헌 역), 諷刺, 서울대학교출판부, 1986.
Wellek,R..Warren,A., Theory of Literature,3rd ed., Peregrine Books, 1963.
Zeraffa,M., Roman et Societe(이동렬 역), 小說과 社會, 문학과 지성사,
1987.
吉田精一.奧野健男(柳呈 역), 現代日本文學史, 정음사, 1988.
渡部學(김성환 역), 韓國近代史, 동녘, 1984.

毛以亨(송항룡 역), 梁啓超, 명문당, 1990.
尹健次(심성보 역), 한국근대교육의 사상과 운동, 청사, 1987.
周作人(김철수 역), 中國新文學講話, 을유문화사, 1970.
村山智順(최길성 역), 朝鮮의 風水, 민음사, 1990.
콤 아카데미 문학부(신승엽 역), 소설의 본질과 역사, 예문, 1988.

# 3. 論 文

簡福均, "新小說作品의 思想考", 강남사회복지학교논문집 9, 1981.
姜玲珠, "愛國啓蒙期의 傳記文學", 전환기의 동아시아문학, 창작과 비평사,
        1985. 소재
權寧珉, "開化期小說 作家의 社會的 性格", 한국학보 19, 1980.
______, "開化期小說의 文體 研究", 서울대학교 석사학위논문, 1975.
芹川哲世, "韓日開化期政治小說의 比較研究", 서울대학교 현대문학연구회,
        현대문학연구 15, 1975.
金度亨, "한말·일제초기의 변혁운동과 성주지방 지배층의 동향", 계명대학
        교 한국학연구소, 한국학연구 18, 1991.
金武鎭, "朝鮮 前期 星州鄕村社會의 構造와 支配層 動向", 계명대학교 한국
        학연구소, 한국학연구 18, 1991.
김복순, "근대문학 비평의 여명기", 현대문학, 1988.8.
金宇鍾, "構成 및 文體에 關한 古代小說과 新小說의 比較研究", 충남대논문
        집 3, 1963.
김원중, "한국근대희곡문학연구", 중앙대학교 박사학위논문, 1984.
金潤圭, "作中葛藤의 樣相과 性格을 通해 본 李人稙 小說", 경북대학교 국어
        교육연구 14, 1982.
김재남, "개화기소설관 연구사 정리 —소설의 지위를 중심으로", 세종대학
        교 세종어문연구 5,6합집, 1988.
金鍾澈, "朝鮮後期와 愛國啓蒙期의 小說觀", 강릉대학교 인문학보 5, 1988.
金埈五, "開化期小說의 장르的 問題", 한국문학논총 8,9합집, 1986.

金重河, "開化期短形小說硏究", 부산대학교 인문론총 20, 1981.
______, "開化期小說의 文學史的 硏究", 부산대학교 인문론총 25, 1984.
______, "開化小說의 文學社會學的 硏究", 경북대학교 박사학위논문, 1985.
金春燮, "開化期의 小說認識 態度", 전남대학교 용봉론총 12, 1982.
金泰俊, "韓國開化期文學－일본문학과의 비교적 입장에서", 국어국문학, 68, 69합집, 1975.
大谷森繁, "朝鮮朝의 小說讀者 硏究", 고려대학교 박사학위논문, 1984.
文聖淑, "開化期의 文學擔當階層", 국어국문학 94, 1985.
閔丙德, "韓國近代新聞連載小說硏究", 성균관대학교 박사학위논문, 1989.
白淳在, "韓國文學散策 2 －新小說 嚆矢의 通說은 옳은가", 한국문학, 1977. 2.
徐大錫, "夢遊錄의 장르적 性格과 文學史的 意義", 계명대학교 한국학연구소, 한국학논집 1-5 합본, 1980.
成賢子, "梁啓超와 安國善의 關聯樣相", 연세대 인문과학 48, 1982.
宋賢鎬, "韓國近代小說論 硏究", 서울대학교 박사학위논문, 1989.
양문규, "신소설에 반영된 20세기초 개화파의 변혁주체로서의 한계",강릉대학교 인문학보 5, 1988.
禹快濟, "舊韓末 雜誌小說 硏究", 국어국문학 78, 79합집, 1979.
禹漢鎔, "開化期小說 理解를 위한 試論", 국어교육 34, 1979.
劉英恩, "開化期 短形敍事體 硏究", 서울대학교 현대문학연구회, 현대문학연구 96, 1989.
柳楊善, "舊韓末 社會思想의 小說化 樣相", 진단학보 59, 1985.
柳玗善·金春燮, "開化期小說에 受容된 古代小說의 構造類型", 전남대학교 용봉론총 12, 1982.
尹明求, "애국계몽기의 소설", 현대문학, 1988.8.
李慶善, "開化期小說에 나타난 文化意識", 한양대학교 한국학논집 9, 1986.
李東夏, "韓國文學의 傳統志向的 保守主義 硏究", 서울대학교 박사학위논문, 1988.
이윤갑, "조선후기의 사회변동과 지배층의 동향", 계명대학교 한국학연구소, 한국학연구 18, 1991.
李在銑, "開化期敍事文學의 세 類型", 우촌 강복수박사 회갑기념논총, 1976.

李注衡, "<血의 淚>-<牡丹峰>의 時代的 性格 檢討", 이숭녕선생 고희기념
    국어국문학논총, 1977.
林成雲, "<血의 淚>의 新聞連載小說的 特徵", 순천대논문집 5, 1985.
張德順, "夢遊錄 小考", 장덕순, 국문학통론, 신구문화사, 1960 소재
張成鎭, "개화가사의  서술구조와  현실인식",  경북대학교  박사학위논문,
    1991.
全光鏞, "小說 60年의 問題들", 신동아 1968.7.
田惠子, "노블과 로만스의 止揚", 숙명여대 원우론총 1, 1983.
정경수, "開化期 小說의 文學史的 位置", 한국어문교육학회, 어문학교육 8,
    1985.
鄭德俊, "自意的 順應과 敗北意識", 한국언어문학 19, 한국언어문학회, 1980.
_____, "開化期 小說의 時間,<過去-未來>의 構造", 우석어문논집 2, 1985.
鄭炳昱, "古典文學과 新文學의 連續性", 한국문학, 1975.2.
趙彙珏, "韓末 開化勢力의 政治運動의 民衆化 過程에 관한 硏究", 건국대학
    교 박사학위논문, 1985.
朱鍾演, "韓國近代 初期 短篇小說論", 국민대 북악 30, 1978.
蔡 壎, "韓國文學에 끼친 日本文學의 影響에 關한 硏究", 숙명여대논문집
    20, 1980.
泉隆弌, "日本開化期의 政治小說", 최원식 외 편, 전환기의 동아시아문학, 창
    작과 비평사, 1985. 소재
八重樫愛子, "韓日開化期小說硏究", 중앙대학교 일본연구 14, 1986.
河東鎬, "開化期文學의 硏究를 위한 文獻考", 한국학 문헌 연구의 현황과 전
    망, 1983. 소재
河東鎬, "開化期小說의 書誌的 整理 및 調査", 단국대학교 동양학 7, 1977.
韓武熙, "丹齋와 任公의 文學", 우리문학연구회 편, 한국문학론, 일월서각,
    1981. 소재
韓元永, "韓國開化期 新聞連載小說의  硏究",  청주대학교  박사학위논문,
    1989.

黃英淑, "開化期 政治小說에 대한 考察", 경원대 비교문학 13, 1988.
황정현, "신소설의 분석적 연구", 연세대학교 박사학위논문, 1992.

# 찾아보기

(ㅍ)



(ㅎ)

◇ 저자약력

경상북도 안동 출생
경북대학교 사범대학 국어교육과 졸업
경북대학교 대학원 문학박사
현 한동대학교 부교수


# 개화기 단형서사문학의 이해

인쇄일 초판 1쇄  2000년 05월 20일
          2쇄  2015년 06월 10일
발행일 초판 1쇄  2000년 05월 30일
          2쇄  2015년 06월 30일


지은이 김 윤 규
발행인 정 찬 용
발행처 국학자료원
등록일 1987.12.21, 제17-270호

서울시 강동구 성내동 447-11 현영빌딩 2층
Tel : 02-442-4623~4 Fax : 02-6499-3082
www. kookhak.co.kr
E- mail : kookhak2001@hanmail.net
ISBN 978-89-8206-499-9[93810]
가 격 12,000원


*저자와의 협의 하에 인지는 생략합니다.